KB252693

트루베나아 연대기

FANTASY STORY & ADVENTURE

김정률 판타지 소설

4

dream
books
드림북스

트루베니아 연대기 4
제국의 강자를 넘어 얼음의 왕국으로 가다

초판 1쇄 발행 / 2008년 1월 8일
초판 3쇄 발행 / 2010년 6월 16일

지은이 / 김정률

발행인 / 오영배
편집장 / 김경인, 지영훈
편집 / 윤대호, 김재영, 김유경
펴낸 곳 / (주)삼양출판사 · 드림북스

주소 / 서울특별시 강북구 미아8동 322-10호
대표 전화 / 02-980-2112~4 팩스 / 02-983-0660
편집부 전화 / 02-980-2116 팩스 / 02-983-8201
블로그 / blog.naver.com/dreambookss

등록번호 / 제9-00046호
등록일자 / 1999년 3월 11일

ⓒ 김정률, 2007

값 8,000원

(주)삼양출판사 · 드림북스의 서면 허락 없이는 어떠한
형태나 수단으로도 이 책의 내용을 이용하지 못합니다.
ISBN 978-89-542-2226-6   04810
ISBN 978-89-542-2226-6   (04810)
ISBN 978-89-542-2141-2   (세트)

* 지은이와 협의하에 인지는 생략합니다.
* 잘못된 책은 구입한 곳에서 바꾸어 드립니다.

김정률 판타지 소설

FUSION FANTASY STORY & ADVENTURE

트루베니아 연대기 ④

제국의 강자를
넘어 얼음의 왕국
으로 가다

목차

I
욕망의 화신 샤일라

　상단의 분위기는 무척 침울했다. 반수가 넘는 동료가 목숨을 잃었으니 그럴 수밖에 없었다.

　그러나 죽은 사람은 죽은 사람이고 임무는 수행해야 했기 때문에 용병들은 묵묵히 수레를 따라 걸었다. 특히 베네스의 얼굴은 도무지 펴질 줄을 몰랐다.

　'정말 큰일이로군. A급 용병들을 모두 잃었으니…….'

　이번 상행에 투입된 A급 용병들은 스콜피온 용병단이 보유한 A급의 절반이다. 그들이 모두 죽었으니 스콜피온 용병단은 정말 엄청난 타격을 입은 것이다.

　용병단의 힘을 가늠하는 것이 보유한 A급 용병들의 수인만큼 스콜피온 용병단은 당분간 침체기를 겪어야 할 터였다.

'하지만 말이야.'

베네스가 상기된 눈빛으로 마차를 쳐다보았다. 마차에는 제로스를 꺾은 용병이 타고 있었다.

누가 보더라도 S급이 확실한 용병. 그 용병만 끌어들일 수 있다면 스콜피온 용병단은 오늘 입은 피해를 복구하고도 남을 터였다. S급 용병을 보유한 것만으로도 능히 일류 용병단으로 평가받을 수 있기 때문이다.

S급 용병은 마나를 다룰 수 있는 실력자를 뜻한다. 오로지 마나를 다스려 병기로 오러를 뿜어낼 수 있는 자들에게만 S급이라는 칭호가 허용된다. 그러나 그 과정은 일반 기사들이 오러를 뿜는 것과는 판이하게 달랐다.

헤아릴 수 없을 만큼 전장에서 병기를 휘둘러 자연스럽게 병기에 오러를 담는 방법을 터득한 자들이 바로 S급 용병들이었다. 그런 만큼 정해진 마나연공법에 기초해 마나를 다룰 수 있게 된 기사들과는 뭔가가 다를 수밖에 없다.

S급 용병들은 어지간한 기사들과는 비교할 수도 없을 정도의 다양한 상황 대처 능력과 실전에서 생사를 넘나들며 쌓아온 경험을 체득하고 있는 자들이다.

일반적으로 A급 용병은 오러를 발현시킬 수 있는 소드 엑스퍼트의 상대가 되지 못한다.

제아무리 자신만의 경지를 쌓았다고 하더라도 오러 자체의 위력을 극복할 수 없기 때문이다. 그러나 S급으로 올라가면 사정이 달라진다. S급으로 인정받은 용병들은 능히 소드 마스터를 상대할 수 있다.

헤아릴 수조차 없을 만큼 병기를 휘둘러 자신만의 검로를 찾아낸 자들인 만큼 소드 마스터에게 밀릴 이유가 없는 것이다.

그 때문에 각급 왕국에서도 S급으로 인정받은 용병에게는 특급 대우를 해 주었다. 소드 마스터와 대등하게 맞서 싸울 수 있는 실력자인 만큼 그럴 수밖에 없다.

현재 아르카디아 대륙에 존재하는 S급 용병은 채 이십 명도 되지 않는다. 그중 절반 이상은 소속된 국가로부터 작위를 받아 귀족이 되었다.

나머지 대부분은 자신의 용병단을 소유하고 있는 자들이다. 물론 거기에도 예외가 있다.

이례적으로 세 명의 S급 용병들은 용병단에 소속되어 있다. 친분이나 옛정을 잊지 못한 것이다. 현재 그들을 보유한 용병단은 하나같이 일류로 평가받고 있다. 단지 S급 용병이 가세한 것만으로 그렇게 되어버린 것이다.

베네스는 조용히 S급 용병이 가세한 용병단을 떠올려 보았다.

'그 용병단들도 원래는 규모가 그리 크지 않았어. S급 용병을 영입하는데 성공함으로써 용병들이 몰려들어 규모가 커진

것이지.'

 S급으로 인정받은 자는 일반 용병들에게는 자부심이자 숭배의 대상이었다.

 혹독한 자신과의 싸움에서 승리하여 오러 블레이드를 다루는 권능을 부여받은 자이니 만큼 그럴 수밖에 없다. S급 용병을 보유한 용병단의 규모가 커진 것은 바로 그 때문이었다.

 강자의 곁에서 뭔가를 얻고자 하는 용병들이 대우에 상관없이 모여들기 때문이었다. 깊은 생각에 잠겨 있던 베네스의 눈이 문득 빛났다.

 '만약 저 용병을 끌어들인다면 스콜피온 용병단은 일약 일류 이상으로 인정받을 수 있을 것이다.'

 하지만 그것은 베네스의 희망일 뿐이었다. 제로스를 꺾을 정도로 실력이 뛰어난 자를 끌어들이기 위해서는 얼마나 후한 대우를 해 줘야 할 것인가? 이런저런 생각에 베네스는 골머리를 앓아야 했다.

 '그런데 왜 자격심사를 받지 않았지? A급과 S급은 받는 보수에서 엄청난 차이가 있는데…….'

 일단 상대가 S급이란 사실은 의심할 여지가 없다. 제로스는 이미 세 명의 S급 용병을 죽인 실력자이다. 그에게 죽은 한 명은 용병단에 소속된 S급 랭커이다.

 그를 잃은 용병단은 엄청난 타격을 입어 해체될 위기에 놓여 있다고 들었다. 그런 제로스를 꺾었으니 자격심사를 받는다면 틀림없이 S급으로 인정받을 것이다. 그 사실을 떠올린 베네스가 심호흡을 했다.

'되든 안 되든 일단 한 번 말을 붙여 봐야겠군.'

레온은 지금 엄청난 질문 공세에 시달리고 있었다. 트레비스와 샤일라가 붙어 앉아 계속해서 말을 걸었기 때문이었다. 과묵한 맥스조차 상기된 눈빛으로 레온을 쳐다보고 있었다.

"정말 대단하십니다. 어떻게 해서 그런 실력을?"

"너무나 멋있었어요. 그토록 악명을 떨치던 제로스를 무참히 꺾어 버리다니 말이에요."

집중되는 관심에 레온이 난감한 표정을 지었다. 판이하게 변한 용병들의 눈빛이 다소 부담스러웠기 때문이다. 조금 전까지만 해도 용병들은 자신을 그리 탐탁하게 생각하지 않았다.

'A급 용병이라고? 거짓말도 가려가면서 해라.'

'간도 크군. B급도 아니고 감히 A급 용병을 사칭하다니……'

이랬던 그들의 눈빛이 대번에 존경과 숭배로 변해 버린 것이다.

힘을 숭상하는 용병사회의 일면을 여실히 보여주는 광경이다. 머뭇거리던 레온이 대수롭지 않다는 듯 얼버무렸다.

"별거 아니오. 그리 강한 상대는 아니었소."

그 말에 용병들이 입을 딱 벌렸다.

"세상에! 특급 흉악범인 제로스가 별거 아니었다니……. 그의 손에 무수한 기사들이 죽었어요. S급 용병들도 무려 세 명이나 당했고요."

"……."

"어쨌거나 러프넥 님이 자격심사를 받는다면 S급 평가는 거뜬히 받을 수 있겠군요. 오러 블레이드를 발현시킬 수 있으니 말이에요. 메이스로 오러를 뽑는 것은 검보다 월등히 어렵다고 하던데……."

난감해진 레온이 마차 안으로 들어가려 했다. 질문 공세에서 벗어나는 길은 오직 그것밖에 없다. 그러나 용병들은 레온을 순순히 놓아주지 않았다.

이미 샤일라가 옆에 찰싹 붙어 앉아 팔짱을 꽉 끼어 버린 상황이었다.

"얘기 좀 해요. 이곳까지 오며 거의 대화를 나누지 않았잖아요?"

그 말이 끝나는 순간 샤일라의 눈이 요염하게 빛났다. 혀를 내밀어 붉고 도톰한 입술을 살짝 핥은 샤일라가 손을 뻗었다.

"헉."

레온이 펄쩍 뛰었다. 샤일라의 손이 허벅지 안쪽, 남성의 민감한 부분을 파고들었기 때문이었다.

물론 초절정고수인 레온이 막아내지 못할 리가 없다. 잽싸

게 손을 낚아챈 레온이 황당하다는 얼굴로 샤일라를 쳐다보았
다.

"이, 이게 무슨 짓이오?"

그러나 샤일라는 눈썹 하나 까딱하지 않았다.

"혹시라도 밤이 외로우시지 않으세요? 그러시다면 제가 달
래드릴게요."

레온이 천부당만부당하다는 듯 머리를 흔들었다.

"안될 말이오. 나에겐 그러고 싶은 생각이 전혀 없소."

"어머? 남자답지 않으시군요. 이건 쉽게 오는 기회가 아니
에요."

맥스와 트레비스가 못 말리겠다는 듯 머리를 절레절레 흔들
었다.

'또 시작이로군.'

레온이 굳은 표정으로 단단히 붙잡고 있던 샤일라의 손을
뿌리치려 했다. 순간 그의 눈이 살짝 커졌다.

'이, 이 기운은?'

레온은 선천적으로 마나의 흐름을 간파하는 능력을 가지고
있다. 초인의 경지에 오르며 그 능력은 더욱 더 가다듬어졌다.

눈매를 살며시 좁힌 레온이 샤일라의 팔목을 잡고 생각에
잠겼다. 그 모습을 본 샤일라가 암암리에 코웃음을 쳤다.

'겉으론 완강히 거부하더니…… 역시 남자들은 어쩔 수 없
는 속물들이라니까!'

그러나 레온은 그 기미를 눈치채지 못했다. 그는 지금 정신을 집중해서 샤일라의 몸속 마나의 흐름을 판별해 보고 있었다. 그의 표정이 점점 심각해졌다.

'틀림없어. 그녀의 몸속 마나 흐름은 범인과는 판이하게 달라. 스승님께 얼핏 들은 적이 있는 것 같은데?'

그는 어느덧 스승인 데이몬과의 대화를 떠올리고 있었다.

"어찌 보면 인간만큼 개성이 뚜렷하고 다양한 종족은 없다. 재능을 쉽게 속단할 수 없다는 뜻이지. 솔직히 말해 난 너의 재능을 그리 높게 보지 않았다. 하지만 그것은 나의 착각에 불과했다. 너에게는 엄청난 재능이 잠재되어 있었다."

데이몬이 기특하다는 눈빛으로 레온을 쳐다보았다. 부단한 노력으로 그 누구도 따라올 수 없는 성취를 이룬 레온이 아니었던가?

"과찬의 말씀이십니다. 아직까지 멀었습니다."

"녀석, 겸손하기는. 아무튼 인간에게는 무한한 잠재력이 있다."

말을 마친 데이몬이 살짝 입맛을 다셨다.

"이건 나 혼자만의 생각일 뿐인데 만약 트루베니아에도 칠음절맥이나 구음절맥의 여인이 있다면, 또한 그 여인이 마법을 배운다면 그 성취가 얼마나 될까 고민해 본 적이 있다."

듣고 있던 레온이 눈을 가늘게 뜨며 물었다

“칠음절맥이오?”

“그렇다. 매우 특이한 체질을 지닌 여인이지. 과거 내가 왔던 중원에서도 찾아보기 힘들 정도로 희귀한 존재야.”

절맥이란 선천적으로 음기를 타고난 여인을 일컫는 말이다. 사람의 몸에는 양기와 음기가 함께 존재한다. 보편적으로 사내에게는 양기가 많고 여인에게는 음기가 많은 편이다.

개인별로 차이가 있긴 하지만 편차가 그리 크지는 않다. 그러나 구음절맥이나 칠음절맥은 음기와 양기의 비율이 범인과는 비교조차 할 수 없을 정도로 높다. 그러므로 성장 과정 자체도 보통 사람과는 판이하게 다를 수밖에 없다.

“절맥을 타고난 여인들의 수명은 극히 짧다. 비정상적으로 많은 음기로 인해 맥이 굳어 막혀 버리기 때문이지. 보통 칠음절맥은 이십 세, 구음절맥은 십팔 세를 넘길 수 없다는 것이 정론이다.”

그 말을 들은 레온이 깜짝 놀라 눈을 크게 떴다.

“그럼 치료법이 전혀 없는 것입니까?”

“뭐 전혀 없지는 않다. 방대한 양기를 내포한 영약을 먹거나 웅혼한 내력을 가진 내가고수가 혈맥이 막히지 않도록 계속 내공을 주입시켜 준다면 수명을 연장시킬 수 있다. 하지만 그것은 임시방편일 뿐이야. 치료를 중단한다면 증세가 다시 발작하니까 말이다.”

“아무나 그런 치료를 받을 순 없겠죠?”

레온의 말에 데이몬이 묵묵히 고개를 끄덕였다.

"그렇지. 내가 왔던 중원에서는 무림세가나 부잣집 딸로 태어나야만 그런 호사를 누릴 수 있지. 가난한 집에서 태어났다면 병세가 무엇인지도 모르고 요절할 수밖에 없는 게야. 뭐 그럴 경우라도 예외가 있긴 하지만."

"예외라면?"

데이몬의 얼굴에 머쓱한 표정이 스쳐지나갔다.

"절맥이란 과도한 음기 때문에 혈맥이 굳어 들어가는 증상이다. 따라서 적절히 양기를 보충해 준다면 생을 이어나갈 수 있지."

"양기를 보충해 준다니요?"

"말 그대로다. 음양화합을 통해 사내의 양기를 빨아들여 음기를 중화시키는 것이지. 그럴 경우 절맥의 여인은 욕망의 화신이 되어버린다. 단 하루라도 남자와 동침을 하지 못하면 잠을 이루지 못할 정도이다. 몸에 가득한 음기가 계속해서 남자의 양기를 요구하기 때문이야."

"놀랍군요. 그런 체질이 있다니……."

데이몬이 묵묵히 고개를 끄덕이며 말을 이어나갔다.

"필연적으로 기구한 운명을 가질 수밖에 없는 체질이지. 그나마 트루베니아는 나은 편이다. 성애에 대해 비교적 관대하기 때문이지. 그러나 정조를 중시하는 중원에서는 쉽사리 선택할 수 없는 방법이다. 아무튼 문제의 요지는……."

데이몬이 레온을 똑바로 쳐다보며 말을 이어나갔다.

"절맥의 여인은 타고난 체질에 대한 반대급부 때문에 지능이 매우 뛰어날 뿐더러 이해력도 범인에 비할 수 없을 정도로 빠르다. 만약 절맥의 여인이 마법을 익힌다면 그 성취는 타의 추종을 불허할 것이다."

"하지만 이십 세를 넘기지 못하고 죽는다면서요? 그렇다면 마법을 배워봐야…… 윽!"

눈에 별이 번쩍하는 것을 느낀 레온이 뒤로 주춤주춤 물러났다. 데이몬이 인상을 쓰며 레온을 노려보았다.

"다 해결책이 있으니 그러는 것 아니냐? 절맥도 치료법이 전혀 없지는 않다. 특히 절맥에 대한 치료법은 사파 쪽에서 잘 연구되어 있지."

사파 무사들이란 강해지기 위해서 수단과 방법을 가리지 않는 족속들이다. 강해지기 위해 갖가지 수단을 다 강구한다. 그들 중에는 채음보양이라는 수단을 통해 강해지려는 무사들도 있었다.

"……"

"채음보양을 익힌 무사들은 눈에 불을 켜고 절맥의 여인을 찾아다닌다. 평범한 여인보다 몇 배나 많은 음기를 지속적으로 빨아들일 수 있기 때문이다. 그 과정에서 절맥에 대한 연구가 방대하게 이루어졌고 마침내 해결책이 개발되었다."

"그것이 무엇입니까?"

"하나의 내공심법이다. 절맥의 여인이 이 내공심법을 익힐 경우 체질의 굴레에서 벗어날 수 있을뿐더러 속성으로 내공을 쌓아 단시간 내에 무림고수가 될 수 있지."

원래 그 내공심법은 북해의 빙궁에서 유래되었다고 한다. 북해빙궁의 무사들은 특유의 위력적인 음한기공으로 항상 중원 무사들을 긴장시키는 존재이다.

그들의 무공에서 뿜어져 나오는 냉기는 무공을 익힌 무사들도 버티기 힘들 정도였다. 그러나 빙궁에서 비밀리에 무사들을 파견하여 절맥의 여인들을 모은다는 사실은 무림에 거의 알려지지 않았다. 그것은 절맥의 치료법을 가장 먼저 개발해낸 곳이 북해빙궁이라는 뜻이다.

"북해는 매우 추운 곳이야. 때문에 빙궁 무사들은 냉기를 효과적으로 이용할 줄 안다. 그런 그들이 선천적으로 음기를 타고난 절맥에 관심을 가진 것은 하등 이상할 게 없어."

절맥의 여인은 선천적으로 많은 음기를 가지고 태어난다. 그 음기를 특유의 내공심법을 통해 제어하여 무공에 응용시킨다면 가공할 만한 위력을 발휘할 수 있다.

실제로 빙궁에는 나이에 비해 믿을 수 없는 성취를 보이는 젊은 여고수들이 많았다. 그런데 그들의 정체가 중원에서 납치, 혹은 팔려간 절맥의 여인이라는 사실이 우연한 기회에 드러났다.

그 사실이 퍼지자 많은 사파의 무사들이 빙궁 특유의 절맥 치료법에 눈독을 들였다.

빙궁 소속 무사들은 곳곳에서 공격을 받았고 몇몇 담이 큰 사파 고수들은 무리를 지어 빙궁에 난입하기도 했다.

빙궁에서 필사적으로 비밀을 엄수하려 했지만 역부족이었다. 그리하여 빙궁에서 개발된 절맥 치료법은 급기야 중원무림계에 알려지게 된다.

그 일을 가장 적극적으로 행한 쪽은 다름 아닌 사파, 그들은 빙궁에서 빼낸 절맥 치료법을 연구하여 더욱 효과적인 내공심법을 만들어 냈다. 묵묵히 듣고 있던 레온에게 데이몬의 설명이 이어졌다.

"치료법이라고 해 봐야 별것이 없어. 그저 몸속의 음기를 다스리고 제어할 수 있게 만드는 것뿐이야. 단, 그것만으로는 완벽한 치료법이라고 할 수 없지. 그 음기를 내공화하여 음한 기공을 연성해야만 비로소 체질의 굴레를 벗어날 수 있어. 음기를 운공을 통해 진기화하여 단전에 쌓는 것이지. 하지만 그것을 마법에 응용해 보면 어떨까?"

"마법요?"

"그렇다. 절맥의 여인이 내공심법을 익혀 음기를 통제할 수 있게 된 후에 냉기 계열의 마법을 익힌다면 어떻게 되겠느냐?"

그러나 레온은 스승의 질문에 대답할 수 없었다. 스승과는 달리 그는 마법에 문외한이었기 때문이었다. 그럴 줄 알았다는 듯 데이몬이 잔잔한 어조로 말을 이어나갔다.

"아마도 무공보다 더욱 뛰어난 성취를 보이게 될 것이다. 내공화하는 것보다는 재배열되는 마나에 끼워 넣어 더욱 위력적인 마법을 펼쳐낼 수 있을 테니까."

"놀랍군요. 하지만 트루베니아에 과연 절맥의 여인이 있을까요?"

"그거야 알 수 없지. 절맥이라는 증상 자체를 모르고 살아가다 요절할 것이 분명하니까 말이다. 나는 기회가 없어 실험해 보지 못했다. 하지만 너는 입장이 다르지."

말을 마친 데이몬이 레온을 쳐다보았다.

"너에게 절맥의 치료법을 가르쳐 주겠다. 만약 절맥의 여인을 만나게 된다면 네가 한 번 실험해 보아라. 그럴 가능성은 희박하겠지만 말이다. 알겠느냐?"

레온이 우직한 얼굴로 묵묵히 고개를 끄덕였다.

상념에서 깨어난 레온이 고개를 돌려 샤일라를 쳐다보았다. 감별해 본 결과 그녀는 절맥을 타고 태어난 여인이 틀림없어 보였다.

'서른이 다 되어 보이는데 지금까지 살아남다니, 대단하군. 본능적으로 남자와 몸을 섞어 양기를 보충했기 때문일 테지?'

불현듯 샤일라에 대한 측은함이 가슴속에서 피어올랐다. 살아남기 위해 어쩔 수 없이 남자를 유혹할 수밖에 없었던 제반 사정이 이해된 것이다.

그녀에 대한 편견이 흔적도 없이 사라지는 것을 느낀 레온이 조용히 입을 열었다.

"나중에 조용한 곳에서 얘기 좀 합시다."

그 말을 들은 순간 샤일라의 눈이 초롱초롱해졌다.

"언제요?"

"빠르면 빠를수록 좋소. 오늘 밤은 어떻소?"

샤일라가 배시시 미소를 지으며 고개를 끄덕였다.

"알겠어요. 목욕재계를 하고 기다리겠어요."

고개를 끄덕인 레온이 샤일라의 팔목을 놓아주었다. 맥스와 트레비스가 재미있다는 눈빛으로 레온을 쳐다보고 있었다.

'러프넥 님도 결국 넘어갔군. 하긴 샤일라의 인물이 그리 빠지는 편은 아니니 말이야.'

'아무튼 불여우라니까? 그래봐야 며칠 못 버티고 샤일라를 멀리하게 될 테지만.'

맥스와 트레비스는 이미 샤일라와 몸을 섞어본 적이 있다. 쟉센 역시 마찬가지였다. 그러나 지금은 그들도 샤일라를 멀리하고 있었다.

그녀의 지칠 줄 모르는 욕구를 도저히 채워줄 수 없었기 때문이었다. 그들의 입장에서 샤일라는 타고난 색녀였다.

'삼 일도 되지 않아 피골이 상접하겠군.'

'밤새도록 시달릴 것을 생각하면……, 후 생각만 해도 끔찍

해.'

⚜

두런두런 대화를 나누는 사이 대열이 멈췄다. 주위를 둘러보던 베네스가 우렁차게 고함을 질렀다.

"정지. 여기에서 쉬어가기로 한다."

일꾼들과 용병들의 얼굴에는 지친 기색이 역력했다. 치열한 사투를 거친 피로가 채 회복되기도 전에 강행군을 한 탓이었다. 도적들이 창궐하는 곳은 이미 벗어났기에 그는 이쯤에서 쉬어가기로 마음먹었다.

"일대의 대원들은 식사 준비를 하라. 나머지는 휴식을 취하도록."

용병들의 얼굴에는 살았다는 기색이 역력했다. 다리가 후들후들 떨려 금방이라도 주저앉을 것 같았기 때문이었다.

구슬 같은 땀을 흘리며 이리저리 주저앉는 용병들, 식사당번이 된 일꾼들이 이마의 땀을 훔치며 식사 준비를 했다.

맥스가 마차에서 뛰어내리며 소리쳤다.

"우리도 식사 준비를 하지."

그 말을 들은 트레비스가 마차 뒤로 다가가서 비상식량을 꺼냈다.

용병들의 음식 메뉴는 별것이 없었다. 육포를 넣어 끓인 수프가 전부였는데, 피로와 허기에 지친 용병들은 정신없이 수프를 퍼먹었다. 맥스 일행의 메뉴 역시 마찬가지였다.

트레비스가 나무를 주어와 모닥불을 피우자 맥스가 물을 끓인 뒤 말린 육포를 집어넣었다.

무료했던 레온도 모닥불 앞에 앉았다. 오직 알리시아만이 마차 안에 앉아 있을 뿐이었다.

동그랗게 둘러앉아 수프가 끓기만을 기다리는데 누군가가 다가왔다. 조그마한 꾸러미를 든 베네스였다. 꾸러미를 펼치자 매캐한 냄새가 코를 찔렀다.

"이것 좀 넣어 드시오. 노린내를 없애는 데는 그만일 것이오."

매캐한 냄새의 정체를 알아차리자 일행들의 눈이 커졌다. 베네스가 가지고 온 것은 다름 아닌 후춧가루였다.

같은 무게의 황금보다 비싸다는 향신료를 가지고 온 것이다. 워낙 비싸서 구경도 하지 못했던 물건이라 트레비스가 얼른 나서서 꾸러미를 받아 챙겼다.

"고맙소. 잘 먹겠소."

혹시라도 빼앗아가기라도 할까봐 트레비스가 꾸러미의 후추를 모조리 냄비 속에 털어 넣었다. 그것을 보고 베네스가 기겁을 했다.

"그, 그걸 몽땅 넣다니? 손톱만큼만 넣어도 될 것을?"

아닌 게 아니라 스프의 맛은 눈물이 찔끔 나올만큼 매웠다. 그토록 비싸다는 후추를 한 꾸러미나 집어넣은 탓이었다. 한 숟가락 떠서 맛을 본 트레비스가 울상을 지었다.

"이런."

후추를 듬뿍 넣은 덕택에 고기 특유의 비린내는 모두 사라졌다.

그러나 문제는 목구멍이 매캐할 정도로 수프가 맵다는 점이다. 목구멍으로 넘기기 힘든 정도라서 트레비스로선 난감해할 수밖에 없었다.

"죄, 죄송합니다. 처음 후추를 본 탓에……."

해결책은 맥스가 제시했다.

"차라리 저쪽 용병들의 스프랑 섞는 게 나을 것 같군. 그럼 맛이 희석될 테니 말이야."

그 제안에 아무도 반대하지 않았다. 매운 스프를 먹는 것은 그 정도로 고역이었다. 맥스가 다가가서 자초지종을 설명하자 용병들은 아무 말도 없이 동의했다.

후추는 그들에게도 여간해서는 맛보기 힘든 향신료이니만큼 거절할 까닭이 없었다.

그들의 것과 뒤섞고 나자 스프는 비로소 후추 특유의 향과 맛을 되찾을 수 있었다. 한 숟갈 떠먹어 본 맥스가 감탄의 표정을 지었다.

"오! 맛있군. 비린내가 하나도 나지 않아."

　용병들의 얼굴에도 희색이 가득했다. 후추를 넣은 덕분에 스프의 맛이 판이하게 달라졌기 때문이다. 반면 베네스의 얼굴은 딱딱하게 굳어 있었다.

　아끼고 아꼈던 후추 꾸러미를 통째로 털렸으니 속이 쓰릴 수밖에 없다. 그러나 그는 억지로 얼굴빛을 고쳤다.

　'후추 값이 만만찮긴 하지만 지금은 그걸 생각할 때가 아니다.'

　그가 맥스의 옆자리를 파고들었다.

　"저도 한 그릇 주시겠습니까?"

　트레비스가 겸연쩍은 표정으로 수프 한 그릇을 떠서 내밀었다.

　"여기 있습니다."

　이미 샤일라가 수프 한 그릇을 마차 속의 알리시아에게 가져다 준 상태였다. 일행은 둘러앉은 채 식사를 시작했다.

　물론 식사하는데 담소가 빠질 순 없는 노릇. 대화의 주제는 단연코 레온이었다. 베네스가 상기된 눈빛으로 레온을 쳐다보았다.

　"정말 대단하십니다. 용병으로서 자신과의 싸움에 이겨 마나를 다스리는 경지에 오르시다니 말입니다."

　"……."

　"나이가 올해 어떻게 되십니까?"

　난감한 표정을 짓고 있던 레온이 떠듬떠듬 대답했다.

"올해 서른입니다."

그 말을 들은 용병들의 눈이 커졌다. 나이 서른에 S급 용병이 되었다는 경우를 처음 들어보았기 때문이다.

수없이 전장을 전전하여 중년 이상이 되었을 때 극악한 확률로 간신히 들 수 있는 경지가 S급이다. 그 말을 들은 베네스가 눈을 빛내며 고개를 끄덕였다.

'상황을 보니 이자는 심산유곡에 틀어박혀 죽도록 수련만 한 자가 틀림없어. 제대로 된 마나 연공법을 이용해 기사와 동일한 방법으로 마나를 다스리는 법을 터득한 거야. 어쨌거나 그래도 대단하군. 기사들 중에서도 삼십대 초반에 소드 마스터가 되는 경우는 드문데 말이야.'

그렇게 생각하니 답이 나왔다. 베네스의 눈가에 회심의 빛이 스쳐지나갔다.

'그렇다면 세상 물정에 지극히 어두울 것이 틀림없어. 어떻게든 꼬드겨 계약을 맺는다면…….'

결과를 떠올려 본 베네스의 몸이 부르르 떨렸다. 수단과 방법을 가리지 않고 계약만 맺을 수 있다면 스콜피온 용병단은 그야말로 대어를 낚는 것이다. 마음이 급해진 베네스가 입을 열었다.

"혹시 S급 용병의 몸값이 얼마나 되는지 아십니까?"

레온이 뜻밖이라는 듯 눈을 크게 떴다. 그러나 베네스는 아랑곳없이 말을 이어나갔다.

"현재 자작가문에서 얼마의 보수를 받는지 알려주실 수 있으신지요."

베네스는 마음을 단단히 먹었다. 자작가문에서 얼마를 받던지 간에 무조건 터무니없는 금액이라고 우길 생각이었다.

'어떻게든 자작가문과의 사이를 틀어놓아야 해. 그래야만 수작을 부릴 여지가 있어.'

그러나 레온은 이미 베네스의 속내를 훤히 꿰뚫어보고 있었다. 이미 비슷한 경우를 여러 번 겪어본 그가 아니던가? 레온의 얼굴이 싸늘하게 경직되었다.

"내가 얼마의 보수를 받건 무슨 상관이시오?"

"……."

"난 충분히 적절한 보수를 받고 있소. 본인은 거기에 대해 아무런 불만이 없소."

"하, 하지만 S급 용병의 정확한 몸값은……."

레온이 단호한 어조로 말을 이어나갔다.

"흡족한 수준으로 받고 있으니 더 이상 거론하지 마시오. 내가 보수에 만족하면 된 것 아니오?"

그 말을 들은 베네스는 맥이 탁 풀리는 것을 느꼈다. 상황을 보니 러프넥이란 용병은 전형적인 무인이었다.

오직 무의 길만을 외골수로 파고드는 무인은 통상적으로 금전적인 문제를 가볍게 여기는 경향이 있다.

'용병이 아니라 기사 쪽에 가까운 자였어. 난감하군.'

곤란해 하는 베네스를 향해 레온이 일침을 놓았다.

"내가 S급이건 A급이건 상관없소. 어쨌거나 난 계약을 맺었고 그 기간 동안 계약에 충실할 생각이오."

"그, 그러시다면 계약기간이 언제까지인 지라도 알려주시면……."

레온의 대답을 들은 베네스는 맥 빠진 얼굴로 한 번 더 매달렸다.

"아직까지 계약기간이 많이 남아 있소. 난 계약기간이 끝나고 나서야 다시 자격심사를 볼 생각이오."

말을 마친 레온은 더 이상 듣고 싶지 않다는 듯 몸을 일으켰다. 휭하니 몸을 돌려 가는 레온을 베네스가 당황한 표정으로 쳐다보고 있었다.

⚜

식사를 마친 일행은 다시 행군에 나섰다. 풀죽은 모습으로 무리를 인도하는 베네스를 맥스 일행이 고소하다는 표정으로 쳐다보았다. 가장 신나하는 이는 트레비스였다.

"수작을 부리다가 된통 당했군요."

맥스가 빙글빙글 웃으며 대답했다.

"그럴 만도 하지. S급 용병을 영입한다면 스콜피온 용병단의 위상이 비교도 안 되게 치솟을 테니까. 하지만 현실적으로 그럴 가능성은 희박해. 상식적으로 러프넥 님 정도의 강자가 스콜피온 정도의 군소 용병단에 몸을 담아야 할 이유는 없지.”

말을 마친 맥스가 일행들의 얼굴을 둘러보았다.

“저 정도 실력이라면 어떤 왕국에 가도 능히 작위를 받을 수 있어. 제로스를 물리쳤다는 사실을 알게 되면 누구라도 탐을 내지 않을 리가 없을 테니 말이야.”

“하긴 그렇죠.”

맞장구를 치던 트레비스의 눈이 돌연 휘둥그레졌다. 옆자리에 앉은 샤일라가 침울한 표정을 짓고 있었기 때문이었다.

“너 왜 그래? 오늘밤에 러프넥 님과 하룻밤을 약속했잖아.”

샤일라가 마뜩찮은 표정으로 고개를 끄덕였다.

“그렇긴 하지만…….”

“그런데 뭐가 문제야?”

“넌 내 심정을 몰라.”

말을 마친 샤일라가 입을 꾹 닫아 버렸다. 트레비스가 이해할 수 없다는 표정을 지었지만 그녀의 표정은 여전히 풀리지 않았다.

II
구음질맥을 타고난 여인

일행은 하루 종일 움직여서 마침내 조그마한 마을에 도착했
다. 규모는 작았지만 주요 교역로에 위치해 있어서 여관과 음
식점이 완비되어 있는 마을이었다.

일행은 그곳에서 모처럼 지친 심신을 푹 쉴 수 있었다. 제대
로 된 음식과 잠자리만 해도 긴 여정 동안 쌓인 피로를 푸는
데 충분했다.

용병들은 마을에 하나 있는 술집을 차지하고 술판을 벌였
다. 죽은 동료들을 기억에서 떠나보내고 끔찍한 경험을 씻어
버리는 데 술의 힘을 빌리려는 것이다.

맥스 일행은 술판에 끼어들지 않았다. 그들은 욕실에서 몸을 씻고 일찌감치 잠자리에 들어갔다.

여정 동안 피로가 쌓였는지 그들은 곧 깊은 잠에 빠져 들어갔다. 오직 샤일라만 빼고…….

여자라는 이유로 독방을 배정받았지만 샤일라의 얼굴은 그리 밝지 않았다.

"조금 있으면 러프넥 님이 찾아오겠지?"

제 입으로 말했으니 틀림없이 찾아올 터였다. 그녀의 입장에서 러프넥은 그야말로 최고의 남성이나 다름없었다. S급 랭커라는 사실 하나만 봐도 충분했다.

그런 사람과 잠자리를 할 수 있게 되었으니 의당 기뻐야 하건만 샤일라는 그리 달갑지 않았다. 그것은 지금까지 그녀가 겪어온 경험에 기인한 것이었다.

"러프넥이란 자도 역시 나와 몸을 섞은 뒤 아무 일도 없었다는 듯 떠나가겠지?"

지금까지 그녀와 관계를 맺은 남자들은 대부분 그러했다. 일말의 미련도 없이 떠나 버리는 남자들을 샤일라는 지금껏 수도 없이 목격했다. 아이러니하게도 지금 그녀가 서글퍼하는 것은 바로 그 때문이었다.

"남자들은 날 여자로 대접해 주지 않아. 일시적으로 욕정을 풀 수 있는 대상으로 여길 뿐이지."

물론 그것은 그녀의 행위에 기인한 바가 컸다.

괜찮아 보이는 남자만 보면 노골적으로 유혹하는 것이 습관이 된 탓이었다. 먼저 유혹을 받은 남자들이 그녀를 정중히 대우해 줄 리가 만무한 일.

지금껏 샤일라는 때론 행실 나쁜 변태에게 걸려 온갖 고초를 겪은 일이 적지 않았다. 그 사실을 떠올리자 샤일라의 안색이 어두워졌다.

"내가 왜 그러는지 나도 모르겠어. 쓸 만한 남자만 보면 몸이 먼저 달아오르니……."

자고로 사랑이 뒷받침되지 않은 관계는 허탈하기 마련이다. 지금껏 샤일라는 제 볼일만 보고 떠난 남자의 뒷모습을 보며 눈물 흘린 적이 한두 번이 아니었다.

물론 관계를 맺을 때는 아무런 생각도 나지 않는다. 쾌락에 몸부림치느라 다른 생각을 할 겨를이 없는 것이다.

그러나 그 시간이 지나가면 공허함이 그녀의 가슴속을 가득 메웠다. 샤일라의 입가에 자조어린 미소가 맺혔다.

"내 나이도 내년이면 서른, 혼기를 지나도 훨씬 지났지. 이런 내가 평범한 여인들처럼 결혼해서 아이를 낳을 수 있을까?"

생각해 보던 샤일라가 어처구니없다는 듯 머리를 흔들었다. 지금까지 적지 않은 남자와 관계를 맺어왔다. 하지만 아이를 가진 적은 한 번도 없었다.

다시 말해 그녀는 아이를 갖지 못하는 몸인 것이다. 샤일라가 살짝 손을 들어 서서히 늘어가는 눈가의 잔주름을 매만졌다.

"나이가 들어 추해지면 남자들은 더 이상 날 거들떠보지 않겠지?"

그렇게 생각하자 처연해졌다. 샤일라는 쓸쓸히 미소 지으며 지나온 삶을 떠올려 보았다. 그것은 한 마디로 파란만장하다고 표현할 수 있는 인생이었다.

샤일라는 평범한 자영농의 딸로 태어났다. 그러나 그녀가 겨우 주위를 인식할 수 있는 나이에 불행이 찾아왔다. 돌림병으로 부모와 형제가 모두 목숨을 잃은 것이다.

오직 그녀만이 살아남았고 때마침 방문한 삼촌의 손에 거둬졌다. 조그마한 마을에서 여관을 하는 삼촌은 홀로 남은 샤일라를 안타깝게 여기고 데려간 것이다.

이후 샤일라는 열다섯 살이 될 때까지 삼촌의 여관에서 잔일을 하며 성장한다.

그 시기에 대해서는 샤일라도 별달리 불행하다고 생각하지 않았다. 친자식만큼은 아니지만 삼촌과 숙모가 그럭저럭 잘 돌봐주었던 것이다. 여관의 잔일을 거드는 것도 그리 힘들지 않았다.

그러나 그녀가 열다섯 되던 해에 인생의 전환점이 될 사건이 찾아왔다. 우연히 여관에 투숙한 마법길드 소속의 마법사가 그녀의 자질을 알아본 것이다. 심심풀이 삼아 샤일라의 몸을 스캔해 본 마법사의 눈이 커졌다.

"상당히 뛰어난 마나친화도로군. 훌륭한 마법사로 성장할 가능성이 높아."

마법사는 즉시 길드에 그 사실을 보고했다. 그리하여 길드의 주요 책임자가 샤일라가 일하고 있던 여관을 찾아왔다.

샤일라의 몸을 스캔해 본 책임자는 머뭇거림 없이 그녀의 삼촌을 찾았다.

"샤일라 양의 장래를 우리 마법길드에서 책임지고 맡겠소."

뜻밖의 제안에 삼촌의 눈이 커졌다. 그러나 책임자는 아랑곳없이 할 말을 해 나갔다.

"샤일라 양의 마법적인 재능은 범인을 능가하오. 틀림없이 좋은 마법사로 성장할 것이오."

"하, 하지만 그 아이는……."

그러나 이어지는 마법길드 책임자의 말에 삼촌은 입을 꾹 닫고 말았다.

마법길드에서 샤일라를 데려가는 조건으로 상당히 많은 돈을 제시했던 것이다.

여관이 그리 잘 되지 않아 재정적인 어려움을 겪던 삼촌은 두말하지 않고 길드의 제안을 승낙했다. 샤일라는 바로 그런 이유로 열다섯의 나이에 집을 떠나 마법길드에 들어가게 된다.

마법길드에서는 샤일라에게 전폭적인 후원을 해 주었다. 전액 장학생으로 길드 산하 마법학부에 등록시킨 것이다. 학부에서의 생활은 샤일라에게 그리 나쁘지 않았다.

마법학부에 다닐 수 있는 것은 소수의 선택받은 자들에게만 허락된 행운이기 때문이다.

샤일라의 재능은 정말 대단했다. 비교적 늦은 나이인 열다섯에(마법 학부 학생들은 대부분 십 세 이전에 마법을 배운다) 학부에 들어갔음에도 불구하고 학업의 성취도는 타의 추종을 불허했다.

그녀는 불과 삼 개월도 안 되어 마나를 느끼는 경지에 이르렀다. 다른 학생들이 무려 일 년 이상을 노력해야 하는 것을 그녀는 단 석 달 만에 도달한 것이다.

이후 그녀의 앞날은 탄탄대로였다. 열여섯의 나이에 1서클 마법을 사용할 수 있게 되고 그 이듬해에 2서클에 올라섰다.

십 세 이전부터 마법을 배운 다른 학생들이 스물이 넘어서야 2서클에 올라선다는 것을 감안할 때 정말 놀라운 성취였다. 그로 인해 샤일라는 마법길드로부터 깊은 관심을 받게 된다.

성취 속도를 감안할 때 최연소의 나이에 6서클을 넘어서 마도사라 불릴 가능성이 농후했기 때문이었다.

"이 아이는 길드의 모든 힘을 기울여서라도 키워 볼 가치가 있어."

　길드에서는 샤일라에게 전폭적인 후원을 해 주었다. 거의 이례적으로 전담 마법 교수가 붙여졌고 값비싼 마법기재들이 아낌없이 제공되었다.

　혼자 사용하는 숙소와 연구실은 기본이었다. 그에 고무된 샤일라는 더욱 마법수련에 매진했다.

　그녀 역시 마법이라는 학문에 깊이 심취해 있었던 것이다. 그로 인해 그녀는 열여덟의 나이에 4서클의 유저가 되는 기염을 토해냈다. 마법길드의 오랜 역사를 뒤져봐도 유래가 없는 일이었다.

　"샤일라는 천부적으로 타고난 마법사야. 역대 마도사 중에서도 그녀만큼 빠른 성취를 보인 사람은 없었어."

　칭찬이 거듭되자 샤일라는 오만해졌다. 이전에 친하게 지냈던 친구와도 거리를 둘 정도였다.

　"내 마법재능은 학생들 중에서 단연 최고라고 했어. 거기에 맞게 놀아야 해."

　별안간 변해 버린 그녀의 태도에 다른 학생들이 질시의 눈빛을 보냈지만 샤일라는 상관하지 않았다.

　자신이 최고라는 망상에 사로잡힌 것이다. 그러나 불행하게도 그녀의 재능은 그리 오래가지 않았다.

　그 시절을 회상해 본 샤일라의 얼굴에 그늘이 드리워졌다.

　"그땐 정말 바보 같았지. 조금만 현명하게 행동했어

도……."

그녀의 행복을 앗아간 것은 괴질이었다. 나이 열여덟, 막 4서클의 유저가 되고 난 뒤 얼마 되지 않아 샤일라는 괴질에 걸려 앓아누워 버렸다.

전신에 오한이 들고 몸이 사시나무 떨리듯 추워지는 괴질이었다. 그 때문에 길드는 발칵 뒤집혔다.

가장 촉망받는 인재가 병으로 앓아누웠으니 엄청난 자금을 투자한 길드의 입장에서는 오죽하겠는가?

길드에서는 샤일라를 치료하기 위해 만금을 아끼지 않았다. 명망 높은 신관들이 대거 초빙되었고 길드의 간부들이 직접 나서서 치료마법을 시전했다.

그러나 샤일라가 걸린 괴질은 백약이 무용지물이었다. 힐링도 통하지 않았고 포션을 먹어도 차도가 없었다. 마치 밑 빠진 독에 물을 쏟아 붓는 것이나 마찬가지였다.

그럼에도 불구하고 길드에서는 샤일라의 치료를 포기하지 않았다.

경험 많은 한 노신관이 샤일라가 걸린 병명을 진단하기 전까지 말이다.

"이 병은 매우 희귀한 병이오. 선천적으로 타고나는 것인데 지금까지 이 병이 치료되었다는 기록은 없소. 이 병에 걸린 사람은 백이면 백 회복하지 못했소."

불치병이란 말에 길드 관계자들의 얼굴이 검게 변색되었다.

길드 차원에서 심혈을 기울여 키우던 인재가 불치병에 걸려 버렸으니 놀라지 않을 도리가 없다.

샤일라의 상태는 하루가 다르게 악화되어갔다. 극심한 한기가 전신을 잠식해서 초여름인데도 한겨울용 이불을 덮어써야만 했다. 마법으로 방 안의 온도를 조절해도 치밀어 오르는 한기를 극복할 수 없었다.

급기야 그녀는 자력으로는 손가락 하나 움직일 수 없는 상황에까지 이르고 만다.

그렇게 되자 길드에서도 결국 결단을 내릴 수밖에 없었다. 불치병에 걸린 샤일라를 깨끗이 포기하기로 말이다.

그렇게 해서 샤일라는 자신의 방에 홀로 남겨진 채 시시각각 다가오는 죽음을 기다리는 처지에 놓인다.

그러나 기구한 운명은 샤일라를 가만히 내버려두지 않았다. 아무도 찾지 않던 샤일라의 방을 어느 날 두 명의 괴한이 침입했다. 샤일라의 거만한 태도에 불만을 품은 학부의 선배들이었다.

그들은 병상에 누워 있는 샤일라를 번갈아가며 겁탈했다. 손가락 하나 까딱할 수 없었던 샤일라는 거의 무방비로 능욕당할 수밖에 없었다. 욕정을 푼 선배들은 비웃음을 흘리며 그 자리를 떠났다.

"흐흐 건방진 계집, 꼴좋다."

이후 그들은 하루가 멀다 하고 샤일라의 방을 찾았다. 샤일라가 말조차 할 수 없는 상태였기에 그야말로 완전범죄나 다름없었다.

샤일라는 몸부림조차 치지 못하고 그들의 욕정을 풀어주어야 했다.

엎친 데 덮친 격으로 소문까지 퍼져서 더 많은 학부생들이 그녀의 방을 침입했다.

길드의 관심에서 멀어진데다 식물인간이나 다름없는 젊은 샤일라는 늑대들에게 최고의 먹잇감이나 다름없었다.

그렇게 해서 하루하루 끔찍한 나날을 보내던 샤일라에게 변화가 찾아왔다.

헤아릴 수 없을 정도로 능욕을 당하는 과정에서 서서히 몸을 움직일 수 있게 된 것이다. 남자들과 잠자리를 거듭할수록 전신을 엄습하던 한기도 순차적으로 물러갔다.

관계를 맺는 과정에서 받아들인 남자들의 양기가 샤일라의 몸속 음기를 중화시키며 일어나는 현상이었지만 그녀가 그 사실을 알 턱이 없다.

그 결과 샤일라는 병상을 떨치고 자리에서 일어날 수 있었다. 누구도 회복하지 못했다는 불치병이라는 괴질이 치유가 된 것이다.

그렇게 되자 샤일라에게 다시 길드의 관심이 쏟아졌다. 역대 최고의 자질을 가진 인재가 불치병을 떨치고 일어났으니 길드로서는 당연히 기쁠 수밖에 없었다.

회복된 샤일라에게 예전의 특권이 그대로 주어졌다. 그렇게 되자 그녀를 능욕했던 학부생들은 불안에 떨며 하루하루 전전긍긍할 수밖에 없었다.

만약 샤일라가 그때의 일을 입 밖으로 낸다면 그들은 그날로 퇴학당할 수밖에 없기 때문이다. 그러나 샤일라는 그러지 않았다.

놀랍게도 그녀는 자신을 능욕했던 학부생들을 찾아가 성관계를 요구했다. 자신이 살 수 있는 길은 그것밖에 없다는 사실을 인지했던 것이다.

당시의 일을 떠올린 샤일라가 착잡한 미소를 지었다.

"그놈들이 찾아오지 않자 다시 괴질이 재발하기 시작했지. 오한이 치솟고 전신이 다시 굳어가기 시작했어. 그래서 일부러 그놈들을 찾아갔지만……."

자신을 범했던 학부생을 찾아가 성관계를 맺자 재발될 기미를 보이던 괴질은 다시 가라앉았다.

이후 그녀는 단 하루라도 남자와 관계를 맺지 못하면 견디지 못하는 색녀로 변해 버렸다. 하루라도 양기를 받아들이지 않으면 극심한 한기가 치밀어 오르니 그녀로서도 어쩔 수 없는 노릇이었다.

그렇게 해서 샤일라는 학부생들 사이에서 유명한 색정광으로 악명을 떨치게 된다.

괴질은 치료되었다. 그러나 순순히 물러간 것은 아니었다. 샤일라를 죽음 직전까지 몰아넣었던 괴질은 치료되는 과정에서 가장 중요한 것을 앗아가 버렸다.

그것은 바로 샤일라의 놀라웠던 마법적 재능이었다. 병상에서 회복된 이후 샤일라의 재능은 지극히 평범해져 버렸다. 극히 뛰어났던 마나의 친화도가 오히려 범인보다도 못하게 되어 버린 것이다.

4서클의 유저였던 샤일라는 하루아침에 2서클로 퇴보하고 만다. 마법경지의 퇴보라는 사상 유래 없는 일이 벌어진 것이다. 그 놀라운 사실에 길드에서는 다급히 대책회의까지 열 정도였다.

"어찌 이런 일이?"

"무슨 일이 있어도 원인을 규명해야 하오."

샤일라를 대상으로 온갖 마법적 실험이 진행되었다. 그러나 그 어떤 시술도 사라진 샤일라의 재능을 되살리지 못했다.

샤일라 역시 필사적으로 마법수련에 몰두했지만 한 번 사라진 마나에 대한 감각은 영영 돌아오지 않았다. 뜻밖의 상황에 샤일라는 절망감에 사로잡혀야 했다.

"이, 이럴 수는 없어."

그럼에도 불구하고 마법길드에서는 샤일라를 쉽게 포기하지 않았다. 괴질에 걸리기 전의 재능이 너무도 아쉬웠기 때문이었다.

그러나 샤일라의 재능은 두 번 다시 돌아오지 않았다. 길드에서 무려 8년을 두고 지켜봤음에도 불구하고 말이다.

8년 동안 늘어난 것이라고는 오로지 샤일라의 악명 높은 남성편력 뿐이었다.

그녀의 악명은 시간이 지날수록 높아만 갔다. 학부생들 태반이 그녀와 잠자리를 해 보았을 정도였다. 심지어 몇몇 학부 교수들조차 샤일라와 관계를 맺었다.

결국 마법길드에서는 그쯤에서 샤일라를 포기하기로 마음먹었다. 재능이 영영 사라진 것이 분명한 샤일라에게 비싼 학비를 치르면서까지 붙들고 있는 것은 현명하지 못하다고 결론을 내렸다.

결국 길드는 방정하지 못한 품행을 문제 삼아 샤일라를 퇴학시켰다. 하루아침에 아무런 연고도 없는 몸이 되어 세상에 내팽개쳐져 버린 것이다.

학부 안에서만 살아 세상물정을 모르던 그녀에게 세상은 너무도 가혹했다. 길드에서 얼마 안 되는 보상금을 받고 나왔지만 그것을 지킬만한 현실감각이 그녀에겐 없었다.

샤일라는 사기꾼에게 당해 돈을 깡그리 털려 버렸다. 불운은 그것뿐만이 아니었다.

엎친 데 덮친 격으로 샤일라는 인신매매길드에 납치되어 사창가로 팔려가고 말았다. 그때의 일을 떠올려본 샤일라가 눈을 가늘게 좁혔다.

"정말 끔찍했었어. 아무리 남자를 좋아하는 나라도 거기는 정말……."

사창가에 갇혀 있던 샤일라를 구출해 준 이는 바로 맥스였다.

손님으로 찾아왔다가 사연을 들은 맥스가 동료들과 함께 힘을 합쳐 그녀를 탈출시켜 준 것이다.

이후 샤일라는 맥스 용병단의 일원이 되어 같이 세상을 떠돌기 시작했다. 그것이 샤일라가 지금까지 살아온 삶의 이력이었다.

기구했던 삶을 재차 떠올려 본 샤일라가 길게 한숨을 내쉬며 힘없이 중얼거렸다.

"그래도 학부 때가 가장 행복했었지."

그녀는 지금 자신의 불확실한 미래를 걱정하고 있었다.

아이조차 낳을 수 없는 몸, 도무지 희망이 보이지 않는 미래, 남자 하나라도 잡아서 평범한 여자로서 살아가고픈 마음도 없지 않았지만 사내들은 그녀에게 일절 마음을 열지 않았다. 지난 날을 생각해 보던 샤일라가 피식 실소를 지었다.

"하긴 누가 나 같은 형편없는 여자를 아내감으로 생각할까?"

머리를 절레절레 흔들던 샤일라의 귓전에 나지막한 노크 소리가 들렸다.

똑똑.

퍼뜩 정신을 차린 샤일라가 고개를 돌렸다. 이미 그녀는 문 밖에 누가 와 있는지 알고 있었다.

러프넥이 왔다고 생각하자 어느새 그녀의 몸은 달아오르기 시작했다.

물론 그것은 이성적인 판단이 아니라 몸의 생존본능이 시키는 것이었다. 언제 침울했었냐는 듯 활짝 미소를 지은 샤일라가 머뭇거림 없이 문으로 다가갔다.

덜컥.

문이 열리자 당당한 덩치의 순박해 보이는 장한이 엉거주춤 서 있었다.

그는 물론 용병 러프넥으로 신분을 숨기고 있는 레온이었다. 샤일라의 입가에 활짝 미소가 걸렸다.

"늦으셨군요. 어서 들어오세요."

샤일라가 더 이상 기다릴 필요 없다는 듯 레온의 손을 잡고 침상으로 이끌었다.

⚜

레온의 눈동자에는 고뇌의 빛이 서려 있었다. 자신의 판단이 옳은지 자신할 수 없었기 때문이었다.

'과연 저 여인에게 스승님으로부터 전수받은 마나연공법을

넘겨줘야 하는가?'

이것이 바로 레온이 고민하는 화두였다. 사실 그는 샤일라란 여자에 대해 아무것도 알지 못했다.

오직 하나, 그녀가 스승님이 말씀하신 절맥의 여인일 것이라는 추정뿐이었다. 게다가 샤일라는 레온에게 그리 좋지 않은 인상을 심어준 여인이다.

체질적인 문제 때문에 색을 밝힌다는 사실을 알긴 하지만 그래도 곱게 보이지 않는 것은 사실이다. 지금도 샤일라는 레온을 앞에 두고 연신 몸을 비비 꼬고 있었다.

붉게 달아오른 얼굴, 살짝 풀린 눈동자, 붉고 도톰한 입술에서 연신 품어져 나오는 뜨거운 입김……, 그녀는 완전히 욕정에 사로잡힌 모습이었다.

"헉!"

생각에 잠겨 있던 레온이 돌연 펄쩍 뛰었다. 샤일라가 레온의 귀에 대고 달착지근한 입김을 불어넣었기 때문이었다.

"시간이 아깝지 않나요? 더 이상 미룰 필요는 없을 것 같은데?"

나른한 음성이 레온의 귓전을 파고들었다.

"자, 잠깐만……."

레온이 필사적으로 마음을 가다듬었다. 일단은 샤일라에 대해 더 알아볼 필요가 있을 것 같았다.

"이, 일단 대화를 좀 합시다. 서로에 대해 좀 알아야 하지 않겠소?"

"대화요?"

샤일라가 눈을 둥그렇게 떴다. 지금까지 대화를 하자는 제의를 한 번도 받지 않았기 때문이었다. 생각해 보던 샤일라의 눈매가 게슴츠레하게 가늘어졌다.

"물론 대화를 해야죠. 육체로 나누는 대화를 말이에요."

"아, 아니오. 그게 아니라……."

"안이건 밖이건 상관없어요. 전 그런 것에 개의치 않는 여자니까요."

말을 마친 샤일라가 서슴없이 옷을 벗으려 했다. 레온이 손을 뻗어 그녀의 행동을 저지했다. 샤일라가 이해할 수 없다는 눈빛으로 레온을 쳐다보았다.

"왜 그러죠? 절 안고 싶지 않나요?"

레온이 착 가라앉은 눈빛으로 샤일라를 쳐다보았다.

"그렇지 않다는 것이 아니오. 다만……."

"다만 뭐죠?"

뭔가를 결심한 듯 레온의 입매가 살짝 떨렸다.

"솔직히 말하리다. 난 이번이 처음이오."

레온의 말뜻을 알아차린 샤일라의 눈이 커졌다. 서른이 다 된 용병이 여자 경험이 없다니 정말 어처구니가 없었다.

미래가 불투명한 용병들은 보편적으로 술과 여자에 탐닉하기 마련이다.

그런 용병이 아직까지 동정을 지키고 있다니……. 샤일라가
믿을 수 없다는 듯 도리질을 쳤다.

"마, 말도 되지 않아요."

"사실이오. 본인은 지금껏 여자와 관계를 가진 경험이 전혀
없소. 산간오지에 틀어박혀 오로지 수련만 했기 때문이오."

그때서야 수긍이 되었는지 샤일라가 고개를 끄덕였다.

"하긴 그 나이에 마나를 다루는 경지에 오르려면 그럴 수도
있겠죠."

돌연 샤일라의 입가에 슬며시 미소가 걸렸다.

"이거 영광인걸요? 당신의 동정을 갖게 되었으니……."

"바로 그것 때문에 대화를 하자는 것이오. 이름 말고는 아
무것도 모르는 여자에게 동정을 바치고 싶은 마음은 없소."

그 말을 들은 샤일라가 레온의 눈을 들여다보았다. 그러나
레온의 눈빛은 추호도 흔들리지 않았다. 확고한 레온의 눈빛
을 본 샤일라가 고개를 끄덕였다.

"그런 이유라면 수긍이 되네요. 알겠어요."

레온이 한숨을 쉬며 이마의 땀을 닦았다. 귓전으로 한결 차
분해진 샤일라의 음성이 파고들었다.

"그래, 저에 대해 뭘 알고 싶죠?"

샤일라의 낯빛은 어느새 정상으로 돌아와 있었다. 마침내
이성이 욕정을 통제하기 시작한 것이다.

"당신의 모든 것을 알고 싶소. 지금까지 살아온 생에 대해

서 말이오."

"어머? 욕심이 많으신 분이군요. 숙녀의 과거에 대해 묻다니 말이에요. 하지만 당신의 동정을 차지하는 대가라면 충분히 감수하겠어요."

"고맙소."

사의를 표하는 레온을 본 샤일라가 배시시 미소를 지었다. 뜻밖의 제의였지만 기분이 나쁘지는 않았다.

눈앞의 사내는 자신을 욕정의 대상이 아니라 하나의 인간으로 봐 준 최초의 남성이었다. 그 때문인지 샤일라의 눈빛은 정감이 가득했다.

"제 삶은 그리 평탄하지 않아요. 듣고 나시면 기분이 별로 좋지 않으실 거예요."

"괜찮습니다. 전 샤일라 님에 대해 깊이 알고 싶습니다."

물론 레온의 의도는 말뜻 그대로였다. 그러나 듣는 입장에서는 그렇지 않았기에 샤일라는 붉게 달아오르는 얼굴빛을 애써 감추어야 했다.

"알겠어요. 그럼 제가 살아온 삶에 대해 말씀 드리겠어요."

샤일라는 차분한 어조로 지나온 삶을 얘기하기 시작했다. 바로 조금 전에 되새겨 보았기에 그것을 설명하는 것은 그리 어렵지 않았다.

샤일라는 평범한 여자라면 상상할 수도 없을 정도로 어둡고 가파른 인생을 위태롭게 지나왔다.

지금껏 누구 하나 과거를 물어본 적이 없었기에 샤일라는 아무것도 숨기지 않고 자신이 걸어온 발자취를 털어놓았다.

어쩌면 그것은 샤일라가 진정으로 원했던 것인지도 몰랐다. 누군가에게 자신의 지난 삶을 낱낱이 고백하는 것은 정말로 가슴 떨리는 일이었다.

그 시절을 낱낱이 털어놓은 샤일라는 레온에게 괴질에 걸렸다가 치유된 과정을 설명했다.

"그래서 전 괴질에서 회복되었어요. 목숨을 건지기는 했지만 전 그 대가로 엄청난 것을 잃어버렸지요."

"그랬었구려."

설명을 듣고 있던 레온이 묵묵히 고개를 끄덕였다. 스승에게서 제반 지식을 들은 탓에 그는 그 원인을 어렴풋이 추정할 수 있었다.

스승의 말에 따르면 샤일라가 걸린 괴질은 바로 절맥이 발작한 것이다. 원래대로라면 샤일라는 거기서 생을 마감했어야 했다.

그러나 학부의 선배들이 잠입해 그녀를 겁탈한 덕택에 목숨을 잃는 최악의 상황으로 넘어가지 않았다.

능욕당하는 과정에서 흡수된 사내들의 양기가 치밀어 오르는 음기를 중화시켜 주었기 때문이었다.

아이러니하게도 거듭된 겁탈이 샤일라의 생명을 연장시켜

준 것이나 다름없었다.

그리고 레온은 샤일라의 마법재능이 사라진 이유에 대해서도 어느 정도 추론해 낼 수 있었다.

'양기와 중화되어 변질된 음기, 성관계 과정에서 흡수한 잡다한 마나로 인해 그런 결과가 나왔던 것이로군. 마법사도 무사와 마찬가지로 몸속의 마나가 정순해야만 제대로 된 마법을 펼칠 수 있다고 스승님께서 말씀하셨으니까.'

제반 정황을 유추해 낸 레온이 안쓰러운 눈빛으로 샤일라를 쳐다보았다.

그녀가 남자를 밝히는 이유가 다름 아닌 생존을 위해서라고 생각하니 마음 한구석이 아릿해 왔다.

샤일라를 보는 레온의 눈은 어느덧 바뀌어 있었다. 가면 속에 가려진 샤일라의 진면모를 알아차렸기 때문이다.

'겉보기로는 표독스럽고 앙칼지게 보이자만 의외로 속마음이 무척 여리군. 지금껏 살아오며 너무나 많은 아픔을 받아온 여자야.'

떠듬떠듬 과거를 털어놓는 샤일라의 눈가에 눈물이 주르르 흘러내리고 있었다.

생전 처음 타인에게 과거사에 대한 넋두리를 늘어놓으니 불현듯 서글픔이 치밀어 오른 것이다.

"사람들이 절 어떻게 보는지 알아요. 남자만 밝히는 색녀, 부끄러움을 느끼지 못하는 창녀, 지금껏 제가 귀에 못이 박히도록 들어온 말이죠. 물론 저도 알아요. 제 행실이 충분히 그렇게 불릴 만하다는 것을……."

거기까지 말을 이어나간 샤일라가 급기야 오열을 터뜨렸다.

"흑흑, 하지만 어쩔 수 없었어요. 이성은…… 그렇게 하길 원하지 않지만 몸이, 흐흑…… 먼저 반응하는 것을 어떻게 해요?"

간신히 말을 마치고 눈물을 쏟는 샤일라를 레온이 어두운 얼굴로 쳐다보았다.

"지, 지금껏 제 얘기를 들어준 사람은 러프넥 님이 처음이에요. 죄송해요, 이런 추한 모습을 보여서……."

울먹이던 샤일라의 귓전으로 착 가라앉은 레온의 음성이 파고들었다.

"그것은 결코 당신의 잘못이 아니오."

그 말에 샤일라가 살며시 고개를 들었다.

"자신을 책망하지 않아도 되오. 난 당신이 그럴 수밖에 없었던 상황인 것을 이미 알고 있소."

"그, 그게 무슨 말씀이시죠?"

레온이 샤일라의 눈을 들여다보며 말을 이어나갔다.

"당시 당신이 걸렸던 괴질의 이름은 '절맥'이오. 상당히 고약한 병이지."

"절맥?"

"구태여 병명에 연연해 할 필요는 없소. 어쨌거나 그 병의 치료법은 한정되어 있으니 말이오."

레온의 말에 샤일라는 깜짝 놀랐다. 마법길드의 그 누구도 밝혀내지 못한 병명과 치료법이다.

명망 높은 신관조차 괴질의 이유를 알아내지 못했다. 그런 것을 한낱 용병에 불과한 러프넥이 알고 있다니…….

"그, 그 사실을 어떻게?"

"그 병의 원인은 불균형한 체내의 마나 때문이오. 인간들은 저마다 몸속에 마나를 담고 살아가오. 그 사실은 알고 있겠지?"

"네, 알고 있어요."

그 말을 인정한다는 듯 샤일라가 고개를 끄덕였다.

그렇기 때문에 인간이 마법을 시전할 수 있으며 또한 오러를 발현시킬 수 있다. 한때 마법을 공부한 샤일라가 그 원리를 모를 리가 없었다.

"절맥이라는 병은 인체의 마나 균형이 깨어져서 생겨나는 병이오. 선천적으로 타고나는 것인데 매우 희귀한 확률로 타고난다오."

"……."

"당신의 경우 차가운 마나의 비율이 다른 마나에 비해 월등히 많소. 오한이 들고 몸이 굳어가는 것은 바로 그 때문이오."

"그, 그렇다면 치료법이 있다는 말인가요?"

레온이 샤일라의 눈을 들여다보며 말을 이어나갔다.

"당신에게 닥쳤던 일이 바로 첫 번째 치료법이오. 사람들에 젠 특유의 마나가 분포되어 있소. 여자에게는 차가운 마나가, 남자에게는 뜨거운 마나가 많이 분포되어 있소. 편의상 그것을 음기와 양기로 칭합시다."

"음기? 양기?"

"당신이 걸렸던 괴질은 음기가 비정상적으로 많아져서 생기는 병이오. 그러므로 성관계를 통해 남자의 양기를 받아들여 체내의 음기를 중화시킬 경우 증상이 차도를 보이는 것이오."

설명을 들은 샤일라의 눈이 크게 떠졌다. 자신이 겪었던 상황과 너무도 정확하게 맞아떨어졌던 것이다.

선배들에게 겁탈당하고 난 뒤 눈에 띄게 몸이 편해졌다. 당시 샤일라는 그 사실을 확연히 느꼈다. 그리고 능욕이 이어질수록 그녀를 괴롭히던 한기가 순차적으로 사그라졌다.

"그, 그렇다면……."

레온이 샤일라의 마음을 다 안다는 듯 고개를 끄덕였다.

"끊임 없이 남자를 원하게 된 것은 당신 탓이 아니오. 몸의 생존본능이 그렇게 하도록 시켰기 때문이지."

"아!"

샤일라의 눈에 또다시 뿌연 눈물의 막이 차올랐다. 지금껏 자기 자신을 무척이나 혐오했던 샤일라였다.

남자를 유혹해 관계를 맺고 난 뒤 욕정에서 벗어나지 못하는 것이 견딜 수 없어 눈물을 흘린 적이 한두 번이 아니었다.

그런데 그것이 자신의 탓이 아니라니…….

"살기 위해서 그랬던 것이니 자책감을 가질 하등의 이유가 없소."

"고마워요. 흑흑, 정말 고마워요."

샤일라는 눈물을 줄줄 흘리며 고마워했다. 진심이 담긴 레온의 위로가 정말 가슴 깊이 와 닿았다.

계속해서 흐느끼는 샤일라를 보며 레온이 다시 입을 열었다.

"절맥의 치료법은 그것뿐만이 아니오."

그 말에 샤일라는 정신이 번쩍 드는 것을 느꼈다. 만약 다른 치료법이 있다면 지금처럼 살아왔던 것처럼 남자에 얽매일 필요가 없다. 세상 사람들의 싸늘한 시선을 더 이상 받지 않아도 된다는 뜻이다.

"그, 그게 사실인가요?"

"그렇소. 아마도 이 치료법은 아르카디아에서 나 혼자만이 알 것이오. 지금껏 단 한 번도 아르카디아에 출현한 적이 없기 때문이오."

레온은 차분한 어조로 절맥의 또 다른 치료법에 대해 설명해 주었다.

"당신의 몸속에는 보통 사람의 수십, 수백 배에 달하는 음기가 깃들어 있소. 그것을 남자의 양기로 중화시키는 것이 아니라 특별한 방법을 써서 다른 기운으로 전환시키는 방법이오."

　눈을 크게 뜨고 놀라워하던 샤일라의 낯빛이 갑자기 어두워졌다. 그녀에겐 치료법을 알려 주는 대가로 치를 만한 것이 전혀 없었다.

　러프넥의 말대로 세상에서 오직 혼자만이 알고 있는 치료법이라면 분명 비싼 값을 요구할 것이 틀림없다.

　'어떻게 하지? 난 돈이 없는데…….'

　세상을 험난하게 살아온 탓에 샤일라는 '대가를 치러야 하는 것은 변할 수 없는 철칙'이라고 믿고 있었다.

　지금껏 대가 없는 호의를 받아본 적이 없기에 그렇게 생각할 수밖에 없다.

　"하지만 제겐 지불할 만한 것이 아무것도 없어요. 제가 가진 것은 오직 몸뚱이 하나뿐이랍니다."

　힘없이 고개를 수그리는 샤일라를 보며 레온은 안쓰러움을 느꼈다. 치료법이 있다는 희망에 앞서 지불할 대가를 먼저 생각하는 샤일라가 너무나도 애처로웠다.

　그로 인해 레온은 확고하게 마음을 굳힐 수 있었다. 샤일라에게 스승으로부터 전수받은 절맥 치료법을 아무런 조건도 걸지 않고 넘겨주기로 말이다.

　'그래, 이 불쌍한 여자에게 전수해 주지 않으면 누구에게 전수해 주겠어.'

　곧 잔잔한 레온의 음성이 샤일라의 귓전을 파고들었다.

“나에겐 스승님이 있었소.”

“…….”

“그분은 나에게 너무도 많은 것을 베풀어 주셨소. 스승님께서는 아무런 힘도 없던 나에게 아무런 대가도 받지 않고 마나 연공법과 무예를 전수해 주셨소. 내가 지금의 경지에 오를 수 있었던 것은 바로 그 때문이오. 그분이 나에게 당부한 것은 단 하나 뿐이오.”

샤일라는 아무런 말도 하지 못하고 레온의 얼굴을 물끄러미 쳐다볼 뿐이었다.

“‘당당하게 세상을 살아가거라. 거기에 나의 가르침이 조금이라도 보탬이 되었으면 좋겠구나’ 그분은 마지막까지 나에게 아무것도 요구하지 않으셨소.”

듣고 있던 샤일라의 눈이 커졌다. 그녀의 상식으로는 세상에 그런 사람은 존재하지 않았다.

그 누가 아무런 이유 없이 그런 엄청난 호의를 다른 사람에게 베풀겠는가? 믿을 수 없어 하는 샤일라의 귓전으로 레온의 음성이 계속 파고들었다.

“절맥의 치료법은 스승님께서 알려주신 것이오. 나는 그 치료법을 아무런 대가 없이 당신에게 알려 줄 생각이오. 스승님이 그러셨던 것처럼 말이오.”

샤일라의 눈동자가 심하게 흔들렸다. 솟아오르는 격정을 좀처럼 주체할 수 없는 것이다.

계속된 흐느낌으로 인해 퉁퉁 부어오른 눈가에 또다시 눈물
이 가득 고이기 시작했다.

"고, 고맙습니다. 저, 정말 고맙습니다."

"그렇게 고마워할 필요 없소. 대신 충분히 세상을 당당히
살아갈 수 있는 위치에 오른다면 어려운 처지에 놓인 사람에
게 지금과 같은 호의를 베풀어 주기를 바라는 바요."

"무, 물론이지요. 다, 당연히 그래야지요."

샤일라는 급기야 펑펑 울기 시작했다. 그 작은 체구에 얼마
나 많은 눈물이 들어 있는지, 그녀는 한없이 오열했다.

⚜

한참이 지나 샤일라가 마음을 추슬렀다. 그것을 확인하자
레온은 치료법에 대해 설명해 주었다.

"치료법은 일종의 마나연공법을 익히는 것이오."

"마나연공법이라면 기사들이 익히는 것 아닌가요?"

"그렇소. 몸속의 마나를 통제해서 다스릴 수 있게 하는 것
이 마나연공법이지. 하지만 당신이 익힐 마나연공법은 기사들
의 것과는 많이 다르오. 당신의 몸속에서 끊임없이 솟아나는
음기를 특수한 방법으로 단전에 갈무리하는 것이 목적이오.
간단히 말해 원기를 진기로 전환시키는 것이지."

말을 마친 레온이 샤일라의 눈동자를 들여다보았다.

"만약 성공적으로 마나연공법을 익혀 몸속의 음기를 통제할 수 있게 되면 당신은 다시 마법에 대한 재능을 되찾을 수 있을 것이오."

그 말을 듣자 샤일라의 눈이 커졌다.

"그, 그게 사실인가요?"

레온이 머뭇거림 없이 고개를 끄덕였다.

"그렇소. 당신의 마법적 재능이 사라진 것은 성교를 통해 흡수한 양기에 의해 변질된 음기 때문이오. 잡스럽고 혼탁한 마나가 몸속을 가득 채우고 있으니 마법의 발현이 힘들어질 수밖에 없지."

그 충격적인 말에 샤일라가 입을 딱 벌렸다.

괴질의 치료에 이어 평생의 숙원이던 마법을 다시 익히게 되었으니 어찌 기쁘지 않겠는가?

샤일라의 눈망울에 또다시 눈물이 그렁그렁 차오르는 것을 본 레온이 손을 들어 등판을 가볍게 두드려 주었다.

"지금은 울 때가 아니오. 지금부터 당신에게 괴질을 치료할 수 있는 마나연공법을 알려주겠소."

샤일라가 퍼뜩 머리를 흔들어 눈물을 떨쳐버렸다. 지금은 한가롭게 감상에 사로잡혀 있을 때가 아니었다. 레온이 손을 뻗어 침대를 가리켰다.

"책상다리를 하고 저기 앉으시오."

샤일라는 두말없이 침대로 올라갔다. 물론 가부좌를 트는 자세가 익숙하지 않아 다소 곤욕을 치러야 했다. 하지만 레온이 일일이 자세를 잡아 주었기에 샤일라는 마침내 가부좌를 틀 수 있었다.

"불편하겠지만 참으시오. 그 자세가 가장 안정적으로 마나를 연공할 수 있는 자세이니까."

"알겠어요."

살짝 고개를 끄덕인 레온이 샤일라의 등 뒤에 붙어 앉았다.

"이제부터 나는 마나를 통제해 당신의 몸속으로 불어넣을 것이오. 그 과정에서 고통이 적지 않을 테니 단단히 각오하시오. 어떠한 경우에도 입을 벌려서는 안 된다는 사실을 명심하시오."

샤일라가 결연한 표정으로 고개를 끄덕였다.

"걱정 마세요. 설사 죽는 한이 있어도 입을 벌리지 않을 테니까요."

이런 행운은 평생을 걸쳐 다시 찾아오지 않을 기회였다. 때문에 샤일라는 독하게 마음을 먹었다.

"지금부터 난 진기로써 당신의 혈맥을 뚫을 생각이오. 그 과정에서 몸속을 채우고 있는 잡스러운 마나들을 태워 없애야 하오. 거기에는 상당히 오랜 시간이 걸릴 것이오."

레온은 샤일라를 벌모세수 시킬 생각이었다. 샤일라가 익힐 마나연공법은 일반적인 내공심법과는 달리 소주천만으로도 충분했다.

　사실 서른이 다 되도록 내력을 운기해 본 적이 없는 샤일라
가 자력으로 소주천을 하려면 최소 십 년 이상의 세월이 필요
하다. 내가기공은 그 정도로 쉽게 입문할 수 없는 험난한 길이
다.

　그러나 레온 정도의 초절정고수가 벌모세수를 시켜준다면
사정이 달라진다.

　샤일라가 잘 참아내기만 한다면 단시일 내에 소주천이 가능
해질 수도 있다. 그 사실을 떠올린 레온이 전신의 내력을 끌어
올렸다.

　"이제부터 당신의 몸에 마나를 주입하겠소. 끝까지 입을 벌
리지 말고 참아야 하오."

　샤일라가 결연한 표정으로 고개를 끄덕였다.

　"알겠어요. 걱정 마세요."

　"믿겠소."

　말을 마친 레온이 단전에서 끌어올린 내력을 있는 대로 샤
일라의 명문혈에 주입했다. 레온의 웅혼한 내력이 마치 노도
처럼 샤일라의 몸속을 파고들어갔다.

　진기가 주입되는 순간 샤일라는 몸을 부르르 떨었다. 한때
마법을 배웠기에 그녀는 마나의 흐름을 범인보다 명확히 느낄
수 있다.

　그 때문에 등 아래쪽으로 파고드는 미증유의 거력을 똑똑히
느낄 수 있는 것이다.

진기가 파고드는 순간 참기 힘든 통증이 전신을 엄습했기에 샤일라가 자신도 모르게 신음을 흘렸다.

"흡!"

"입을 벌려서는 안 되오. 참으시오."

경고성을 들은 샤일라가 필사적으로 입을 닫았다. 단단히 마음을 먹었음에도 불구하고 몸이 부들부들 떨렸다.

단 한 번도 내력이 지나가지 않은 혈맥을 미증유의 거력이 파고드는 고통은 상상을 초월했다.

'이, 이건 첫 경험 때보다도 더 아프잖아?'

그러나 샤일라는 필사적으로 참아냈다. 지금 이 순간은 암울한 미래를 바꿀 수 있는 인생의 전환점이었다.

'설사 죽는 한이 있어도 입을 벌리지 않을 거야.'

단단히 각오한 샤일라가 입술을 질끈 깨물었다.

⚜

레온의 얼굴은 땀으로 범벅이 되어 있었다. 샤일라를 벌모 세수 시키는 과정은 그 정도로 힘들었다.

통상적으로 인간의 혈맥은 태어나는 순간이 가장 깨끗하다. 이후 호흡을 하고 음식물을 섭취하는 과정에서 혈맥에 불순물이 끼는 것이다.

그 때문에 중원의 이름난 무가에서는 태어난 지 얼마 되지 않는 어린아이를 대상으로 벌모세수를 실시한다. 그래야만 확실하게 효과를 볼 수 있기 때문이다.

그 과정도 만만치 않은데 서른이 다되어 혈맥에 불순물이 잔뜩 낀 샤일라를 벌모세수 시키는 것이 과연 얼마나 힘들 것인가?

얼굴이 벌겋게 상기된 레온이 계속해서 단전에서 내력을 끌어올려 샤일라의 몸속에 집어넣었다.

'대주천이 아니라 소주천만 시키면 된다지만 그것도 만만치는 않군.'

샤일라의 혈맥은 불순물이 잔뜩 끼여 있었다. 그 때문에 상당히 좁아져 있는 것이다.

그것을 내력을 동원해 불순물을 털어내고 혈맥을 넓혀 소주천을 할 수 있는 기틀을 닦아주어야 한다.

그 과정은 결코 순탄치 않았다. 시술을 받고 있는 샤일라도 엄청난 고통을 겪고 있지만 시술을 하는 레온 역시 상당한 심력을 소모해야 한다.

자신의 몸이 아닌 타인의 몸속으로 진기를 돌리는 것은 초절정고수인 레온에게도 결코 만만치 않은 작업이다.

그러나 레온은 세심하게 신경 써서 샤일라의 혈맥을 벌모세수 해 나갔다. 한 여인의 인생이 걸려 있는 문제이니 만큼 아무렇게나 할 순 없는 노릇이다.

샤일라 역시 시술과정을 비교적 잘 참아냈다. 통증이 적지 않았지만 입술을 꼭 깨문 채 버텼다.

얼마나 아팠는지 입술에 피가 맺혔지만 그녀는 신음소리조차 흘리지 않았다.

레온의 막대한 진기가 혈맥을 순차적으로 넓히며 혈도를 차례대로 뚫어나갔다.

혈도 하나를 뚫을 때마다 샤일라의 몸이 부르르 경련했다. 극도의 통증으로 정신마저 혼미한 샤일라의 귓전에 나지막한 음성이 파고들었다.

"지금 나의 진기가 이동하는 통로를 잘 기억하시오. 나중에 당신이 마나를 통제해서 그대로 돌려야 하니 말이오."

땀으로 범벅이 된 샤일라가 묵묵히 고개를 끄덕였다. 그 모습을 본 레온이 더욱 힘을 내서 진기를 인도해 나갔다.

레온은 지금 절맥을 치료하는 연공법의 구결대로 마나를 돌리고 있었다. 신체의 전부를 돌리는 대주천이 아닌 상반신만을 돌리는 소주천이었다.

백회에서 회음까지의 혈도를 뚫어 진기가 오갈 수 있게 하는 것이 목적이었다.

'굳이 임독양맥을 뚫을 필요는 없어. 차오르는 음기를 진기화하여 단전에 쌓는 것이 목적이니까.'

대략 한 시간 정도 벌모세수에 열중한 결과 마침내 소주천이 완성되었다. 타인이 불어넣어주고 인도하기는 했지만 그래도 샤일라는 내력을 한 바퀴 돌리는 데 성공한 것이다.

소주천이 완성되자 샤일라는 목구멍 속에서 뭔가가 울컥 치밀어 오르는 것을 느꼈다. 그러나 그녀는 그것을 입 안에 담고 뱉지 않았다. 입을 열지 말라는 레온의 당부 때문이었다.

"이제 입을 열어도 되오. 아마 속에서 뭔가가 치밀어 올랐을 것이오. 뱉으시오."

그 말이 끝나기가 무섭게 샤일라가 구역질을 했다.

"왜액!"

검붉은 빛을 띤 핏덩어리가 쏟아져 나와 침대 시트를 적셨다. 냄새가 몹시 역했기에 샤일라가 눈을 동그랗게 뜨고 그것을 쳐다보았다.

"이, 이게 뭐죠? 어째서 이런 게 제 몸에서 나오는 거죠?"

레온이 이마에서 흐르는 땀을 닦아내며 설명을 해 주었다.

"그동안 당신의 혈맥에 쌓인 나쁜 기와 불순물들이오. 소주천을 완성하는 과정에서 일부가 토해진 것이지."

그 말에 샤일라가 몸서리를 쳤다. 저토록 역한 냄새를 풍기는 핏덩어리가 자신의 몸속에 있었다니…….

레온이 심각한 표정으로 다시 손을 샤일라의 명문혈에 가져다 댔다.

"계속 합시다. 체내의 불순물을 모두 토해낼 때까지 시술을 계속 해야 하오."

샤일라가 질린 얼굴로 입을 닫았다. 그 끔찍한 통증을 또다시 겪어야 한다니……. 그러나 그녀는 결연한 얼굴로 입술을 질끈 깨물었다. 어떤 일이 있어도 버텨야 하는 것이 그녀의 입장이다.

레온은 이후로 일곱 번 가량 소주천을 거듭해 주었다. 소주천을 마칠 때마다 샤일라는 고약한 냄새를 풍기는 핏덩어리를 토해냈다.

확실히 두 번째 소주천은 첫 번째보다 수월한 편이었다. 이미 한 차례 내력이 돈 상태여서 불순물도 어느 정도 제거되었고 혈맥도 넓혀져 있었기 때문이다.

그 때문에 두 번째 소주천은 채 삼십 분도 되지 않아 끝났다. 샤일라가 느낀 통증 역시 처음과는 비교도 안 될 정도로 완화되었다.

'이것도 첫 경험이랑 비슷하군. 처음에는 몹시 아프고 두려웠지만 거듭될수록 괜찮아졌으니…….'

일곱 번의 소주천을 마치자 샤일라의 혈맥 속 불순물이 대부분 제거되었다.

그렇게 되자 또 다른 문제가 생겨났다. 사내로부터 빨아들인 양기가 모두 사라지자 체내의 음기가 급격히 치밀어 오르기 시작한 것이다.

샤일라의 얼굴이 순식간에 파랗게 질려 버렸다. 음기가 빠른 속도로 샤일라의 전신을 잠식해 들어가기 시작한 것이다. 혈맥이 굳어지는 것을 느낀 레온이 또다시 내력을 불어넣었다. 고통으로 인해 샤일라의 몸은 부들부들 떨리고 있었다.

"지금부터가 중요하오. 이제부터 당신 몸속의 음기를 소주천 시킬 것이오. 그 과정에서 통증이 적지 않을 테니 단단히 마음먹으시오."

샤일라는 고개조차 끄덕일 수 없는 형편이었다. 입술은 보랏빛으로 물들었고 얼굴에는 핏기가 완전히 사라졌다. 그 모습을 보며 레온이 내력을 통제하기 시작했다.

콰콰콰콰.

레온의 웅혼한 내력이 샤일라의 몸 이곳저곳으로 퍼져나가려는 음기를 꽉 움켜쥐고 정해진 길로 인도하기 시작했다.

음기를 소주천 시키는 과정은 이전보다 월등히 힘들었다. 상식적으로 자신의 내력으로 혈도를 뚫어주는 것보다 타인의 몸에 산개되어 있는 음기를 움켜쥐고 소주천 시키는 것이 난이도가 월등히 높을 수밖에 없다.

'실수하면 안 돼.'

레온은 신경을 바짝 곤두세워 음기를 통제했다. 머리 끝 백회혈에서부터 사타구니 사이의 회음혈까지 음기를 인도하는 데 상당량의 내력이 소모되어야 했다.

샤일라의 몸에서 스멀거리며 배어나는 음기의 양은 상상을 초월했다.

'칠음이 아니라 구음절맥이었나보군. 통제하기 벅찰 정도로 음기의 양이 많아.'

불현듯 애처로운 마음이 들었다. 이 정도로 지독한 음기를 몸에 담고 지금까지 살아오다니…….

이런저런 생각을 하며 레온은 계속해서 음기를 인도해 나갔다. 그 과정은 첫 소주천보다도 더 오래 걸렸다.

분명 엄청난 통증을 느꼈을 테지만 샤일라는 잘 참아냈다. 입가로 핏물이 줄줄 흘러내릴 정도로 입술을 깨물며 고통을 견뎌냈다.

그 탓에 레온은 마침내 음기를 소주천 시키는 데 성공했다. 음기를 인도해 백회혈에서 회음혈까지 왕복시키는 데 성공한 것이다.

"되었소."

레온의 말이 끝나기가 무섭게 샤일라가 핏덩어리를 토해냈다. 역한 냄새가 사방으로 퍼져나갔다.

"왜엑!"

음기에도 변질된 기가 많이 섞여 있었던 모양이었다. 부들거리며 입술을 닦는 샤일라의 귓전으로 레온의 담담한 음성이 파고들었다.

"지금부터가 중요한 과정이오. 이제 당신은 자력으로 소주천을 해야 하오. 당신의 의지대로 음기를 움직여 인도해야 하오."

"그, 그게 가, 가능한 이, 일인가요?"

떠듬거리는 샤일라의 말에 레온이 고개를 끄덕였다.

“그렇소. 물론 처음에는 불가능하오. 그러나 내가 지금까지 해 온 것처럼 처음은 거들어 줄 테니, 그 다음은 당신이 사력을 다해 인도해 보시오. 자력으로 소주천을 해내야만 절맥을 치료할 수 있소.”

레온을 하염없이 쳐다보던 샤일라가 굳은 표정으로 고개를 끄덕였다.

“알겠어요. 꼭 해내겠어요.”

레온의 얼굴은 그 사이 반쪽이 되어 있었다. 엄청난 심력과 내공을 소모했기 때문에 얼굴이 말이 아니었다.

건장한 사내가 저 정도가 되도록 자신을 도와주는데 무엇을 못해내겠는가?

샤일라는 각오를 다지며 고개를 끄덕였다.

“시작하겠소. 준비하시오.”

말이 끝나기가 무섭게 진기가 등 뒤 명문혈을 파고들었다. 샤일라가 바짝 신경을 곤두세운 상태로 음기의 통제를 시도해 보았다.

사실 기를 통제하는 것은 엄청나게 어려운 일이다. 처음으로 내가기공을 접한 수련생이 기를 의지대로 통제하는 것은 아무리 적게 잡아도 사오 년이 걸린다. 자질이 떨어지는 사람은 그 이상의 시간이 걸리기도 한다.

그러나 샤일라는 그들과는 입장이 달랐다. 초절정의 경지에 오른 무인이 벌모세수로 길을 닦아준 다음 기를 통제하는 것을 도와주고 있는 것이다.

그러니 다른 수련생들보다 월등히 유리할 수밖에 없다. 게다가 한때 마법을 익혔기 때문에 마나의 성질에 대해 잘 알고 있다는 것도 상당히 유리하게 작용했다.

샤일라는 그야말로 필사적으로 기의 통제에 나섰다. 그러나 그 과정은 결코 수월하지 않았다. 음기는 마치 미꾸라지처럼 통제를 벗어나려 했다.

그럴 때마다 레온의 내력이 꾹 움켜쥐었기에 샤일라는 다시 통제권을 되찾아 올 수 있었다. 그렇게 레온의 전폭적인 도움을 받으며 샤일라는 조금씩 기를 통제하는 방법을 터득하게 되었다.

벌써 날이 밝아 창문 틈으로 햇살이 스며들고 있었다. 밤새도록 시술을 한 것이다. 필사적으로 노력한 끝에 샤일라는 마침내 음기를 통제해서 소주천 시키는 데 성공하게 되었다.

중간 중간 레온이 도와주긴 했지만 그래도 샤일라의 의지가 이룩해 낸 성과였다. 땀투성이인 레온의 얼굴에 미소가 맺혔다.

"되었소. 이제 당신이 혼자 소주천을 해 보시오. 난 위험할 때에만 관여하겠소."

"알겠어요."

샤일라가 붉게 상기된 얼굴로 고개를 끄덕였다. 이번이 가장 중요한 관문이었다.

그녀는 지금 날아갈 것 같은 기분을 느끼고 있었다. 소주천을 거듭하면서 그녀는 계속해서 핏덩어리를 토해냈다. 한 번 토해낼 때마다 가슴이 시원해졌고 몸이 가뿐해졌다.

게다가 소주천을 하는 것은 그녀에게 오르가슴보다 더한 쾌감을 안겨주었다. 마나를 의지대로 인도해 몸속을 돌리는 것은 그 정도로 짜릿한 경험이었다.

"그럼 시작해 보겠어요."

"알겠소."

말을 마친 샤일라는 즉시 소주천을 시작했다. 얼마 안 되는 양이지만 음기가 그녀의 의지에 이끌려 혈맥과 혈도를 움직였다.

백회혈에서 시작된 흐름은 몸속에서 계속 솟아나는 음기를 순차적으로 흡수하며 회음혈로 움직였다.

레온이 바짝 신경을 곤두세운 채 음기의 흐름을 관찰했다. 음기가 정해진 길을 벗어나는 순간 주화입마에 들기 때문에 긴장하지 않을 수 없다. 그러나 샤일라는 차분히 음기를 통제했고 마침내 흐름이 회음혈에 이르렀다.

"이제 다시 머리끝으로 돌리시오."

묵묵히 고개를 끄덕인 샤일라가 재차 음기를 통제했다. 음기의 흐름은 느린 속도지만 착실히 혈맥을 따라 흘렀다.

중간에 한 번 어긋나려 했지만 레온이 지적해 주었기에 샤일라는 다시 바른길을 찾았다.

　그렇게 한참을 애쓴 끝에 음기가 마침내 백회혈에 안착한 뒤 단전으로 돌아갔다. 순간 레온은 긴장이 모두 풀리는 것을 느꼈다.

　"수고했소. 자력으로 소주천을 이룬 것을 축하하오."

　말을 마친 레온이 현기증을 느끼고 이마를 짚었다. 그 정도로 많은 심력을 소모했기 때문이었다.

　그 모습을 샤일라가 형언할 수 없는 감사의 눈빛으로 쳐다보았다. 레온이 자신을 위해 얼마나 심력을 소모했는지는 그녀 자신이 가장 잘 알고 있었다. 샤일라가 떠듬떠듬 입을 열었다.

　"이, 이 은혜를 대체 어떻게 갚아야 할지……."

　레온이 빙그레 웃으며 고개를 흔들었다.

　"괘념치 마시오. 당연히 해야 할 일을 한 것이니."

　멍하니 레온을 쳐다보던 샤일라가 레온의 손을 살짝 움켜쥐었다. 그리고 경건한 태도로 손등에 입술을 맞췄다.

　"당신은 나에게 감당할 수 없는 은혜를 베푸셨어요. 그러나 저에겐 보은할 수 있는 방법이 오직 한 가지뿐이랍니다."

　레온은 대번에 샤일라의 말뜻을 알아차렸다.

　"내가 원하는 것은 당신이 당당히 세상을 살아가는 것이오. 스승님이 나에게 베푼 조건 없는 은혜를 당신에게 그대로 전했을 뿐이지."

　말을 마친 레온이 손을 들어 샤일라의 얼굴을 매만졌다.

"당신은 정말로 아름답소. 원래의 모습이 이토록 아름다울 줄은 몰랐소."

말을 마친 레온이 옆에 놓인 거울을 들어 내밀었다. 샤일라가 어안이 벙벙한 표정으로 거울을 받아들었다.

"얼굴을 한 번 들여다보시오."

무심코 거울을 들여다본 샤일라가 깜짝 놀랐다. 자신의 얼굴이 판이하게 변해 있었기 때문이었다.

"세, 세상에……."

원래 그녀는 피부가 그리 좋지 못했다. 이목구비 자체는 수려한 편이었지만 얼굴을 가득 메운 주근깨와 기미가 미색을 가리고 있었다.

샤일라도 평소 그 점을 매우 안타깝게 여기고 있었다. 그런데 거울을 들여다보니 그동안과는 전혀 다른 미인이 샤일라를 마주보고 있었다.

샤일라의 피부는 마치 백옥처럼 변해 있었다. 주근깨와 기미는 흔적도 없이 사라졌고 눈가의 잔주름 역시 감쪽같이 없어진 상태였다. 그녀가 믿을 수 없다는 듯 머리를 절레절레 흔들었다.

"미, 믿어지지가 않군요."

"당신의 몸속은 지금 지극히 깨끗하오. 소주천을 통해 불순물과 탁기를 토해낸 때문이지. 그 결과가 피부를 통해 투영되는 것이오."

샤일라가 자신도 모르게 손을 들어 얼굴을 매만졌다. 손과 팔뚝의 피부 역시 잡티 하나 없이 깨끗했다. 감동에 겨워하는 샤일라의 귓전으로 레온의 음성이 다시 파고들었다.

"당분간은 가급적 남자와의 성관계를 자제하도록 하시오. 성교를 통해 좋지 않은 기가 파고들 가능성이 높소."

고개를 돌려 레온을 쳐다본 샤일라가 단호하게 고개를 끄덕였다.

"물론이죠."

굳이 입을 열어 말하지 않았지만 샤일라는 단단히 마음먹고 있었다.

이후 단 한 남자를 위해서만 옷을 벗을 것이며, 그 대상은 자신을 변화시켜 준 눈앞의 사람이라는 각오를…….

"당신의 몸속에서는 계속해서 음기가 생겨날 것이오. 그럴 때마다 소주천을 통해 원기를 진기로 바꿔 단전에 쌓으시오. 충분한 양의 진기가 쌓일 경우 소주천의 과정이 더욱 수월해질 것이오."

말을 마친 레온이 피로 가득한 얼굴을 흔들며 몸을 일으켰다.

"본인은 이만 가봐야겠소. 무척 피곤하구려."

"네? 네 그러셔야죠. 가서 쉬셔야죠."

레온이 비틀거리며 걸음을 옮겼다.

"아무래도 가서 눈을 좀 붙여야 할 것 같소."

　그 모습을 샤일라가 감동을 가득 담은 눈빛으로 쳐다보았다.

　레온이 방을 나서자 샤일라는 다시 침대 위에 가부좌를 틀고 앉았다.
　아직까지 그녀의 몸에 적지 않은 음기가 쌓여 있었기에 거듭된 소주천을 통해 흡수해야 했다. 샤일라는 머지않아 무아지경에 빠져 들어갔다.
　난생 처음 해 본 운기조식은 그 어떤 쾌락보다도 더한 충만함을 그녀에게 안겨주었다.

III
거듭된 오해

샤일라의 숙소를 나선 레온이 얼굴을 찌푸린 채 하늘을 올려다보았다. 벌써 해가 중천에 걸려 있었다.

"시간이 이렇게 지났나? 아무튼 무척 피로하군."

절레절레 머리를 흔든 레온이 자신에게 배정된 숙소 쪽으로 걸음을 옮겼다. 이미 대부분의 용병들이 깨어나서 몸을 풀고 있었다. 레온을 쳐다본 그들의 눈이 휘둥그레졌다.

'어, 어떻게 된 거야?'

'하루 사이에 얼굴이 반쪽이 되어버렸잖아? 도대체 밤새도록 뭘 했기에?'

레온의 얼굴은 그 정도로 엉망이었다. 꼬박 하루 동안을 신

경을 곤두세워 샤일라를 벌모세수 시켜주었으니 얼굴이 정상
이라면 그게 이상한 일이다.

공력도 태반이 소진되었기에 레온에게는 서둘러 숙소에 가
서 운기조식을 하고 싶은 생각밖에 없었다.

그러나 눈치 빠른 용병 몇이 그것을 심각하게 오해했다는
것을 레온이 알 턱이 없었다. 하관이 쭉 빠진 용병 하나가 게
슴츠레한 눈빛으로 레온과 샤일라의 숙소를 번갈아 쳐다보았
다.

'저기는 여자 용병의 방인데, 이 시간에 저런 몰골로 저곳
을 나섰다면 이유는 뻔하지. 그나저나 그 여자 정말 대단하군.
척 보아도 색기가 있어 보이던데 S급 용병을 저 지경으로 만
들다니……'

태반의 용병들이 그런 생각을 했다. 물론 정황이 정황이니
만큼 그렇게밖에 생각할 도리가 없었다. 그리고 그것은 맥스
일행도 예외가 아니었다. 일찍 일어나 간단히 몸을 풀던 맥스
가 레온을 보고 눈을 부릅떴다.

"세, 세상에……."

그 모습을 보고 고개를 돌린 트레비스와 쟉센도 입을 딱 벌
렸다. 이미 그들은 레온과 샤일라가 밤을 함께 보냈다는 사실
을 잘 알고 있었다.

"세상에 저 몰골은 뭐지?"

"도대체 무슨 짓을 했기에 저렇게 얼굴이 망가진 거지?"

트레비스가 혀를 내두르며 말을 이어나갔다.

"샤일라가 세다는 것을 알긴 하지만 이건 정말 충격이야. 도대체 몇 번을 했기에 얼굴이 저 모양 저 꼴이 된 거지?"

말수가 적은 쟉센도 한 마디 거들었다.

"저 정도라면 최소한 열 번 이상은 한 것 같아. 내가 다섯 번을 한 뒤 다음날 일어나지 못했으니까……."

"S급 랭커가 저 정도라면 샤일라가 과연 무사할까?"

"그거야 모르지. 여자는 남자와 다르니까."

맥스 일행이 힐끔힐끔 훔쳐보며 속삭였지만 레온의 귀에는 그 소리가 들려오지 않았다.

감겨오는 눈을 연신 비벼대며 걸음을 옮기기에 여념이 없었으니까……. 보다 못한 맥스가 다가가서 말을 걸었다.

"러프넥 님, 괜찮으십니까?"

"아, 맥스 님이군요. 마침 잘 만났습니다."

레온이 얼굴을 찡그리며 입을 열었다.

"아무래도 오늘은 출발하기 힘들 것 같습니다. 몸이 좋지 않아 좀 쉬어야 할 것 같습니다."

맥스가 걱정하지 말라는 듯 고개를 끄덕였다.

"그거야 상관없습니다. 타나리스 상단과는 이곳에서 헤어지면 되니까요. 여기서부터는 치안이 확립된 곳이라서 저들도 걱정하지 않을 것입니다. 그런데……."

맥스가 게슴츠레하게 눈을 떴다.

“도대체 어제 몇 번을 하셨기에…….”

자꾸만 감겨오는 눈을 비비던 레온이 별 생각 없이 대답했다.

“글쎄요. 한 열한 번 정도?”

물론 레온이 말한 횟수는 샤일라를 벌모세수 해 준 것을 말한다. 피로로 인해 머리가 멍했기에 무턱대고 대답한 것이다. 그러나 듣고 있던 맥스는 다른 의미로 받아들일 수밖에 없었다.

‘세상에! 하룻밤에 열한 번 하는 것이 대관절 가능한 일인가?’

맥스는 두말하지 않고 옆으로 물러났다.

“드, 들어가 쉬십시오. 타나리스 상단에는 제가 통보하겠습니다.”

“모쪼록 부탁하오.”

머리를 흔든 레온이 숙소의 문을 열고 들어갔다. 그 모습을 맥스 일행이 묘한 표정을 지으며 쳐다보았다.

그런데 레온의 뒷모습을 쳐다보는 눈동자 한 쌍이 있었다. 눈동자에 떠올라 있는 것은 명백한 질투의 감정이었다.

바로 옆 숙소의 창에 비친 가녀린 인영, 그 눈동자의 주인은 알리시아였다. 레온의 모습이 숙소 안으로 사라졌지만 알리시아는 하염없이 문을 쳐다보고 있었다.

잠시 후 땅이 꺼질 듯한 한숨이 흘러나왔다.

"하아……."

그녀는 지난밤 한숨도 자지 못했다. 레온이 밤새도록 들어오지 않았기 때문이었다. 어젯밤 알리시아는 테오도르 공작을 상대할 방법을 논의하기 위해 레온을 찾아갔다.

그러나 늘 그래왔던 것처럼 마나를 연공하고 있을 줄 알았던 레온은 자리에 없었다.

"어디 가셨지? 바람을 쐬러 가셨나?"

고개를 갸웃거리며 숙소로 돌아오던 알리시아가 눈을 가늘게 떴다. 맥스 일행이 묵고 있는 숙소에서 두런거리며 흘러나오는 대화를 들은 것이다.

"지금쯤이면 러프넥 님과 샤일라가 동침하고 있겠지?"

"이해할 수가 없어. 러프넥 님 정도 되는 분이 뭐가 아쉬워서 샤일라 같은 애를?"

"샤일라가 뭐 어때서 그래? 피부가 좀 안 좋긴 하지만 이목구비 자체는 뚜렷한 미인이라고……. 그리고 건장한 남자라면 백 여자를 마다하지 않는 법이야."

"그래도 하룻밤 겪어보면 더 이상 샤일라를 찾지 않을 걸?"

"그건 그래. 이틀 이상 그녀와 잠자리를 같이 하면 틀림없이 말라죽을 거란 생각을 할 거야."

숙소에서 흘러나오는 대화를 들은 알리시아의 얼굴이 백지장처럼 하얗게 질렸다.

‘거짓말일 거야. 금욕적인 레온 님이 그럴 리가 없어.’

마음 같아서는 당장이라도 샤일라의 숙소로 가서 문을 열어 젖히고 싶었다. 그러나 현실적으로 그럴 순 없는 노릇이다.

결국 알리시아는 레온의 숙소를 다시 찾아갔다. 레온이 오는 것을 기다린 것이다. 그러나 레온은 밤새도록 돌아오지 않았다.

뜬눈으로 밤을 지새운 알리시아는 해가 뜨자 자신의 숙소로 돌아왔다. 그리고 목격했다. 얼굴이 반쪽이 된 모습으로 레온이 비틀거리며 샤일라의 숙소를 나서는 모습을⋯⋯.

레온의 숙소 문을 쳐다보는 알리시아의 눈동자에는 허망함이 가득했다.

‘하필이면 샤일라 같은 여자와 동침을 하다니⋯⋯.’

생각을 거듭하던 알리시아가 살짝 입술을 깨물었다.

‘차라리 그 대상이 나였다면⋯⋯.’

무심코 그런 생각을 하던 알리시아가 화들짝 놀랐다. 처녀의 몸으로 감히 생각할 수 없는 일이었기 때문이었다. 얼굴이 빨갛게 달아오른 알리시아가 고개를 푹 숙였다.

‘그래, 어차피 레온 님과 난 인연이 없어. 트루베니아로 돌아가야 할 나와 펜슬럿에서 여생을 보낼 레온 님과는 어울리지 않아.’

마음을 단단히 먹은 알리시아가 결연한 표정으로 고개를 들었다.

"레온 님이 누구와 동침을 했건 나와는 상관없는 일이야. 내가 할 일은 레온 님과 아르카디아 초인들과의 대결을 성사시키는 것뿐이야."

입술을 살짝 깨문 알리시아가 몸을 돌려 숙소 안으로 들어갔다.

콰당.

세차게 닫힌 숙소 문 앞에는 허망함이 감돌고 있었다.

그 사이 맥스는 타나리스 상단을 찾아가서 작별을 고했다.

"우린 이곳에 일이 생겨서 하루 더 묵어가야 할 것 같소. 그러니 당신들은 먼저 떠나시오."

그 말에 베네스가 당황한 표정을 지었다. 사실 이곳에서 작별을 고해도 문제될 것이 전혀 없었다.

이곳부터는 치안이 탄탄히 확립되어 있었고 어젯밤 용병단에서 지원이 오고 있다는 전갈이 왔기 때문이었다. 그러나 베네스에겐 꿍꿍이가 있었기에 쉽게 물러날 수는 없었다.

S급 용병 러프넥의 영입은 스콜피온 용병단이 사활을 걸고 매달려야 하는 문제이다.

"그 전에 러프넥 님을 잠시 뵐 수 있을까요?"

맥스가 그럴 수 없다는 듯 머리를 흔들었다.

"러프넥 님은 지금 누굴 만날 만한 형편이 아니시오."

그 말에 베네스가 살짝 인상을 찌푸렸다. 물론 러프넥의 근황에 대해서는 부하들의 보고를 통해 들어 알고 있었다.

'여자 용병과 동침한 뒤 얼굴이 반쪽이 되어 나왔다고 했지? 골치 아프군. 하필이면 오늘…….'

마음 같아서는 이 마을에서 하루를 더 머물고 싶었다. 그러나 그것은 불가능한 일이다.

그렇게 한다면 타나리스 상단 소속의 상인들이 벌 떼처럼 일어나 항의할 것이 틀림없었다. 그가 맡은 임무는 엄연히 상단의 호위이다.

베네스의 얼굴에 체념의 빛이 어렸다.

'어쩔 수 없군. 일단은 호위가 우선이니…….'

생각을 정리한 베네스가 정색을 하고 맥스를 쳐다보았다.

"그렇다면 이 말을 전해 주시오. 언제고 시간이 되면 스콜피온 용병단에 잠시 들러달라고 말이오."

"러프넥 님께요?"

"그렇소. 그분은 우리에겐 생명의 은인이나 마찬가지요. 은혜를 갚을 기회를 얻어야 할 것 같소."

맥스가 묵묵히 고개를 끄덕였다.

"알겠습니다. 그렇게 전해 드리지요."

"고맙소."

스콜피온 용병단은 타나리스 상단과 함께 떠나갔다. 맥스 일행과 레온, 알리시아는 마을에서 하루 더 쉬어가기로 했다.

"러프넥 님의 몸이 좋지 않으시니 어쩔 수 없지요."

알리시아가 동의해 주었기에 일행은 마음 편히 휴식을 취했다. 물론 맥스 일행으로서도 나쁠 것이 전혀 없었다.

"그나저나, 샤일라는 괜찮을까? 한 번 가봐야 하지 않을까?"

"그냥 내버려 둬. 배가 고프면 먹으러 나오겠지."

레온이 나가고 난 뒤 샤일라는 세 번의 소주천을 거듭했다. 운기조식을 거듭할수록 소주천을 하는 것이 더욱 수월해졌다.

축적된 마나를 일정한 원리대로 혈맥을 따라 몸 곳곳으로 돌리는 경험은 그녀에게 엄청난 희열을 안겨주었다. 세 번의 소주천을 마친 샤일라는 잠자리에 들었다. 밤을 꼬박 새웠기 때문에 그녀 역시 수면이 필요했던 것이다.

대략 서너 시간 정도 자고난 뒤 샤일라가 눈을 떴다. 정말 오랜만에 취해 보는 숙면이었다.

"정말 개운하군. 이렇게 편하게 잔 적이 얼마 만인지 모르겠어."

눈을 뜬 샤일라가 몸을 점검해 보았다. 잠에 빠져 있는 동안 상당량의 음기가 생겨나 있었다. 그녀는 또다시 소주천에 들어갔다. 틈나는 대로 소주천을 해서 발생되는 음기를 진기화시켜야 하는 것이 그녀의 입장이었다.

한 번의 소주천으로 음기는 모두 진기가 되어 샤일라의 단전에 저장되었다. 운기조식을 마친 샤일라가 몸을 일으켰다.

"배가 고프군. 밥을 좀 먹어야겠어."

샤일라는 땀투성이가 된 옷을 갈아입었다. 그들이 묵고 있는 여관은 식당을 겸하고 있었기 때문에 언제든지 식당에 가서 밥을 먹을 수 있었다.

숙소를 나선 샤일라는 여러 개의 눈동자와 딱 마주쳤다. 맥스와 트레비스, 쟉센이 아예 문 앞에 진을 치고 앉아 있었기 때문이었다. 샤일라의 얼굴을 보자 그들의 눈이 휘둥그레졌다.

"세, 세상에?"

"너 샤일라 맞아?"

맥스 일행은 하나같이 눈을 부릅뜨고 놀라워했다. 샤일라의 외모가 그 정도로 판이하게 변해 있었기 때문이다.

주근깨와 기미가 모두 사라진 백옥 같은 피부를 보니 최소한 열 살은 젊어보였다. 샤일라가 눈살을 찌푸린 채 손을 내저었다.

"그럼 나 맞지 누구겠어? 쓸데없는 소리 하지 말고 길이나 비켜."

입을 딱 벌린 채 놀라워하던 트레비스가 입을 열었다.

"세상에! 너 러프넥 님의 정기를 얼마나 빨아먹은 거야? 그렇게 변할 정도라면…… 쿠엑."

떠듬떠듬 말을 늘어놓던 트레비스가 비명을 내질렀다. 뭔가가 날아와 복부를 강타했기 때문이었다.

엄청난 통증에 트레비스가 참지 못하고 먹은 것을 게워내기 시작했다.

"우왝!"

맥스가 놀란 눈빛으로 샤일라를 쳐다보았다.

"네, 네가 한 짓이냐?"

샤일라도 멍한 표정을 짓고 있었다. 순간적으로 화가 치밀어 매직 미사일(magic missile)을 캐스팅했는데 그게 정확히 트레비스의 복부를 강타했기 때문이었다.

원래대로라면 그녀의 매직 미사일은 성공률이 10% 미만이었다. 열 번 캐스팅해야 겨우 한 번 성공할 정도로 형편없는 수준이었던 것이다.

그것도 오랜 시간 정신을 집중해서 캐스팅해야 한다. 그런데 순간적인 캐스팅으로 매직 미사일을 발현시킨 것이다. 샤일라의 얼굴에 놀라움이 번져갔다.

'미, 믿을 수가 없군.'

맥스는 조금 전의 일을 우연의 일치로 치부했다.

'놀랍군. 정작 필요할 때는 실패만 거듭하더니……'

귓전으로 샤일라의 당황한 음성이 파고들었다.

"나, 난 밥을 좀 먹어야겠어. 난 지금 무척 시장하다고."

"그러도록 해. 무사한 모습을 보았으니 이젠 괜찮아."

식당으로 달려간 샤일라가 정신없이 밥을 먹었다. 마음이 급했기에 음식이 코로 넘어가는지 입으로 넘어가는지 인식할 겨를이 없었다. 서둘러 식사를 마친 샤일라가 머뭇거림 없이 숙소로 돌아왔다.

딸깍.

문을 단단히 걸어 잠근 샤일라가 가부좌를 틀고 침대 위에 앉았다. 우선 소주천을 통해 음기를 다스리려는 것이다.

운기조식을 마친 샤일라가 눈을 지그시 감고 명상에 잠겨 들어갔다. 그녀는 지금 마법을 발현시켜 볼 작정이었다. 조금 전 성공시킨 매직 미사일이 우연의 일치인지, 그렇지 않은지 알아보는 것이 급선무였다.

길드의 학부에 다니던 시절, 샤일라는 4서클의 유저로 인정 받았다. 그러나 괴질을 앓고 나서 그녀의 마법적 재능은 형편 없이 쇠퇴했다.

여태 무리 없이 전개하던 마법도 캐스팅이 불가능해진 판국 에 어찌 새로운 마법을 배우겠는가?

지금 샤일라는 기껏해야 2서클의 엑스퍼트 수준밖에 되지 않았다. 유일하게 파이어 볼(fire ball)을 캐스팅할 수 있기 때문이다. 그러나 그것도 제대로 된 2서클이 아니었다.

그녀의 파이어 볼 성공률은 고작해야 20% 정도이다. 다섯 번 캐스팅해야 파이어 볼을 겨우 한 번 성공시킬 수 있다는 얘기다.

다른 마법들은 성공률이 더욱 낮았다. 바로 그 이유 때문에 샤일라는 마법사로 인정받지 못했다.

필요할 때 한 방씩 펑펑 날려줘야 하는데, 실패율이 워낙 높으니 도무지 그녀를 전력으로 쓸 수가 없었다. 그 사실을 상기한 샤일라가 마음을 가라앉히며 파이어 볼을 캐스팅했다. 소주천 이후 머리가 한없이 맑아져서 캐스팅은 금세 이루어졌다.

"파이어 볼."

짤막한 음성과 함께 주위에 산재한 불의 마나가 급속도로 모여들며 재배열되었다.

이윽고 그녀의 앞에 주먹만 한 불덩이가 형성되었다. 파이어 볼이 발현된 것이다. 샤일라의 눈이 경악으로 부릅떠졌다.

'이렇게 쉽게 성공하다니⋯⋯.'

파이어 볼이 성공한 것을 확인한 샤일라가 재배열된 마나를 흩어버렸다. 서서히 소멸되는 파이어 볼을 보며 샤일라는 재차 마법을 캐스팅해 보았다.

그리고 그녀는 자신의 놀라웠던 마법적 재능이 되살아났음을 직감할 수 있었다. 캐스팅을 하는 족족 파이어 볼이 발현되었던 것이다.

무려 일곱 번이나 캐스팅했지만 단 한 번도 실패하지 않았다. 그 모습을 본 샤일라의 볼에 눈물이 흘러내리기 시작했다.

'이제 난 마법을 쓸 수 있어. 당당히 마법사라 불릴 수 있다고……'

그간의 설움이 흔적도 없이 씻겨 내려가는 것을 느낀 샤일라가 좀 더 난이도가 높은 마법을 펼치기로 마음먹었다.

"아이스 볼트를 한 번 시전해 봐야겠군. 2서클 중에서도 난이도가 상당히 높은 마법이니까."

지금껏 샤일라는 아이스 볼트(ice bolt)를 성공시켜 본 적이 없었다. 길드의 학부 시절을 제외하면 말이다. 마음을 차분히 가라앉힌 샤일라가 아이스 볼트를 캐스팅했다.

"아이스 볼트."

짤막한 주문영창과 함께 대기 중의 마나가 급속도로 재배열되기 시작했다. 그때 놀라운 일이 일어났다.

캐스팅과 더불어 마나가 재배열되는 와중에 단전에서 진기가 솟구치기 시작했다. 진기의 일부가 재배열되던 마나 사이로 끼어들었다.

파츠츠츠.

허공에 길쭉한 얼음덩이가 형성되었다. 그것은 생겨나자마자 쏜살같이 전방으로 쇄도했다. 그 모습을 본 샤일라가 기겁했다.

“어머!”

파이어 볼과는 달리 아이스 볼트는 생겨나자마자 곧바로 전방으로 쏘아진다. 그 반응속도 때문에 기습용으로 유용하긴 하지만 지금은 그것을 가만히 쳐다볼 상황이 아니었다.

숙소의 벽에 큼지막한 구멍이 뚫릴 것이 분명하기 때문에 그녀가 급히 아이스 볼트의 궤적을 바꿨다.

쐐애애액—

금방이라도 벽에 구멍을 뚫어버릴 것같이 폭사되던 아이스 볼트가 방향을 바꿔 창 쪽으로 날아갔다. 아슬아슬하게 창틀을 스쳐 지나간 아이스 볼트가 창 밖에 서 있는 나무에 그대로 틀어박혔다.

콰직!

아이스 볼트는 두터운 나무에 절반 이상 박혀 들어갔다. 위력이 저 정도니, 벽에 부딪혔다면 무슨 일이 벌어질지 생각만 해도 아찔했다. 안도의 한숨을 내쉰 샤일라의 얼굴이 붉게 상기되었다.

“내, 내가 아이스 볼트를 성공시켰어.”

샤일라는 한동안 흥분을 가라앉혀야 했다. 꿈도 꾸지 못했던 마법을 발현시킨 감동은 그 정도로 컸다. 그러나 마법사에게 흥분은 가장 큰 적이다. 잠시 후 냉정을 되찾은 샤일라의 눈이 빛났다.

“이번에는 좀 더 욕심을 부려봐야겠어. 아이스 미사일(ice

missile)을 시전해 봐야지."

아이스 미사일은 샤일라가 학부 시절 가장 마지막으로 배웠던 마법이었다. 4서클의 마법으로 매직 미사일과 이름은 비슷하지만 내용 자체는 판이하게 달랐다.

매직 미사일이 직선이나 곡선으로 날아가 적을 타격한다면 아이스 미사일은 마치 살아있는 생명체처럼 자의적으로 판단해 상대의 방어를 뚫는다.

그 때문에 수월하게 치명타를 먹일 수 있다. 지금껏 샤일라는 아이스 미사일을 성공시켜 본 적이 없었다. 아이스 미사일을 펼쳐보기도 전에 괴질에 걸렸기 때문이었다.

"만약 이것이 성공한다면 난 확실히 예전의 재능을 되찾은 거야. 4서클의 유저로 인정받을 수 있다고……."

마음을 차분히 가라앉힌 샤일라가 정신을 집중했다. 아이스 미사일을 캐스팅하는 시간은 파이어 볼이나 아이스 볼트에 비해 월등히 길었다.

그 정도로 난이도가 높은 고서클의 마법인 것이다. 이윽고 캐스팅을 마친 샤일라가 주문영창을 했다.

"아이스 미사일."

주문영창이 끝나기가 무섭게 주변의 마나가 응축되기 시작했다. 음한한 기운을 지닌 마나가 점차 세력을 확장해 가며 다른 속성의 마나를 밀어내기 시작했다.

이어 한데 뭉친 마나가 빠른 속도로 재배열되기 시작했다.

샤일라는 조마조마한 심정으로 그 과정을 지켜보고 있었다. 그러나 마나의 재배열 과정은 그리 순탄하지 못했다.

"이런!"

완전히 재배열되기 전에 흩어지기 시작한 마나의 흐름을 느끼며 샤일라가 안타까워했다. 아이스 미사일을 전개하는 것은 아직까지 역부족인 듯했다.

그때 이변이 일어났다. 소주천을 통해 진기화하여 단전에 쌓아 놓은 음기가 갑자기 솟구쳐 오르기 시작한 것이다.

그 진기는 재배열에 실패하고 흩어지려는 마나의 흐름에 가세했다. 마나는 샤일라의 몸속 음기를 받아 재차 재배열을 시작했다.

콰콰콰콰!

눈부신 섬광과 함께 허공에 아이스 미사일이 생겨났다. 길쭉하고 번들거리는 동체를 지닌 아이스 미사일이 허공에 둥둥 뜬 채 샤일라의 명령을 기다리고 있었다. 그 모습을 본 샤일라가 이것이 꿈이 아닌지 볼을 꼬집어보았다.

"아얏!"

통증이 느껴지는 것을 보아 이것은 엄연한 현실이었다. 4서클 엑스퍼트만이 전개할 수 있는 아이스 미사일을 그녀가 성공시킨 것이다. 흐트러지려는 마음을 다잡은 샤일라가 아이스 미사일의 통제를 시도해 보았다.

쐐애액—

아이스 미사일이 빠른 속도로 방 안을 선회하기 시작했다. 탁자와 의자를 아슬아슬하게 스치며 세차게 대기를 갈랐다. 마치 날개 달린 뱀처럼 방 안을 누비는 아이스 미사일의 모습은 너무나도 아름다웠다. 그 모습을 샤일라가 몽롱한 눈빛으로 감상했다.

아이스 미사일은 한동안 방 안을 날아다니다 마나가 모두 소진되자 사라졌다.

그러나 샤일라는 그 자리에서 꼼짝도 하지 않았다. 눈물이 주르르 흘러내려 시야를 가렸지만 그녀는 그것조차 인식하지 못했다.

⚜

레온은 꼬박 한나절을 늘어져 잤다. 샤일라를 벌모세수 시키는데 그 정도로 많은 심력을 소모했기 때문이다.

숙면을 취하고 일어난 레온이 한 일은 운기조식이었다. 상당히 많은 내공을 소모했기 때문에 채워 넣는 것이 급선무였다.

레온의 운기조식은 상당히 길었다. 몸 상태를 추스르는 것이 우선이었기 때문에 그는 세심하게 신경 써서 운기조식을 했고 저녁나절 즈음에 마침내 소모된 내공을 어느 정도 채워 넣는 데 성공했다. 운기조식을 마친 레온이 인상을 쓰며 배를

매만졌다.

"배가 무척 고프군."

그 말이 끝나기가 무섭게 꼬르륵 소리가 울려 퍼졌다. 생각해 보니 어제 저녁 이후 아무것도 먹지 않았다.

"일단 뭘 좀 먹어야겠어. 배가 고프다 못해 속이 쓰려오는군."

몸을 일으킨 레온이 문으로 걸어갔다.

식당에는 여러 명의 사람들이 앉아 식사에 몰두하고 있었다. 때마침 저녁 식사 때였던 것이다. 한쪽에 맥스 일행이 앉아 있는 것을 본 레온이 반색을 했다.

"잘 되었군."

레온이 다가가자 맥스 일행이 고개를 돌렸다. 그들의 얼굴에 놀라움이 스쳐지나갔다.

아침 나절만 해도 거의 죽을 것 같은 몰골이었는데 지금은 거의 정상으로 돌아온 것이다.

'햐! 아침만 해도 피골이 상접한 모습이었는데.'

'S급 랭커는 회복이 무척 빠른가보군.'

레온이 앉자 점원이 다가왔다.

"뭘 드시겠습니까?"

"아무거나 먹을 만한 것으로 2인분 가져다 주게. 배가 몹시 고프니 말이야."

그 말에 점원의 얼굴이 묘하게 일그러졌다.

"저희 여관의 음식은 뭐든지 먹을 만합니다만……?"

옆에서 그 광경을 보고 있던 맥스가 재빨리 음식을 시켰다.

"베이컨과 스크램블, 그리고 닭고기 스튜를 가져다 주게. 넉넉하게 2인분으로……."

"알겠습니다."

주문을 받은 점원이 물러났다. 맥스가 자기 앞에 놓인 스튜 접시를 레온에게 밀어주었다.

"아직 손대지 않은 것이니 이것 먼저 드십시오. 몹시 시장하신 것 같은데……."

레온은 사양하지 않고 스튜 접시를 받았다. 놀랍게도 그는 뜨거운 스튜를 물마시듯 들이켜 버렸다.

꿀꺽꿀꺽.

스튜 한 접시를 삽시간에 마셔버린 레온이 입가를 훔쳤다.

"이제 조금 살 만하군."

눈을 둥그렇게 뜨고 그 모습을 보던 맥스가 입을 열었다.

"스콜피온 용병단은 아침나절에 출발했습니다. 단장인 베네스가 러프넥 님께 이 말을 전해달라 하더군요."

"그가 뭐라고 했소?"

"나중에 자신들의 용병단을 한 번 찾아달라고 했습니다."

그 말을 듣기가 무섭게 레온이 머리를 흔들었다.

"그러고 싶은 생각은 추호도 없소. 무슨 말을 할 것인지 뻔하니 말이오."

"제 생각도 그렇습니다."

히쭉 웃는 맥스를 보며 레온이 입을 열었다.

"그런데 샤일라 님은 아직까지 일어나지 않으셨소?"

그 말을 듣자 맥스 일행의 얼굴에 묘한 표정이 떠올랐다.

"점심때쯤 나와서 식사를 했습니다. 그런데……."

트레비스가 빙글빙글 웃으며 말을 이었다.

"어제 정말 대단하셨나 봅니다. 샤일라의 얼굴이 화사하게 살아났더군요. 여자가 성적으로 만족할 경우 갑자기 예뻐진다고 하던데 도대체 어떻게 하신 겁니까?"

"……."

"괜찮으시다면 저에게 방법을 좀……, 쿠엑."

히죽 웃으며 말을 늘어놓던 트레비스가 비명을 지르며 뒤통수를 감싸 안았다. 뭔가가 빠른 속도로 날아와 뒤통수를 강타했던 것이다.

일행의 시선이 일제히 트레비스의 뒤쪽으로 향했다. 거기에는 샤일라가 주먹을 움켜쥐고 서 있었다. 눈동자에 쌍심지가 서려 있는 것을 보아 단단히 화가 난 것 같았다.

"죽고 싶어?"

뒤통수를 움켜쥐고 바닥에 나뒹구는 트레비스를 보니 통증이 적지 않은 모양이었다. 샤일라가 펼친 매직 미사일에 정통으로 얻어맞았으니 그럴 수밖에 없었다.

"또다시 쓸데없는 소릴 한다면 매직 미사일이 아니라 파이어 볼을 날릴 테니 알아서 해."

표독스런 눈빛으로 한 마디 내쏜 샤일라가 고개를 돌려 레온을 쳐다보았다.

순간 그녀의 표정이 판이하게 바뀌었다. 사나운 암호랑이가 별안간 순종적인 토끼로 변한 것 같은 변신이었다.

"식사하시나 봐요? 이제 일어나셨어요?"

레온이 묵묵히 고개를 끄떡였다.

"이제 막 왔소. 같이 식사합시다."

샤일라가 사뿐사뿐 다가와 옆자리에 다소곳이 앉았다. 맥스 일행이 입을 딱 벌리고 그 모습을 지켜보았다.

지금껏 샤일라에게서 전혀 볼 수 없었던 모습이기 때문이다. 그녀의 얼굴에 살짝 홍조가 떠올랐다.

"어제 많이 힘드셨죠?"

"자고 나니 괜찮아졌소. 당신은 좀 어떻소?"

"저야 뭐."

살포시 웃으며 샤일라가 고개를 흔들었다. 때마침 점원이 다가왔고 그녀가 간단히 음식을 시켰다. 주문을 마친 샤일라가 레온을 쳐다보았다.

"오늘 밤에 잠시 와 주시겠어요? 보여드릴 것이 있어요."

"안 그래도 찾아갈 생각이었소."

두 사람이 두런두런 나누는 대화를 듣고 있던 맥스 일행의 얼굴이 점점 질려가고 있었다. 그들이 심각하게 오해할 법 하게 대화가 진행되었기 때문이었다.

'천생연분이로군. 천생연분이야.'

'그 꼴이 되고도 다시 찾아가겠다니……, 조만간 초상 치르게 생겼어.'

'모르긴 몰라도 보여줄 게 새로운 체위임에 틀림이 없어.'

맥스 일행이 이런저런 갖가지 상상을 하는 사이 음식이 왔고 레온과 샤일라가 조용히 음식을 먹기 시작했다.

물론 맥스 일행은 누구 하나 음식에 손을 대지 않았다.

묘한 눈빛으로 레온과 샤일라를 번갈아 쳐다보기 바빴기 때문에…….

⚜

그날 밤 레온은 또다시 샤일라의 방을 찾았다. 샤일라의 숙소 문을 열고 들어가는 레온의 등판에 여러 개의 시선이 꽂혔다.

그중 하나는 다소 슬퍼 보이는 알리시아의 눈빛도 있었다. 그 눈빛은 오래지 않아 체념으로 바뀌었다. 나머지는 경악, 혹은 우려가 섞여 있는 맥스 일행의 시선이었다.

"내일은 도대체 어떤 몰골로 나올까?"

"오늘보다 더 참담하게 바뀔 것 같은데."

그러나 그들의 예상을 뒤엎고 숙소에서 나누는 두 사람의 대화는 더없이 차분했다.

"그래 소주천은 잘 되고 있소?"

"네, 러프넥 님 덕분에……. 오늘만 해도 벌써 일곱 번이나 소주천을 했답니다."

그 말을 듣자 레온의 입가에 미소가 걸렸다.

"정말 다행이군요. 이제 음기는 더 이상 걱정하지 않아도 되겠군요."

"모두가 러프넥 님 덕분입니다. 이 은혜를 대관절 어떻게 갚아야 할지?"

머쓱해진 레온이 손사래를 쳤다.

"뭐 은혜랄 것까지 있겠소? 그런데 나에게 보여줄 것이 있다고 하셨는데……."

그 말에 샤일라가 퍼뜩 정신을 차렸다.

"참, 내 정신 좀 봐, 잠시만 기다리세요."

샤일라는 눈을 감고 명상에 잠겨 들어갔다. 그녀가 보여줄 것은 바로 아이스 미사일이었다.

되찾은 마법의 경지를 레온에게 가장 먼저 보여주려는 것이다. 메모라이즈를 끝낸 샤일라가 주문영창을 했다.

"아이스 미사일."

그 말이 끝나기가 무섭게 마나가 재배열되었다. 단전의 음기가 가미되어 재배열 과정이 더욱 원활하게 진행되었다.

이윽고 은빛으로 빛나는 얼음의 화살이 허공에 유유히 모습을 드러냈다.

쐐애액—

발현된 아이스 미사일이 빠른 속도로 방 안을 선회하기 시작했다. 그 모습을 보는 샤일라의 얼굴에 뿌듯한 감회가 떠올랐다.

"아이스 미사일이랍니다. 자타가 공인하는 4서클의 마법이죠."

레온이 신기하다는 듯 아이스 미사일을 쳐다보았다. 빠른 속도로 방 안을 누비고 있었지만 아이스 미사일은 실내의 기물을 하나도 건드리지 않았다. 마치 날개 달린 뱀이 날아다니는 것 같았다.

"대단하구려. 그렇다면 4서클의 경지를 되찾았다는 뜻이겠구려?"

"그렇습니다. 이 모든 것이 러프넥 님 덕분입니다."

샤일라가 공손히 두 손을 모아 목례를 했다.

"러프넥 님께 드릴 말씀이 있습니다."

"말씀해 보시오."

"이제부터 러프넥 님을 따라다니겠습니다. 4서클의 마법사라면 어느 정도 쓸모가 있을 것입니다. 부디 제 능력이 러프넥 님이 하시는 일에 조금이나마 도움이 되었으면 합니다."

레온이 놀란 눈으로 샤일라를 쳐다보았다. 단단히 마음먹었는지 샤일라의 얼굴에는 결연함이 감돌고 있었다.

"부디 만류하지 말아주시기 바랍니다. 제가 은혜를 갚을 길은 오직 그것뿐입니다."

샤일라의 확고한 눈을 들여다보던 레온이 조용히 입을 열었다.

"내가 바라는 것은 그것이 아니오."

"……."

"내 일찍이 말하지 않았소. 당신이 자신감을 가지고 당당히 세상을 살아가는 것이 내가 바라는 전부라고."

"하지만 저는 반드시 러프넥 님께 얻은 은혜를 갚고 싶습니다. 당신은 제 미래를 송두리째 바꿔 주신 분입니다."

레온의 입가에 살며시 미소가 떠올랐다. 어떻게든 은혜를 갚고 싶다는 샤일라의 마음이 가슴 깊이 와 닿았기 때문이었다.

"은혜를 갚고 싶다면 이렇게 하시오. 내가 한 가지 제안을 하리다."

"말씀하세요."

이어지는 레온의 말이 정말 뜻밖이었기에 샤일라의 눈이 동그랗게 떠졌다.

"마법길드로 돌아가시오. 그리고 그곳에서 마법을 더 공부하시오. 당신의 마법적 재능이 돌아왔다는 사실을 알게 되면 길드에서는 당신을 다시 받아들일 것이오."

"그, 그건……."

"당신의 실력은 아직 충분하지 못하오. 길드에서 더욱 마법 연구에 매진해 실력을 올리는 것이 당신에겐 더 시급한 문제요."

샤일라가 격정이 담긴 눈빛으로 레온을 쳐다보았다. 사실 레온의 제안이야말로 샤일라가 극구 원하는 것이었다.

마법길드에서는 샤일라의 놀라운 재능을 탐내 전폭적인 지원을 해 주었다. 비록 마지막에 내치기는 했지만 무려 8년의 세월을 두고 기다려 주기도 했다.

그 때문에 샤일라는 마법길드에 대해 그다지 섭섭한 감정은 없었다. 더욱이 떠날 때 거금의 노자까지 쥐어준 마법길드가 아니던가?

'마법길드를 찾아가서 자초지종을 설명한다면 길드에서는 반드시 나를 다시 후원해 줄 것이다. 나이 서른 살 전에 4서클이 되는 것도 그리 흔한 경우는 아니니까. 하지만 그렇게 되면 러프넥 님께서 나에게 베푼 은혜를 어떻게 갚는단 말인가?'

샤일라의 속내를 알아차렸는지 레온이 입을 열었다.

"나에게 은혜를 갚고 싶거든 그렇게 하시오. 당신이 6서클을 넘어 마도사의 경지에 오를 경우 나에게 은혜를 갚는 일이 더욱 수월해질 것 아니오?"

"……"

"마음을 먹었으면 바로 실행에 옮기는 것이 낫소. 동료들과 작별을 고하고 곧바로 마법길드로 떠나도록 하시오.”

말을 마친 레온이 조그만 주머니 하나를 내밀었다.

“이, 이게 뭐죠?”

“노자요. 그리 많지는 않지만 마법길드까지 찾아가는데 부족하지는 않을 것이오.”

물끄러미 주머니를 쳐다보던 샤일라가 조용히 주머니를 받아들었다.

어느덧 그녀의 볼을 타고 맑은 눈물 한 줄기가 흘러내리고 있었다. 지금까지 살아오며 자신에게 이 같은 호의를 베푼 사람이 있었던가?

“정말 고마워요.”

“……”

“아마 전 죽는 날까지 러프넥 님의 은혜를 잊지 못할 것 같아요.”

샤일라의 진정어린 말에 레온이 머쓱한 표정을 지었다.

“그, 그 정도까지는…….”

“한 가지 청이 있어요.”

“그게 무엇이오? 들어줄 수 있는 것이라면 들어주리다.”

이어지는 샤일라의 말에 레온의 눈이 커졌다.

“러프넥 님, 저는 당신에 대해 알고 싶어요.”

레온이 당황한 표정으로 반문했다.

“나, 나에 대해서 말이오?”

“그렇습니다. 일전에 저에게 말하셨죠? 저에 대해 알고 싶다고 말이에요. 이번에는 입장이 역전되었군요. 이번엔 제가 당신에 대해 알고 싶어요. 절실히…….”

눈을 초롱초롱 빛내며 쳐다보는 샤일라의 시선에 레온은 고민해야 했다.

“당신은 나에게 형언할 수 없는 은혜를 안겨주신 은인이에요. 그런 당신에 대해 제가 알고 있는 것이라고는 오직 러프넥이란 이름뿐이랍니다. 나중에 은혜를 갚기 위해서라도 전 당신에 대해 상세히 알아야겠어요.”

레온의 얼굴에 난감함이 서렸다.

‘어떻게 하지?’

하지만 고민은 길지 않았다. 샤일라는 지금 레온에게 진심을 내비치고 있었다.

그런 여인을 속이는 것은 그리 내키지 않는 일이다. 결단을 내린 레온이 샤일라를 쳐다보았다.

“알겠소. 나에 대해 알려주리다. 대신 비밀을 엄수해 주셔야 하오.”

그 말에 샤일라가 머뭇거림 없이 고개를 끄덕였다.

“걱정 마세요. 비록 몸이 헤프기는 하지만 입까지 헤픈 여자는 아니니까요. 당신에 대한 비밀은 오직 저만이 간직하고 있겠어요.”

“알겠소.”

레온이 조용히 입을 열었다.

"사실 내 본명은 러프넥이 아니오. 사정상 위장하고 다니는 이름이라고 할 수 있지."

"어머, 그럼 본명이 어떻게 되시나요?"

"레온이오. 평민 출신이라 성은 없소."

"레온? 레온, 좋은 이름이군요."

이름을 되새겨보던 샤일라의 얼굴에 밝은 미소가 떠올랐다. 무슨 사정인지는 모르지만 숨기고 다니던 이름을 알려주는 것만 보더라도 상대가 자신을 존중해 준다는 사실을 알 수 있었기 때문이었다. 레온이 가만히 샤일라의 얼굴을 쳐다보았다.

"당신에게 한 가지를 더 알려주겠소. 이것은 어떤 일이 있어도 비밀을 지켜주셔야 하오."

"제 목숨이 다하는 날까지 비밀을 지켜드리겠어요."

"당신을 믿겠소."

말을 마친 레온이 자리에서 일어났다. 갑자기 가죽갑옷 상의를 풀어헤치는 레온을 샤일라가 눈을 크게 뜨고 쳐다보았다.

"뜻밖의 일이 있더라도 놀라지 마시오."

살짝 당부를 한 레온이 마신갑에 마나를 불어넣었다. 순간 마신갑이 빠른 속도로 증식하며 레온의 전신을 둘러싸기 시작했다.

좌르르르.

기분 좋은 소리와 함께 레온의 모습이 판이하게 변모하기 시작했다.

"흡!"

샤일라는 급히 입을 틀어막은 채 눈을 둥그렇게 뜨고 그 모습을 쳐다보았다.

한때 마법사였던 그녀였기에 놀라움이 더욱 커질 수밖에 없다.

"세, 세상에……. 저게 대관절 가능하단 말인가? 일종의 마법 갑옷인 것 같은데 질량보존의 법칙을 깡그리 무시하는 것도 모자라…… 헉!"

샤일라가 돌연 눈을 부릅떴다. 전혀 상상하지 못했던, 그러나 왠지 낯익은 모습이 눈앞에 나타났기 때문이었다. 샤일라의 얼굴에 서서히 경악이 번져갔다.

'브, 블러디 나이트? 믿을 수가 없어. 레, 레온 님이 블러디 나이트였다니…….'

마신갑을 착용해 블러디 나이트의 모습을 샤일라에게 각인시킨 레온이 다시 공력을 회수했다. 마신갑이 질서정연하게 접혀지며 예전의 모습으로 돌아왔다.

입을 딱 벌린 채 망연자실해 있던 샤일라의 귓전으로 레온의 나지막한 음성이 파고들었다.

"이게 바로 내 정체요."

샤일라는 한참만에야 입을 열 수 있었다.

"노, 놀랍군요."

정신을 차린 샤일라가 배시시 미소를 지었다.

"그랬군요. 인간의 한계를 넘어선 초인이셨기에 제 괴질을 고칠 수 있으셨군요."

"틀린 말은 아니오. 본신의 진기로 타인의 신체를 벌모세수시키는 것은 결코 쉽지 않은 일이니까."

샤일라가 빙글빙글 웃으며 말을 이어나갔다.

"그런데 일전에는 너무하셨어요. 물 위를 무척이나 달려보고 싶었거든요. 게다가 제 유혹을 그토록 매정하게 거절하시다니……."

이번에는 레온이 쩔쩔맬 차례였다.

"어, 어쩔 수가 없었소. 그때는 정체를 숨겨야 할 이유가 있었으니까……."

"당신을 탓하지 않아요. 어쨌거나 당신은 저와 동료들을 구해 주신 은인이시니까요."

샤일라가 조용히 다가와 레온 옆에 다소곳이 앉았다.

"트루베니아에서 건너오셨다고 들었어요."

"그렇소."

"그렇다면 같이 다니시는 레베카 님도 함께 트루베니아에서 건너오셨나요?"

조용히 고개를 끄덕인 레온이 샤일라를 쳐다보았다.

"아마 아르카디아인으로서 내 정체를 알게 된 것은 당신이 최초일 것이오. 부디 비밀을 지켜주시기 바라오.”

“목숨을 걸고 지키겠어요.”

고개를 끄덕인 샤일라의 눈빛이 살짝 가라앉았다. 아르카디아인으로서 블러디 나이트의 정체를 알아낸 것은 자신이 최초지만, 그렇다고 해서 유일하지는 않다.

정황을 보니 함께 다니는 레베카 자작 영애도 이 사실을 알고 있을 가능성이 절대적이다.

‘그녀의 신분 역시 거짓일 가능성이 높아. 그렇다면…….’

샤일라의 얼굴이 별안간 어두워졌다. 이미 레온에게 마음을 빼앗긴 그녀였기에 상심할 수밖에 없었다.

레온과 알리시아는 해적선을 탈취할 때 한방에서 지냈다. 게다가 이곳까지 여행하는 내내 마차 안에서 꼭 붙어 다녔다. 그렇기 때문에 샤일라의 입장에서는 레온과 알리시아의 사이를 심각하게 오해할 수밖에 없는 법.

레온의 마음속에 한 여자가 존재한다고 간주한 샤일라는 그만 낙심하고 말았다.

‘하긴 나같이 헤픈 여자가 언감생심 어찌 레온 님 같은 분을…….’

레온은 아르카디아를 발칵 뒤집어 놓은 초인이다. 어느 왕국에 가더라도 능히 작위를 받을 능력이 있다.

그런 대단한 사람이 자신 같은 비천한 여자를 선택해야 할 이유는 어디에도 없다. 샤일라의 얼굴에 체념이 어렸다.

‘어쩔 수 없지. 나 혼자 사모하는 것으로 만족할 수밖에……’

차분한 음성이 입술을 비집고 흘러나왔다.

“레온 님은 레베카 자작 영애님과 너무도 잘 어울리시는 것 같아요. 부디 사랑을 영원히 이어 나가시길 바랄게요.”

레온으로서는 황당할 수밖에 없었다.

“무, 무슨 소릴 하시는 거요. 레베카 님과 나와는 그런 사이가 아니오?”

레온의 말은 샤일라에게는 엄청난 희망을 안겨주는 한 마디였다.

“연인 사이가 아니라는 뜻인가요?”

“그렇소. 그녀와 나는 단지 계약관계를 맺어 함께 다니는 것뿐이오. 나와 아르카디아 초인들 간에 대결이 성사되도록 머리를 쓰는 것이 그녀의 임무이지. 연인이라니, 당치도 않소.”

그 말에 샤일라는 마치 하늘을 날아갈 듯한 흥분감에 사로잡혔다. 이미 임자가 있는 것으로 간주하고 체념했는데, 사실은 그게 아닌 것이다.

“그렇다면 사랑하시는 분은 없나요? 이를테면 첫사랑이라든지……”

그 말에 레온의 눈빛이 아련해졌다. 첫사랑 제나를 떠올리는 것이다.

"첫사랑은 있었소. 내 입술을 빼앗아 간 여인이지."

"트루베니아 분이신가요?"

"그렇소. 하지만 지금은 다른 남자의 아내가 되었소."

"놀랍군요. 레온 님 같은 분을 마다하고 다른 남자를 택하다니……."

그 말에 레온이 쓴웃음을 지었다. 오우거였던 과거 자신의 모습을 본다면 샤일라도 같은 결정을 내릴 가능성이 높았다.

"예전의 내 모습은 지금과는 많이 다르다오."

물론 샤일라는 레온의 말뜻을 다르게 해석했다.

'레온 님이 그랜드 마스터가 되기 전의 일이었나 보군. 그 여자의 입장에서는 애석하겠지만 나에겐 한없이 잘된 일이지.'

샤일라의 눈망울에 묘한 결의의 빛이 떠올랐다.

'반드시 레온 님의 마음을 사로잡고야 말겠어. 비록 지금의 나는 초라하지만 미래에도 그러라는 법은 없으니……. 레온 님의 말대로 마법길드로 돌아가겠어. 그런 다음 뼈를 깎는 수련과 연구를 통해 반드시 마도사가 되겠어. 그렇게 된다면 레온 님 앞에 당당히 나타나서 구애하겠어. 오랫동안 레온 님을 사모해 왔다고 말이야.'

샤일라의 야무진 각오가 마음속에서 단단히 굳어가고 있었다. 그러나 맹한 구석이 있는 레온은 그런 샤일라의 내심을 전혀 눈치채지 못했다.

다음날 샤일라는 일어나자마자 맥스를 찾아갔다. 그 갑작스런 방문에 맥스 일행이 얼떨떨해 하며 샤일라를 맞았다.

"늘 늦잠을 자더니, 이렇게 이른 아침부터 무슨 일이냐?"

"대장에게 할 말이 있어요."

"나에게?"

샤일라가 진지한 눈으로 트레비스와 쟉센을 쳐다보았다.

"대장뿐만이 아니라 모두가 알아야 할 것 같군요."

그 말을 들은 트레비스와 쟉센이 자세를 고쳐 앉았다. 샤일라가 할 말이 무엇인지 궁금했기 때문이다.

세 남자의 초롱초롱한 시선이 샤일라를 향해 쏟아졌다. 깊게 심호흡을 한 샤일라가 입을 열었다.

"놀라지 마세요. 전 과거에 잃었던 마법적 재능을 모두 되찾았어요."

샤일라의 말에 모두가 깜짝 놀랐다. 그게 사실이라면 정말 놀라운 소식이었다.

"그, 그게 정말이냐?"

"사실이에요. 전 이제 4서클의 마법을 무리 없이 시전할 수 있어요."

맥스 일행이 눈을 크게 뜨고 놀라워했다. 4서클의 마법사라면 어느 용병단에 가도 환영받을 실력이다. 마법사의 효용은

그 정도로 컸다. 성질 급한 트레비스가 자리에서 벌떡 일어났
다.

"정말 잘 되었군. 나에게 매직 미사일을 성공시켰을 때 알
아봤어야 하는 건데⋯⋯. 맥스 대장, 우리 샤일라와 함께 용병
단을 결성하자. 4서클 마법사가 있다면 많은 용병들이 합류할
거야. 고위급 마법사가 포함된다면 제대로 된 용병단 하나를
만드는 것은 일도 아니라고."

그 의견에는 쟉센도 동조했다.

"맞아. 그렇게 되면 백 명 안팎의 중소 용병단을 구성할 수
있어. 우리 모두 용병단의 간부가 되는 거지."

그러나 맥스의 표정은 그리 밝지 않았다. 신중한 편인 그는
이미 샤일라의 말 뒤에 숨겨진 뜻을 알아차린 상태였다.

"일단은 사실을 숨기지 않고 밝혀준 데 대해서 고맙게 생각
한다. 그래, 샤일라 넌 어떻게 하고 싶으냐?"

그 말을 들은 샤일라가 침을 꿀꺽 삼켰다. 자신의 생각을 동
료들이 어떻게 받아들여 줄지는 미지수였다.

"난 마법길드로 다시 돌아가고 싶어요. 마법에 대한 공부를
더 하고 싶다는 뜻이죠."

그 말이 끝나기가 무섭게 트레비스가 버럭 고함을 질렀다.

"말도 안 돼. 거긴 널 쫓아낸 데잖아? 찾아간다고 해도 받아
준다는 보장이 어디 있어. 그러지 말고 우리와 용병단을 차리
자. 4서클의 마법사라면 충분히 용병단 하나를 만들 수 있

어.”

샤일라가 느릿하게 머리를 흔들었다.

“하지만 난 공부를 더 하고 싶어. 그동안 채우지 못했던 마법에 대한 갈증을 채우고 싶다고…….”

트레비스의 눈빛이 순식간에 사나워졌다.

“그래서 우리를 버리겠다는 거야? 널 사창가에서 구해 준 게 누군데? 그 사실을 잊지 않았다면 그렇게 말할 수는 없어.”

“그래, 샤일라. 우리와 함께 용병단을 세우자. 난 꼭 용병단의 간부가 되고 싶어.”

거듭되는 반대에 샤일라의 안색이 침울해졌다. 트레비스의 말대로 사창가에 팔려간 자신을 구해 준 이는 맥스 일행이다.

저들이 저렇게 반대하는데 계속 고집을 부리기는 힘들었다. 난감해하는 샤일라를 구원해 준 이는 맥스였다.

“난 샤일라의 생각에 찬성이다.”

그 말에 트레비스와 쟉센이 이해할 수 없다는 듯 맥스를 쳐다보았다. 용병단을 결성할 경우 가장 이득을 보는 사람은 다름 아닌 맥스였다.

용병단의 단장을 맡을 수 있기 때문이다. 그러나 맥스의 생각은 좀 다른 것 같았다. 뭔가를 결심한 듯 그의 얼굴이 딱딱하게 굳어 있었다.

“샤일라가 마법적 재능을 되찾은 것이 틀림없다면 길드로 돌아가야 해.”

"말도 되지 않아요, 대장. 길드로 돌아간다고 샤일라를 다시 받아준다는 보장이 어디 있어요? 게다가 대장은 평소 용병단을 차리고 싶어 했잖아요. 이번 기회에……."

맥스가 무겁게 고개를 가로저었다.

"안 될 말이야. 내 욕심을 위해 샤일라를 희생시킬 수는 없어."

말을 마친 맥스가 잔잔한 눈빛으로 샤일라를 쳐다보았다.

"샤일라의 발전 가능성은 한 마디로 무궁무진해. 당장 서른 이전에 4서클의 마법사가 된 경우는 드물어. 그런데 샤일라는 스물도 되기 전에 4서클에 접어들었다고 했어."

"하지만 그건 거짓말일지도……."

"샤일라를 내세워 용병단을 설립한다면 당장이야 좋겠지. 하지만 샤일라의 입장은 그렇지 않아. 그녀의 마법실력은 4서클에서 정체될 거야. 용병 생활을 하면서 마법공부를 할 순 없으니까."

맥스가 깊은 눈으로 트레비스와 쟉센의 얼굴을 주시했다.

"미래를 생각해서 결정해. 만약 샤일라가 길드에서 연구를 거듭해 6서클을 넘어선다면 어떻겠나? 너희들도 알다시피 4서클 마법사와 6서클 마도사와는 엄청난 차이가 있어. 우리가 6서클 마도사와 친분을 가지고 있다고 생각해 봐."

트레비스와 쟉센의 얼굴이 묘해졌다. 맥스의 말대로 6서클을 넘어서는 마도사와 친분이 있다는 것은 보통 일이 아니었다. 한 마디로 두고두고 자랑하고 다닐 만한 일인 것이다.

하지만 그들의 입장에서는 용병단에 대한 유혹을 완전히 떨쳐버릴 수는 없었다. 샤일라가 도와준다면 당장이라도 백 명 규모의 중소 용병단을 결성할 수 있는 것이다.

"샤일라, 잘 생각해 봐. 우리와 함께 용병단을 만들자. 응?"

"그럴 경우 넌 남자들과 얼마든지 잠자리를 함께할 수 있어. 대원들은 용병단 간부의 명령에 절대 복종해야 하는 법이지."

여전히 미련을 버리지 못하고 있는 트레비스와 쟉센의 말에 샤일라가 실소를 지었다. 소주천으로 음기를 통제할 수 있게 된 이후 더 이상 남자 생각이 나지 않았다.

게다가 사정상 당분간은 남자와 잠자리를 할 수 없는 그녀가 아니던가?

"미안하지만 내 마음은 굳어졌어. 받아주건 받아주지 않건 간에 길드로 돌아가 볼 거야. 내가 마법공부를 계속 할 수 있는 곳은 오직 거기밖에 없어."

샤일라의 결심은 확고했다. 트레비스와 쟉센은 낙담한 표정으로 뒤로 물러날 수밖에 없었다. 맥스가 한숨을 깊게 내쉬며 물었다.

"그래, 언제 떠날 거냐?"

"빠르면 빠를수록 좋을 거 같아요. 내일 바로 출발하려고요."

그 말에 맥스가 머리를 절레절레 흔들었다.

"그건 안 될 말이다."

"아니 왜요?"

"이곳에서 가장 가까운 마법길드의 지부는 교역도시 로르베인에나 있다. 그곳은 이곳과 무척 멀리 떨어져 있어. 아직까지 세상물정에 어두운 너를 혼자 보낼 수는 없다."

"난 어린아이가 아니라고요."

샤일라가 발끈했지만 맥스는 뜻을 꺾지 않았다.

"세상인심은 무척이나 험하지. 만약 여자가 혼자 여행한다는 사실을 알게 된다면 누구 하나 가만히 내버려두지 않을 거야. 그러니 일단 루첸버그 교국까지는 동행하자. 임무를 마친 다음 널 로르베인으로 데려다 주겠다."

"하지만 그러려면 상당한 시일이 걸려요. 전 조금이라도 빨리 길드에 가서 마법을 배우고 싶다고요."

샤일라의 대답에 맥스가 난감한 표정을 지었다. 사실 루첸버그 교국까지 들렀다 가려면 적어도 두 달은 잡아야 했다. 듣고 있던 트레비스가 입을 열었다.

"대장. 그러지 말고 바로 로르베인으로 가는 게 어때? 그곳에는 공간이동 마법진이 설치되어 있어. 그것을 이용한다면 곧바로 루첸버그 교국의 수도로 갈 수 있어."

트레비스의 말은 사실이었다. 주요 도시나 각 왕국의 수도에는 마법사들이 심혈을 기울여 만들어 놓은 공간이동 마법진이 설치되어 있다. 그것을 이용한다면 여행에 소요되는 시간을 획기적으로 줄일 수 있다.

문제는 공간이동 마법진을 이용하는 비용이 눈알이 튀어나올 정도로 비싸다는 점이다. 때문에 그것을 이용하는 사람은 귀족이거나 돈 많은 상인에 국한되었다.

맥스가 어처구니없다는 표정을 지었다.

"정신이 있는 게냐 없는 게냐? 우리에게 공간이동 마법진을 사용할 만한 돈이 어디 있다고?"

"두 사람만 보내면 되잖아. 자신들이 갈 것이니 비용은 그들더러 내라고 해야지. 어차피 안전한 곳에 도착할 테니 우리로서는 호위의 임무를 다한 게 된다고."

"하지만 그들이 과연 그러려고 할까?"

"그러지 않는다고 해도 상관없어. 일단 로르베인으로 가서 샤일라를 마법길드로 들여보낸 다음 느긋하게 루첸버그 교국으로 떠나는 거야. 뭐, 그 사실은 고용주에게 숨기는 것이 좋겠군. 대장이 가서 말해 봐. 어차피 그들은 관광이 목적이니까 교역도시 로르베인을 한 번 구경해 보고 가는 건 어떠냐고 권유해 봐."

그 말에 맥스는 귀가 솔깃해지는 것을 느꼈다. 그렇게 할 경우 샤일라를 안전하게 마법길드로 보낼 수 있다.

게다가 교역도시 로르베인은 용병들에게는 최고로 가 보고 싶은 명소 중의 하나였다. 지금껏 경험하지 못한 온갖 종류의 환락을 경험해 볼 수 있는 곳이기 때문이다. 그럴 듯하다고 생각한 맥스가 고개를 끄덕였다.

"알겠다. 그럼 내가 고용주에게 한 번 말해 보도록 하겠다."

그 시각 레온은 알리시아와 함께 있었다. 특이하게도 둘 사이에 흐르는 기류는 매우 차가웠다. 알리시아의 태도가 판이하게 바뀌었기 때문이었다. 쩔쩔매던 레온이 조심스럽게 입을 열었다.

"무, 무슨 일이 있으십니까?"

"아무 일도 없어요. 나에게 무슨 일이 있겠어요?"

더없이 사무적인 알리시아의 대답에 레온이 골머리를 앓았다.

'미치겠군.'

물론 레온도 바보는 아니었다. 알리시아는 샤일라와 자신의 사이를 심각하게 오해하고 있는 것이 틀림없었다. 물론 상황은 누가 보더라도 오해할 수밖에 없었다.

'난감하군. 그렇다고 해서 사실을 털어놓을 수도 없는 노릇이고.'

맥스가 들어온 것은 바로 그때였다. 문 밖에서 들려온 음성에 둘의 고개가 동시에 돌아갔다.

"저 맥스입니다. 드릴 말씀이 있어서 찾아왔습니다."

앉은자리가 한없이 불편했던 레온이 얼른 일어서서 문을 열어주었다.

"무슨 일이오?"

방 안에 들어온 맥스가 알리시아를 쳐다보았다.

"여정 문제 때문에 찾아왔습니다."

"여정에 무슨 문제라도 있나요?"

"그게 아니라……."

맥스가 조용히 자초지종을 털어놓았다. 이곳에서 서쪽으로 가면 교역도시 로르베인이 나온다.

자치가 허락된 도시국가로서 볼거리가 무척 풍성하다는 것이 맥스의 설명이었다. 그러나 알리시아는 그다지 혹하는 기색이 아니었다.

"로르베인은 나중에 봐도 될 것 같군요. 우선은 루첸버그 교국으로 가는 것이 급한 것 같아요."

한시라도 빨리 루첸버그 교국으로 가서 테오도르 공작과 레온의 대결을 주선해야 하는 것이 그녀의 입장이다. 그러나 이어지는 맥스의 말에 알리시아가 눈을 둥그렇게 떴다.

"그곳에는 공간이동 마법진이 있습니다. 비싸기는 하지만 대가만 지불한다면 눈 깜짝할 사이에 루첸버그 교국으로 갈 수 있습니다."

"공간이동 마법진이라니요?"

알리시아의 물음에 맥스가 놀란 표정을 지었다. 귀족의 영애인 알리시아가 설마 공간이동 마법진을 모르고 있을 줄은 몰랐다.

"마법을 통해 공간을 왜곡시켜 사람이나 사물을 먼 곳으로 보내는 장치입니다. 귀족들은 이따금 공간이동 마법진을 이용한다고 알고 있었는데……."

비로소 실수를 알아차린 알리시아가 살짝 머리를 흔들었다.

"아버지가 가끔씩 이용한다는 말은 들었어요. 하지만 전 지금껏 공간이동 마법진을 이용해 본 적이 없네요."

"아무튼 그것을 이용한다면 순식간에 루첸버그 교국까지 가실 수 있을 것입니다. 문제는 그것을 이용하는 비용이 엄청나게 비싸다는 점입니다."

맥스가 조심스럽게 알리시아의 눈치를 살폈다. 그녀가 거절한다면 꼼짝없이 샤일라와 함께 루첸버그 교국을 들렀다가 와야 한다.

'먼거리를 순식간에 이동한다고?'

알리시아는 구미가 당기는 것을 느꼈다. 지금까지 살아오며 단 한 번도 공간이동 마법진을 본 적이 없는 그녀였다.

마나의 흐름이 극도로 불규칙한 트루베니아에서 공간이동 마법은 일종의 금기사항이었다.

'게다가 루첸버그 교국으로 가는 시간을 현격히 줄일 수 있으니…….'

그럴 듯하다고 생각한 알리시아가 레온을 쳐다보았다.

"러프넥 님 생각은 어떠세요?"

"뭐, 저야 상관없습니다."

긍정적인 대답을 들은 알리시아가 다시 맥스를 쳐다보았다.

"공간이동 마법진을 이용하는 금액이 얼마나 되죠?"

"저도 잘 모릅니다. 엄청나게 비싸다는 사실만 알고 있을 뿐……."

"그런데 구태여 로르베인으로 가려는 이유가 뭐죠? 정확한 이유를 말해 봐요."

알리시아는 맥스의 태도에 뭔가 석연치 않은 구석이 있음을 직감했다. 로르베인에 공간이동 마법진이 있다는 사실을 미리 말하지 않은 것이 바로 첫 번째 이유였다.

'그런 것이 있었다면 호위하기 전에 말을 했어야 해. 그렇게 하지 않았다는 것은 호위임무를 통해 더 많은 청부금을 받아내기 위함이겠지. 그런 사람이 이제 와서 로르베인으로 가자고 나서는 것은 좀 이상하지.'

알리시아가 정확히 맥점을 파고들자 맥스로서도 더 이상 숨길 수가 없었다. 결국 그는 속사정을 털어놓을 수밖에 없었다.

"사실은……."

샤일라가 과거에 잃었던 마법적 재능을 되찾았다는 사실과 그녀가 마법길드에 가서 계속 마법을 배우길 원한다는 것을 털어놓은 맥스가 겸연쩍은 표정을 지었다.

"가장 가까운 마법길드 지부가 로르베인에 있습니다. 그래서 부득이……."

말꼬리를 흐리는 맥스를 보며 알리시아가 복잡한 표정을 지었다. 그녀의 입장에서 샤일라는 가슴 깊이 사모하고 있던 레온을 후린 희대의 요녀였다.

그런 샤일라가 잃었던 마법적 재능을 되찾았다는 말에 어찌해야 할지 갈피를 잡지 못하는 알리시아였다.

'어떻게 하지?'

그러나 한 가지는 확실했다. 로르베인을 경유해 간다면 눈엣가시인 샤일라를 떼어낼 수 있다. 그리고 그곳에서부터는 더 이상 맥스 일행의 호위가 필요하지 않다.

공간이동을 통해 곧바로 갈 수 있다면 굳이 용병들의 호위를 받을 필요가 없기 때문이다. 그렇게 될 경우 그녀는 레온과 둘만의 오붓한 여행을 즐길 수 있다. 다른 사람의 눈을 더 이상 의식할 필요가 없는 것이다.

생각을 거듭하던 알리시아가 레온을 쳐다보았다.

"어떻게 했으면 좋겠어요?"

레온은 머뭇거림 없이 고개를 끄덕였다.

"그렇게 하는 것이 낫겠습니다."

물론 레온의 입장에서는 그럴 수밖에 없다. 기껏 공력을 털어 부어 벌모세수를 시켜 준 샤일라가 잘못되는 것은 그도 바라지 않았다. 묵묵히 그 모습을 쳐다보던 알리시아가 맥스에게 눈을 돌렸다.

"좋아요. 로르베인으로 가기로 하죠. 호위임무도 거기에서

종결짓도록 해요. 대신 청부금을 다시 계산해야겠어요. 거기
에 이의가 없으리라 믿어요.”

“…….”

알리시아의 눈빛은 싸늘했다. 애초부터 공간이동 마법진에
대한 사실을 애기했었다면 청부금을 다시 계산할 이유가 없었
다.

“우릴 속인 이상 거기에 이의가 없으리라 믿어요. 대신 공
간이동 마법진을 이용하는 금액은 우리가 부담하겠어요.”

쩔쩔매던 맥스가 고개를 푹 숙였다.

“알겠습니다. 그렇게 하십시오.”

IV

향락의 도시 로르베인

로르베인은 아르카디아 대륙의 정중앙에 위치해 있는 도시
이다. 북부와 남부, 그리고 동부와 서부를 잇는 최고의 교통
요충지로써 각지에서 올라오는 물류들이 한데 모이는 도시이
기도 했다.

로르베인의 중요성은 아르카디아 대륙의 개척 초기부터 부
각되었다. 이곳을 선점하면 엄청난 이득을 취할 수 있기 때문
에 도시 주변의 왕국들은 로르베인을 차지하기 위해 혈안이
되어 있었다.

그 때문에 개척 초기 로르베인은 그 지배권을 두고 수십 차
례나 주인이 바뀌었다. 한 왕국이 차지하면 불과 몇 년 되지

않아 다른 왕국의 군대가 로르베인을 침공했다.

피비린내가 가실 틈이 없는 전장이 되어버린 것이다. 그런 무질서는 아르카디아가 안정기에 접어들고 나서도 계속 되었다.

최고의 요충지인 로르베인을 점령한다면 엄청난 국력 신장을 가져오기 때문에 인근 왕국에서는 끊임없이 군대를 파견했다.

그리고 전쟁이 계속해서 거듭되는 악순환을 가져왔다. 그런 무질서에 종지부를 찍은 것은 크로센 제국의 개입이었다.

〈교역도시 로르베인의 자치를 허용한다. 만약 로르베인을 무력으로 침공할 경우 크로센 제국이 좌시하지 않을 것이다!〉

우여곡절 끝에 평화가 찾아왔다. 로르베인의 상인들과 시민들은 모처럼 만에 평화를 맛볼 수 있었다. 그러나 그들은 평화가 영원히 지속되지 않을 거라는 것을 잘 알고 있었다.

지금의 일시적인 평화는 크로센 제국에서 개입했기 때문이며, 상황에 따라 언제든지 전쟁이 재발할 수 있는 것이 로르베인의 상황이다.

〈자치가 허용된 지금이 자립할 수 있는 절호의 기회이다. 누구도 넘볼 수 없는 힘을 길러야 로르베인이 다시 전쟁터가

되지 않을 것이다!〉

그때부터 로르베인의 상인들과 시민들은 독한 마음을 먹고
힘을 길렀다.

무역을 통해 얻는 방대한 수익금이 그것을 가능하게 했다.
돈을 뿌려 용병들을 고용하고 뛰어난 실력을 지닌 기사들을
끌어 모았다.

또한 그들은 교역도시이자 도시국가인 로르베인을 잘 이끌
어나가기 위한 특화된 정치체제를 탄생시켰다.

그 결과 로르베인은 아르카디아에서 유일하게, 선거를 통해
지도자를 뽑는 국가가 되었다. 물론 평민이나 농민에게까지
선거권이 부여되지는 않는다. 이름난 상인이나 지주, 귀족들
에게만 한정된 선거권이었다.

투표를 통해 가장 많은 표를 얻은 후보가 집정관이 되어 10
년 동안 로르베인의 대소사를 관할한다. 귀족 민주주의의 일
종이기는 하지만 다른 아르카디아의 왕국들이 실행하는 봉건
제보다는 월등히 우수한 제도였다.

투표를 통해 당선된 역대 집정관들은 로르베인을 잘 다스렸
다. 실력을 인정받아 뽑힌 인재이니 만큼 능력이 검증된 것이
나 다름없었다.

그들은 각종 제도의 보완을 통해 상업을 부흥시키고 물류
교통망을 새롭게 구축했다.

교역을 통해 얻은 막대한 수익금으로 강력한 군대도 만들어 냈다. 하나같이 경험 많은 용병들로 구성된 군대였다.

아낌없이 돈을 투자한 덕분에 그럴 듯한 기사단도 여럿 보유했다.

그처럼 국력이 점점 강해지자 주위 왕국들은 더 이상 로르베인에 눈독을 들이지 못하게 되었다.

물론 규모가 작은 도시국가라서 병력 규모가 주변 왕국을 압도할 정도는 아니었지만, 건드릴 경우 큰 피해를 각오해야 했기 때문이었다.

전쟁의 위협이 점차 사라지자 로르베인은 착실히 번영의 길을 밟아 나갔다.

작금에 와서는 형편이 어려운 주변 왕국으로부터 땅을 사들여 영토를 넓혀나갈 정도로 비약적인 발전을 거듭하게 된 것이다.

로르베인을 대표하는 것 중 하나는 은행이었다. 그것도 이자를 주는 것이 아니라 보관료를 받는 은행이다. 그럼에도 불구하고 로르베인의 금융업은 나날이 번창해 갔다.

로르베인의 은행들은 어떠한 경우에도 돈을 맡긴 자의 신원을 밝히지 않는다.

심지어 강대국의 왕실에서 압력이 들어와도 묵언의 약속을 지켰다.

〈로르베인의 은행은 어떠한 경우라도 고객의 비밀을 철저히 지킵니다!〉

그 사실이 부유층에게 알려지자 출처를 밝히기 어려운 검은 돈들이 앞 다투어 로르베인으로 몰려들었다.

속 검은 지도자의 비자금이나 범죄자의 돈 등등이 예금의 대다수를 차지했다.

그것이 바로 로르베인의 금융업이 번창하게 된 이유였다. 은행이 이자를 지불하는 것이 아니라 오히려 보관료를 받음에도 불구하고 말이다.

또한 아르카디아에서는 오래 전부터 세인들의 관심을 잡아끄는 소문이 떠돌고 있었다.

〈환락을 원하는가? 그렇다면 로르베인으로 가라. 지금까지 상상도 하지 못했던 온갖 종류의 환락을 누릴 수 있을 것이다!〉

이런 말이 공공연하게 떠돌 정도로 로르베인의 환락가는 대륙 전체에 소문이 자자했다. 로르베인은 대륙에서 유일하게 속지주의가 허용되는, 독자적으로 치안을 유지하는 자치국가이다.

다른 왕국에서 큰 죄를 지은 자도 로르베인에 들어가면 더 이상 손을 쓸 수 없다. 게다가 로르베인은 입국을 원하는 자에게 과거를 묻지 않았다.

〈다른 나라에서 죄를 지었건 그렇지 않건 상관하지 않는다. 오직 로르베인의 법만을 어기지 않으면 된다!〉

로르베인의 이러한 개방정책으로 인해 수많은 범죄자들이 모여들었다. 살인자에서부터 강도, 횡령범, 사기꾼까지 온갖 종류의 죄를 지은 범죄자들이 로르베인으로 숨어들었다.

로르베인의 현행법만 어기지 않으면 과거를 추궁하지 않기 때문에 로르베인은 한 마디로 범죄자들의 천국이라 할 수 있었다.

아이러니하게도 그 때문에 로르베인의 경제가 한결 활기를 띠게 되었으니…….

로르베인의 환락가가 알려지기 시작한 것은 바로 그런 정책 때문이다. 로르베인의 뒷골목에는 아르카디아 전역에서 모여든 범죄자들이 우글거린다.

다른 나라에서 죄를 지어 더 이상 그곳에서 살 수 없게 된 범죄자들은 가급적 로르베인의 법을 어기려 하지 않는다. 로르베인에서까지 수배당한다면 대륙 어디에도 더 이상 갈 곳이 없어지기 때문이다.

그들은 지금껏 경험해 온 노하우를 이용해 합법적인 사업을 구상한다.

그들 중 태반이 선택하는 것이 성을 상품으로 한 환락가였다. 합법적으로 돈을 벌기 위해 그들은 기발한 방안을 짜내어 손님들을 유혹했다.

경쟁은 경쟁을 부르는 법. 그 결과는 서서히 아르카디아 전역에 입소문을 타고 퍼져나갔다.

"로르베인의 환락가가 그렇기 기가 막힌다면서?"

"말도 마, 지금껏 생각조차 해 보지 못한 것들을 그곳에서는 할 수 있어."

소문이 퍼지며 더 많은 사람들이 모여들었다. 그렇게 해서 로르베인의 환락가는 은행에 이어 두 번째로 아르카디아에 널리 알려지게 된다.

⚜

현재 로르베인의 인구는 무려 오십 만에 육박했다. 일개 도시국가 치고는 엄청난 규모였다. 물론 그들 대부분이 유동인구였다. 죄를 지어, 혹은 돈을 벌기 위해 찾아온 타국인들이 인구의 대다수를 차지했다.

그러나 로르베인의 치안은 비교적 잘 유지되는 편이었다. 로르베인에서 경험 많고 실력 있는 용병들을 대거 고용하여 치안을 유지하기 때문이다.

평소에도 시끌벅적하고 떠들썩한 로르베인, 그러나 최근에는 다른 이유로 로르베인 전체를 발칵 뒤집어놓는 사건이 일어났다. 그것은 바로 초인의 출현 때문이었다.

크로센 제국을 대표하는 3대 초인 중 하나인 리빙스턴 후작. 그가 로르베인을 방문한 것이다. 특이하게도 그는 로르베인에 입국하며 자신의 신분을 당당히 밝혔다.

"나는 크로센 제국의 리빙스턴 후작이오. 관광차 로르베인을 찾았소."

지금껏 이것은 전례가 없는 일이었다. 물론 로르베인 자체가 극도의 향락도시이다 보니 타국의 실세들도 심심치 않게 이곳을 찾곤 했다.

하지만 그들 대부분은 신분을 숨겼다. 자칫 잘못하면 구설수에 오를 수 있기 때문이다. 하지만 리빙스턴 후작은 당당히 자신의 신분을 밝혔다. 그 때문에 로르베인의 관료들이 골머리를 썩을 수밖에 없는 것이다.

리빙스턴 후작은 로르베인의 외곽 한적한 곳에 저택을 하나 세냈다. 그곳에 수행원들과 함께 틀어박혀 일체 문 밖 출입을 하지 않았다.

그러나 초인인 리빙스턴 후작이 로르베인에 방문했다는 사실은 일반인 사이에도 널리 알려졌다.

"그랜드 마스터가 로르베인을 방문했다며?"

"크로센 제국의 리빙스턴 후작이 이곳에 와 있대. 놀랍군.

인간의 한계를 넘어선 초인이 향락을 위해 여기를 찾다
니……."

"설마 초인이 향락 따윌 즐기려고?"

"그렇지 않고서야 왜 로르베인에 왔겠어."

로르베인의 시민들은 만날 때마다 리빙스턴 후작을 거론했
다. 공개적으로 로르베인을 찾은 유일한 초인이었기 때문이었
다.

호기심이 동한 시민들은 삼삼오오 짝을 지어 리빙스턴 후작
의 저택 주변을 배회하곤 했다.

초인의 얼굴이라도 한 번 보려는 것이 그들의 목적이었다.
그러나 그들 대다수는 헛물을 켜야 했다. 리빙스턴 후작이 저
택 밖으로 일체 나오지 않았기 때문이다.

"밤이 되면 몰래 환락가를 방문하겠지?"

"초인이 마음을 먹으면 소드 마스터도 찾아내지 못한다고
했어. 아무래도 그렇겠지?"

이리저리 입방아에 올랐지만, 그 누구도 리빙스턴 후작이
로르베인을 찾은 진정한 의도를 알아내지는 못했다.

처음에는 로르베인 당국에서도 다수의 용병들을 파견하여
리빙스턴 후작의 저택을 경비했다.

크로센 제국을 대표하는 초인이 로르베인에서 나쁜 꼴을 당
한다면 좋을 게 없었기 때문이었다. 하지만 오래지 않아 경비
는 시들해졌다.

저택이 워낙 외진 곳에 있어서 완벽히 경비하려면 많은 병력을 파견해야 하는데, 로르베인 당국에는 그럴 만한 여력이 없었다.

하루가 다르게 말썽이 일어나는 시가지의 치안을 유지하는데도 벅찬 것이 현실이었다.

게다가 초인인 리빙스턴 후작과 그 수행원들을 위험에 빠뜨릴 만한 존재는 현실적으로 존재하지 않는다.

그 때문에 리빙스턴 후작이 세낸 저택 주위는 고적하기만 했다. 이따금 호기심이 동한 로르베인 시민들이 주변을 배회할 뿐 그 외에는 좀처럼 인적을 찾아보기 힘들었다.

저택 내부는 비교적 한적한 편이었다. 리빙스턴 후작이 데려온 수행원은 스무 명 정도, 그들이 살기에 저택은 너무나도 컸다.

그곳은 한때 로르베인의 경제를 좌지우지하다 몰락한 거부의 저택이었는데, 족히 오백 명 이상의 인원을 수용할 수 있는 규모였다.

전체적으로 성을 본떠 지었기 때문에 튼튼한 담장이 저택을 감싸고 있었다.

리빙스턴 후작은 지금 내실에서 회의를 하고 있었다. 조금 전 크로센 본국에서 누군가가 찾아왔기 때문이었다.

그의 정체는 제국의 정보국장인 드류모어 후작이었다. 그가 사람들의 눈을 피해 로르베인에 몰래 잠입한 것이다.

드류모어가 특유의 무감각한 어조로 입을 열었다.

"블러디 나이트를 맞을 준비가 모두 끝났습니다. 이제 남은 것은 놈이 찾아오는 것을 기다리는 것뿐입니다."

그 말에 동의하는지 리빙스턴이 고개를 끄덕였다. 그가 로르베인에 들어온 지 어언 한 달이 지났다. 그동안 드류모어는 심혈을 기울여 저택을 개조했다. 저택 전체를 블러디 나이트를 사로잡기 위한 함정으로 만든 것이다.

복도는 도무지 방위를 짐작할 수 없는 미로로 변해 버렸다. 곳곳이 바닥이 꺼지는 함정이었고 통로의 중간 중간에는 튼튼한 강철 문이 설치되었다.

신호를 보낼 경우 천정에서 떨어져 눈 깜짝할 사이에 통로를 봉쇄해 버리는 철문이었다.

드류모어는 블러디 나이트를 사로잡기 위해 엄청난 거금을 투자했다.

이 큰 저택의 대부분을 뜯어고칠 정도였으니, 얼마만큼의 자금이 투입되었을까. 그 사실을 되새겨 본 드류모어 후작이 자신만만한 표정을 지었다.

"이곳에는 열 명의 다크 나이츠가 있습니다. 그들이 가세한다면 제아무리 날고 기는 블러디 나이트라도 사로잡힐 수밖에 없을 것입니다."

크로센 제국이 보유한 최고의 비밀병기 다크 나이츠, 단 1
회성에 불과하지만 순간적으로 초인의 능력을 발휘할 수 있는
다크 나이츠 열 명에다 리빙스턴 후작이 가세한다면, 블러디
나이트를 사로잡는 것은 일도 아니었다.

물론 블러디 나이트가 저택 안에 들어와야 한다는 것이 전
제되어야 하지만 말이다.

리빙스턴이 정확히 그 점을 지적하며 물었다.

"그런데 과연 블러디 나이트가 날 찾아올 것 같소?"

드류모어가 머뭇거림 없이 대답했다.

"이미 정보부 요원들이 이 사실을 로르베인 전역에 널리 퍼
뜨렸습니다. 머지않아 상인들의 입을 통해 대륙 전역으로 퍼
져나갈 것이 분명합니다."

"하지만 그는 이미 다크 나이츠의 습격을 받은 바 있소. 상
당한 경각심을 가지고 있을 텐데……."

"그렇기 때문에 로르베인을 선택한 것입니다. 크로센 본국
이 아니라 로르베인이라면 그의 경계심도 풀릴 수밖에 없을
것입니다."

드류모어가 무미건조한 음성으로 그간 조사된 바를 설명했
다.

"지금까지의 행로를 감안해 볼 때 블러디 나이트는 외형과
는 달리 상당히 머리가 좋은 자로 사료됩니다. 초인선발대전
에 난입한 것도 그렇고 오스티아의 윌카스트를 꺾은 과정도

그렇습니다. 극히 머리가 좋지 않다면 그렇게 치밀하게 행동
할 수 없습니다."

그러나 뛰어난 정보력을 자랑하는 드류모어가 눈치채지 못
한 것이 한 가지 있다.

레온의 머리가 좋은 게 아니라 그 옆에 영리한 알리시아가
붙어 있다는 사실을 말이다.

"지금껏 블러디 나이트는 단 한 번도 행로를 노출시킨 적이
없습니다. 머리 하나는 비상하다고 할 수 있죠. 그러나 그는
전형적인 무인입니다. 강자와의 대결을 갈망하는 그라면 이번
기회를 놓칠 리가 없습니다."

리빙스턴이 그럴 듯하다는 듯 머리를 끄덕였다.

"하긴 초인과의 대결은 결코 쉽게 이루어지는 것이 아니
니……."

"제 추측으로 블러디 나이트는 십중팔구 이곳을 찾아올 것
입니다. 그를 최대한 저택 안으로 유인하는 것이 이 일의 관건
입니다."

이미 그 문제에 대해서는 드류모어와 리빙스턴 간에 논의가
오고간 적이 있다. 블러디 나이트가 모습을 드러낼 경우 리빙
스턴은 그를 최대한 정중하게 대우하며 내성의 연무장으로 안
내할 예정이었다.

그렇게만 되면 문제는 모두 해결된다. 리빙스턴이 신호를
할 경우 내성의 연무장은 개미 새끼 한 마리 드나들 수 없을

정도로 봉쇄되어 버린다.

곳곳에 설치된 이중, 삼중의 철문에 이어 최악의 경우 복도 전체를 무너뜨려 길을 막는 장치까지 만들어져 있으니 말이다.

그런 다음 대기 중인 다크 나이츠를 투입할 경우 블러디 나이트는 꼼짝도 못하고 사로잡힐 수밖에 없다.

드류모어가 나른한 어조로 다음의 일을 설명했다.

"그런 다음 공간이동을 통해 블러디 나이트를 본국으로 압송할 계획입니다."

"흠, 상당히 짜임새 있는 계획이구려. 그런데 말이오."

신중한 성격의 리빙스턴은 만약의 일까지 염두에 두고 있었다.

"만약 블러디 나이트가 저택 안으로 들어오려 하지 않으면 어떻게 하실 것이오?"

"설령 그렇게 된다 하더라도 문제될 것은 없습니다. 일단 리빙스턴 후작님과 다크 나이츠 열 명의 힘이라면 충분히 블러디 나이트를 사로잡을 수 있으니까요. 물론 그의 퇴로를 효과적으로 차단하는 것이 가장 중요합니다."

"당연히 그래야지. 30분 내로 사로잡아야 하니 말이오."

"문제는 블러디 나이트도 그 사실을 알고 있다는 점입니다. 그 때문에 리빙스턴 후작님의 역할이 가장 중요합니다. 블러디 나이트가 치고 빠지기로 시간을 끌 수 없도록 해 주셔야 합니다."

리빙스턴이 걱정하지 말라는 듯 머리를 흔들었다.

"그 점에 대해서는 염려 마시오."

초인 리빙스턴의 장기는 충실한 기본기에서 나오는 연쇄참격이다. 물 흐르듯 이어지는 공격이 끊임없이 연결되기 때문에 처음 그의 검을 대하는 상대는 막아내는 데 진땀을 흘려야 한다.

한 번 기세를 빼앗길 경우 수세를 반전시키는 것이 거의 불가능에 가깝다. 바로 그렇기 때문에 드류모어가 리빙스턴을 선택한 것이기도 했다.

"욕심을 부리셔서는 안 됩니다. 그저 블러디 나이트를 붙들고 놓아 주지 않으시면 됩니다. 놈을 사로잡는 것은 엄연히 다크 나이츠의 임무입니다."

"자칫 잘못하면 블러디 나이트가 중상을 입을 수도 있소."

그 말에 드류모어 후작이 차갑게 미소 지었다.

"목숨만 붙어 있으면 상관없습니다. 블러디 나이트에게 필요한 것은 비밀을 밝힐 수 있는 입뿐입니다. 사지 한두 개 정도는 잘려나가도 상관없습니다."

한기가 뚝뚝 떨어지는 냉정한 드류모어의 대답에 리빙스턴은 소름이 오싹 돋는 것을 느꼈다. 그리고 한 번도 얼굴을 보지 못한 블러디 나이트에 대해 동정심이 솟아났다.

'그자도 무척이나 운이 없군. 하필이면 드류모어 후작의 눈

에 걸려들다니…….'

얼른 생각을 접어 넣은 리빙스턴 후작이 가만히 드류모어를
쳐다보았다.

"알겠소. 내가 맡은 소임은 틀림없이 다하도록 하겠소."

"이제는 시간 싸움입니다. 우린 블러디 나이트가 제 발로
찾아올 때까지 기다리기만 하면 됩니다."

드류모어의 입가에 자신만만한 미소가 번져가고 있었다.

✛

레온 일행은 보름 가까이 강행군을 한 끝에 로르베인의 근
교에 접어들 수 있었다. 출발지에서부터 로르베인까지 관도가
잘 닦여 있었고, 마차를 이용해 움직였기 때문에 이동속도가
비약적으로 빨랐다.

적절한 위치에 지어진 여관과 식당을 이용하여 휴식을 취하
고 그 이외의 시간에는 이동에만 전념했기에 그들은 마침내
로르베인이 멀리 내려다보이는 언덕 위에 도착할 수 있었다.

지친 얼굴의 맥스가 상기된 눈빛으로 로르베인을 쓸어보았
다.

"저곳이 바로 로르베인이로군."

"정말 기대되는군요. 도대체 어떤 향락이 있기에 대륙 전체
에 소문이 자자한지 말이에요."

　그들은 지금껏 단 한 번도 로르베인에 가 보지 못했다. 그저 귀가 따갑게 소문만 들어왔을 뿐이었다. 트레비스가 눈을 가늘게 뜨고 입맛을 다셨다.

　"물가가 엄청나게 비싸다고 하던데, 웬만한 재력으로는 얼마 머물지 못한다고 들었어요."

　"그렇다고 하더군."

　"그런데 로르베인의 정규군은 모두 용병출신이라면서요? 심지어 치안대조차 용병으로 구성되어 있다고 하던데……."

　트레비스의 눈이 묘하게 빛났다.

　"우리도 이곳의 정규군이나 치안대가 되면 참 좋을 텐데……. 봉급을 받아가며 로르베인에 머물 수 있으니 말이에요."

　그 말에 맥스가 어림없다는 듯 머리를 흔들었다.

　"우리 실력으론 꿈도 꾸지 못할 거야. 로르베인은 오직 A급 이상의 용병만 고용한다고 들었어. 그것도 자체적인 기준을 통해 실력을 검증하기 때문에 다른 곳에서 A급이라 판정받은 자들도 수두룩하게 떨어진다고 들었어."

　"그렇게 어려운가요?"

　"물론이지. 로르베인에 고용되는 것은 용병들의 로망이라고……."

　말을 마친 맥스가 고개를 돌렸다. 거기에는 샤일라가 눈을 지그시 감은 채 명상에 잠겨 있었다.

트레비스가 이해할 수 없다는 표정을 지었다.

"또 명상 중인가?"

지금껏 샤일라는 틈만 나면 명상에 잠겼다. 마차가 멈추면 어김없이 조용한 곳에 가서 명상을 하곤 했다.

물론 일행들은 그녀가 마나연공을 하고 있다는 사실을 전혀 몰랐다. 트레비스가 그런 샤일라를 보며 입맛을 다셨다.

"긍정적으로 변한 것은 좋지만 너무 갑자기 변해서……."

벌모세수 이후 샤일라의 용모는 놀라보게 바뀌었다. 잡티 하나 없이 맑고 투명한 피부는 그녀를 이십대 초반으로 오인하게 만들 정도였다.

거기에 입맛이 동한 트레비스는 며칠 전부터 여러 번 샤일라의 침소를 찾았다.

지금까지 적지 않게 몸을 섞어 왔기 때문에 그녀가 거부하지 않을 것이라 확신하며……. 하지만 샤일라의 남성편력은 이미 흔적도 없이 사라진 상태였다.

"미안하지만 너와 잠자리를 하고 싶은 생각이 없어."

"왜 그런 거야? 러프넥 님의 정력이 워낙 절륜해서 이제 나 따위는 눈에 차지 않는 거야?"

그 말에 돌아온 대답은 매직 미사일이었다. 결국 트레비스는 눈두덩에 시퍼렇게 멍이 든 채 샤일라의 침소를 나서야 했다.

"젠장, 정력 약한 놈은 서러워서 살겠나?"

문제는 그날 이후 러프넥 역시도 샤일라의 침소를 찾지 않는다는 점이다.

이틀 동안을 샤일라와 함께 밤을 지새운 이후 러프넥은 두 번 다시 샤일라를 찾지 않았다. 그로 인해 맥스 일행은 상당히 곤혹스러워해야 했다.

"이해할 수가 없군. 남자가 없으면 잠을 이루지 못하는 샤일라가 어찌……."

"러프넥 님도 이해하기 힘들어. 샤일라의 몸에 벌써 염증을 느낀 것은 아닐 텐데?"

물론 이유를 아는 사람은 아무도 없었다. 레온은 샤일라의 수련을 방해하지 않기 위해 찾아가지 않은 것이다.

게다가 알리시아의 오해도 풀어줘야 했다. 그 덕에 샤일라는 누구에게도 방해받지 않고 마음 편하게 수련에 몰두할 수 있었다.

"자, 자 쓸데없는 소리 하지 말고 들어가도록 하자."

맥스가 버럭 소리를 질러 주위를 환기시켰다. 그들을 태운 마차가 빠른 속도로 로르베인을 향해 움직이기 시작했다.

✢

로르베인의 외곽에는 큼지막한 성벽이 쳐져 있었다. 주변 왕국의 침입을 방지하기 위해 쌓은 성이었다. 로르베인의 부를 상징하듯 성벽은 무척 높고 견고했다.

그런데 놀랍게도 로르베인의 성문은 활짝 열려 있었다. 그
곳을 통해 인파가 꾸역꾸역 몰려들고 있었다. 향락을 즐기기
위해, 혹은 일자리를 얻기 위해 로르베인을 찾는 외지인들이
었다.

레온과 알리시아, 맥스 일행은 그 사이에 끼여 로르베인 시
내로 들어갔다. 맥스가 눈을 빛내며 주위를 살폈다.

"소문대로 일체 검문을 하지 않는군."

트레비스가 눈알을 이리저리 굴리다가 문득 생각났다는 듯
맥스를 보며 말했다.

"타국의 첩자나 끄나풀이 잠입하기 좋겠는데요?"

"풍문에 의하면 첩자들이 화려한 로르베인에 반해 그대로
눌러 살아버린다고 하더군. 본국에서 소환하려 하면 그냥 잠
적해 버리는 경우가 허다하대."

로르베인의 시가지는 여느 도시와는 달리 사람들은 활기차
고 경관이 더없이 화려했다.

곳곳에 잘 꾸며진 건물들이 늘어서 있었고 길거리를 빼곡히
매운 상점들의 가판에는 온갖 종류의 진열된 상품들이 행인들
을 유혹하고 있었다.

길거리를 나다니는 사람들의 차림새도 무척이나 세련되었
다. 아리따운 여인들이 몸매가 고스란히 드러나는 옷을 입고
거리를 활보했다.

맥스 일행은 시골뜨기 티를 팍팍 내며 주위를 두리번거렸
다.

"세상에! 저 여자 좀 봐, 어쩌면 저렇게 몸매가 좋을 수 있
지?"

"옷이 날개라서 그래. 그나저나 정말 재단이 잘된 옷이로
군."

눈을 크게 뜨고 주위를 둘러보던 맥스가 마차를 돌아보며
입을 열었다.

"로르베인 시내에 들어왔습니다. 일단 여관으로 모시겠습
니다."

마차 안에서 나지막한 음성이 흘러나왔다.

"뜻대로 하세요."

⚜

레온과 알리시아는 마차 안에 마주보고 앉아 있었다. 그간
의 오해를 푼 듯 알리시아의 눈매는 많이 부드러워져 있었다.
그러나 사무적인 태도는 여전했다.

레온과 이루어질 수 없는 인연이란 사실을 확실하게 인지한
것이다.

"드디어 로르베인에 도착했군요."

"정말 놀랍습니다. 공간이동 마법진이라는 것이 존재한다

니 말입니다. 마법의 힘이라는 게 정말 대단하군요. 먼 거리를 눈 깜짝할 사이에 이동할 수 있다니……."

그들은 공간이동 마법진을 통해 루첸버그 교국으로 갈 계획이었다. 맥스 일행과의 계약은 여기에서 끝낼 작정이었다. 루첸버그 교국의 중심부로 바로 이동할 수 있다면 굳이 용병들의 길안내나 호위가 필요하지 않다.

물론 공간이동 마법진을 이용하는데 엄청나게 비싼 비용을 지불해야 한다. 그러나 해적들에게서 빼앗은 돈이 워낙 많았기에 비용이 문제되지는 않았다.

"하지만 예상치 못한 일이 일어날 수도 있어요. 마법진을 이용하는 데 철저한 신분조사가 이루어진다면……."

알리시아의 안색이 살짝 어두워졌다. 만일 그럴 경우에는 공간이동 마법진을 이용할 수 없다.

그들의 신분은 엄연히 위조된 것이기 때문이다. 만에 하나 타르디니아 왕국에 조회를 해 본다면 정체가 백일하에 탄로날 수 있다.

그렇게 된다면 원래 계획했던 대로 맥스 일행을 고용하여 북부로 떠나야 한다.

"일단은 자세한 것을 알아보는 것이 좋겠습니다."

"그래야죠."

그들이 두런두런 대화를 나누는 사이 마차가 시가지 외곽에 있는 한 여관으로 들어갔다. 향락도시란 것을 증명하듯 몇 개의 구역은 모두 여관으로 들어차 있었다.

그중 한 군데로 들어간 맥스가 입을 딱 벌렸다. 숙박비가 엄청나게 비쌌기 때문이었다.

'세상에⋯⋯. 다른 곳보다 세 배나 비싸군. 물가가 장난이 아니야.'

만약 그들만 왔었다면 감히 숙박할 엄두를 내지 못했을 것이다. 그러나 그들은 고용된 몸. 여행 경비는 엄연히 고용주의 몫이었기 때문에 맥스는 더 이상 생각하지 않고 방을 잡았다.

"일단 2인실 두 개를 주시오."

그 말을 들은 여관 점원이 눈을 둥그렇게 떴다.

"아니 인원이 몇 명이시기에?"

"일행 중 몇 명은 다른 곳에서 묵을 것이오."

맥스의 설명에 점원이 알았다는 듯 고개를 끄덕였다. 방 열쇠를 받아든 맥스가 마차로 다가갔다.

"일단 방에 가서 쉬고 계십시오. 저희는 샤일라를 마법길드에 데려다 준 뒤 공간이동 마법진을 이용하는 비용과 절차에 대해 알아보고 오겠습니다."

"알겠어요."

알리시아가 고개를 끄덕이며 열쇠를 받아들었다.

여관의 점원이 나와서 마차를 여관 뒤 창고로 몰고 갔다. 알리시아와 레온은 간단하게 짐을 챙겨 방으로 올라갔다. 알리시아가 방 하나를 차지했고 레온이 남은 방으로 들어갔다. 그런데 들어가자마자 문에서 노크 소리가 들렸다.

똑똑.

외투를 벗으려던 레온이 급히 문으로 다가갔다. 문을 열자 샤일라가 들어왔다. 그런데 표정이 극히 어두웠다.

"샤일라 님?"

"잠시 들어가도 될까요?"

"네, 들어오십시오."

방 안으로 들어온 샤일라가 처연한 눈빛으로 레온을 쳐다보았다.

"이제 이별이로군요."

"만남이 있다면 이별이 있는 법이지요. 대신 샤일라 님은 인생의 목표를 되찾으셨잖습니까?"

가만히 고개를 끄덕인 샤일라가 느닷없이 레온의 품에 몸을 던졌다.

"샤, 샤일라 님?"

깜짝 놀란 레온이 반사적으로 그녀를 안아들었다. 살며시 고개를 든 샤일라의 얼굴은 온통 눈물범벅이 되어 있었다.

"마지막으로 한 번 안겨보고 싶었어요. 당신은 제 미래를 송두리째 바꿔주신 분이잖아요?"

"……"

"한 가지는 약속드릴게요. 세상을 당당히 활보할 수 있는,

그리고 당신에게 부끄럽지 않는 여자가 되겠어요. 그런 다음 당신을 찾아가겠어요.”

“샤, 샤일라 님.”

당황한 듯 떠듬거리는 레온을 향해 샤일라가 배시시 미소를 지었다.

“당신의 정체는 블러디 나이트, 머지않아 아르카디아 전역을 위진시키겠죠? 훗날 당신을 찾아가는 것이 그리 어렵지 않을 것이라 생각해요.”

말을 마친 샤일라가 살짝 눈을 내리깔았다. 발그레한 홍조에 물든 얼굴이 너무나도 아름다웠다.

“소원 한 가지만 들어주세요.”

“네? 무슨 소원을…… 흡!”

레온은 깜짝 놀랐다. 샤일라가 기습적으로 입맞춤을 해 왔기 때문이었다. 까치발을 한 상태로 그녀가 레온의 입술을 훔쳤다.

입술에서 전해지는 감미로운 느낌에 레온은 정신이 혼미해 오는 것을 느꼈다. 둘은 그렇게 한참을 끌어안은 채 서로의 입술을 음미했다. 살짝 입술을 뗀 샤일라가 부끄러운 듯 고개를 숙였다.

“이로써 전 당신의 입술을 차지한 두 번째 여자가 되었군요.”

“……”

"이만 가볼게요. 다시 만날 때까지 안녕히……."

그 말만을 남긴 채 샤일라가 급히 방을 빠져나갔다. 그때까지 레온은 멍한 표정으로 우두커니 서 있을 뿐이었다. 한참만에야 그의 말문이 트였다.

"저, 정말로 부드럽군. 여자의 입술은 다 그런가?"

⚜

맥스 일행이 마차 한 대를 잡아놓고 샤일라를 기다리고 있었다. 타고 온 마차가 있었지만 그들은 일부러 돈을 받고 손님을 데려다 주는 영업용 마차를 선택했다. 지리를 전혀 모르기 때문이었다.

"로르베인의 시가지는 복잡하기로 정평이 나 있어. 차라리 돈을 주더라도 영업용 마차를 타는 게 나아."

샤일라가 홍조 어린 얼굴로 여관에서 나오자 쟉센이 마차의 문을 열어주었다. 샤일라가 올라타자 맥스가 마차를 출발시켰다.

"마법길드의 지부로 가 주시오."

"알겠습니다."

마차가 마법길드를 향해 느릿하게 움직이기 시작했다.

V

공간이동 마법진

　마법길드는 그곳에서 그리 멀지 않았다. 대략 30분 정도 시가지를 달린 끝에 마차가 마법길드에 도착했다. 길드의 위세를 보여주듯 지부는 웅장했다.

　거대한 담장이 지부 전체를 감싸고 있었고 그 뒤쪽으로 하늘 높이 뻗은 탑들이 즐비하게 자리잡았다.

　길드의 지부를 보는 샤일라의 몸이 가늘게 떨렸다.

　오랜 시간 몸담았다 쫓겨났던 마법길드로 돌아간다고 생각하니 긴장이 되는 모양이었다.

　그 모습을 본 맥스가 이맛살을 지긋이 모았다.

　"같이 가 줄까?"

"아니 괜찮아요. 제가 해결해야 할 일인걸요?"

억지로 얼굴을 편 샤일라가 마차의 문을 열고 나갔다. 몸을 돌린 그녀가 손을 흔들었다.

"그럼 저 다녀오겠어요."

맥스에게 당당하게 인사를 하고 오긴 했지만 길드 안으로 들어가는 샤일라의 얼굴은 딱딱하게 굳어 있었다. 길드에서 어떻게 나올지 두려웠기 때문이었다.

만에 하나 길드에서 자신을 거부할 경우 더 이상 마법을 익힐 수 없다.

학부에 들어가기 위해서는 엄청나게 비싼 학비를 지불해야 하는데 그녀에겐 그럴 만한 여력이 전혀 없다. 그렇게 가슴을 조이며 들어간 샤일라의 앞에 큼지막한 접수대가 모습을 드러냈다.

삼십대 중반 정도의 사무원이 깔끔하게 제복을 차려입고 샤일라를 맞았다.

"무슨 일로 길드를 찾아오셨습니까?"

사무원의 물음에 샤일라가 일순 대답을 하지 못하고 머뭇거렸다. 그 모습을 본 사무원이 이맛살을 지긋이 모았다.

"마법 아이템을 구입하러 오셨으면 오른쪽 통로로 들어가십시오. 포션이나 비약을 구입하러 오셨다면 왼쪽 통로로 들어가시면 됩니다."

"그, 그게 아니라……."

"그렇다면 마법에 대한 상담을 받으러 오셨습니까?"

깊게 심호흡을 한 샤일라가 마침내 입을 열었다.

"전 한때 길드 소속이었어요."

그 말에 사무원의 눈이 가늘어졌다. 전혀 생각지 못한 용무였기 때문이었다.

"마법길드 소속이라고 하셨습니까?"

"네. 길드 산하 학부에서 마법을 배웠어요."

그 말을 들은 사무원이 접수대 밑에서 조그마한 수정구를 꺼내어 내밀었다.

"그러시다면 이곳에다 마력을 좀 주입해 주시겠습니까?"

샤일라는 머뭇거림 없이 수정구에 손을 가져다 댔다.

학부에서도 여러 번 해 본 적 있는 신원확인절차였기 때문이다.

샤일라의 마력이 집중되자 수정구가 희미하게 빛나기 시작했다. 이어 수정구 표면에 글자가 떠올랐다. 접수원이 눈을 가늘게 뜨고 내용을 읽었다.

"이름 샤일라, 대략 9년 정도 학부를 다니셨군요. 흠, 탈퇴이유는 거듭되는 추문에 의한 퇴학……."

사무원이 급히 말꼬리를 흐렸다. 겉으로 공개할 만한 내용이 아니었기 때문이다.

"확인되었습니다. 한때 길드 소속이었던 것이 맞군요. 그런데 길드를 탈퇴하신 분이 어떤 일로 길드 지부를 찾아오셨습니까?"

"볼일이 있어서 왔어요. 혹시 길드 산하 학부의 교수님과 마법 통신을 할 수 있을까요?"

그 말에 사무원이 머리를 흔들었다.

"불가합니다. 길드 내부에서 통신을 할 수 있는 자격은 오직 길드원에게만 적용되는 사항입니다. 샤일라 님은 이미 길드를 탈퇴하셨기 때문에 해당 조건이 되지 않습니다."

"그렇다면 이곳의 간부님과 대화를 할 수 있을까요?"

사무원이 그것도 어렵다는 듯 손을 흔들었다.

"명확한 용무를 밝히셔야만 내부로 들어갈 수 있습니다."

샤일라의 얼굴에 난감함이 떠올랐다.

'어떻게 하지?'

솔직히 말해 용건을 설명하기가 애매했다. 명목 상 샤일라는 거듭되는 추문으로 인해 퇴학된 것으로 기록되어 있다. 그러나 정확한 이유는 잃어버린 재능 때문이었다.

그런 상황에서 마법적 재능을 되찾았기에 다시 마법을 배우려 한다는 내용을 설명하긴 조금 껄끄러웠다. 머뭇거리던 샤일라를 보던 사무원이 냉정하게 선을 그었다.

"용무를 말씀해 주시지 않는다면 출입을 허용할 수 없습니다."

그러나 샤일라는 꿀 먹은 벙어리처럼 침묵을 지킬 뿐이었다. 그때 한쪽에서 나지막한 음성이 들려왔다.

"잠깐 나갔다 오겠네."

그 말을 들은 사무원의 고개가 돌아갔다. 음성의 주인을 보자 사무원이 절도 있게 허리를 꺾었다.

"드로이젠 교수님, 안녕하십니까."

음성의 주인은 매우 차가워 보이는 외모를 지닌 마법사였다. 고풍스러운 로브를 걸친 노마법사가 건조한 음성으로 말을 이어나갔다.

"마법 재료가 떨어져서 좀 사러갔다 와야겠네."

"네? 마법 재료라면 창고에……."

"창고에 있는 것은 질이 떨어지더군. 도저히 연구에 쓰지 못할 거 같네."

그 말에 사무원이 황송하다는 듯 고개를 숙였다.

"그렇다면 사람을 시켜서 사오게 하시지 않고?"

"내 눈으로 직접 확인해야 확실한 법이지. 그런데 그 사람은 누군가?"

고개를 돌린 노마법사의 눈이 커졌다. 기억에 남아 있는 얼굴이었기 때문이었다.

"아니. 넌 샤일라가 아니냐?"

샤일라의 몸이 부들부들 떨리고 있었다. 그녀 역시 드로이젠이라는 이름의 노마법사를 알고 있었기 때문이다.

그는 학부에서 냉기계열 마법을 전문적으로 가르치는 교수였다. 샤일라도 한때 그의 밑에서 사사 받은 적이 있다. 냉기계열의 전문가답게 드로이젠 교수는 매우 냉정하고 차가운 성품을 지녔다.

모든 일을 원칙대로 철두철미하게 처리하기로 정평이 나 있으며 학생들에게도 매우 공평한 잣대를 적용했다. 처음에는 그도 샤일라에게 관심을 갖고 잘 지도해 주었다.

그러나 괴질을 앓고 난 뒤 재능이 사라지자 대접이 판이하게 바뀌었다. 범인과 비슷한, 타 학부생들보다 월등히 자질이 떨어지는 샤일라를 드로이젠은 거의 없는 사람 취급을 했다. 질문에 제대로 대답하지 못하는 샤일라를 경멸어린 눈빛으로 쳐다본 적이 한두 번이 아니었다.

그러니만큼 드로이젠에 대한 샤일라의 감정이 그다지 좋지 않을 수밖에 없었다.

묵묵히 서 있는 샤일라를 드로이젠이 무감각한 눈빛으로 쳐다보았다.

"오랜만이로구나."

그 말에 퍼뜩 정신을 차린 샤일라가 살짝 목례를 했다.

"그간 안녕하셨습니까? 교수님."

"그다지 안녕하지 못하다. 그래 길드의 지부에는 무슨 일로 왔느냐?"

"……."

샤일라가 일순 대답하지 못하자 드로이젠의 눈매가 실팍하게 가늘어졌다.

"혹시 여비가 떨어져서 온 것이냐?"

"그, 그건 아닙니다."

"그렇다면 도대체 왜 길드의 지부를 찾아온 게냐? 퇴학당한 네가 말이다."

더없이 냉정하고 싸늘한 말에 샤일라는 속에서 뭔가가 솟구치는 것을 느꼈다. 그것은 바로 드로이젠에 대한 반발심이었다.

'그래, 이판사판이야.'

입술을 질끈 깨문 샤일라가 정색을 하고 드로이젠을 쳐다보았다.

"잠시 대화를 나눌 수 있겠습니까?"

"나와 말이냐?"

"그렇습니다. 교수님께 보여드릴 것이 있습니다."

이맛살을 찌푸린 채 샤일라를 쳐다보던 드로이젠의 고개가 살짝 끄덕여졌다.

"알겠다. 뭔지는 모르지만 한 번 보기로 하자."

드로이젠이 옆에 멀뚱멀뚱 서 있던 사무원을 쳐다보았다.

"이 아이에게 출입증을 발급해 주시오. 개인적인 용무로 날 찾아온 손님으로 말이오."

사무원이 두말없이 고개를 꺾었다.

"알겠습니다."

드로이젠이 향한 곳은 그의 개인 연구실이었다. 공식적인 출입증을 목에 건 샤일라가 묵묵히 뒤를 따랐다. 그녀의 심경은 한없이 복잡했다.

'처음 마주친 길드의 교수가 하필이면 나에게 그리 좋지 않은 감정을 가진 드로이젠 교수라니……'

그는 유난히 샤일라를 냉대했다. 재능을 잃은 뒤 생존을 위해 학부생들과 동침을 거듭하던 그녀를 경멸어린 눈빛으로 본 적이 한두 번이 아니었다.

심지어 그녀가 퇴학당하고 나서 인사를 갔어도 만나주지도 않던 교수였다. 그러니 마음이 착잡할 수밖에 없었다.

'어쩔 수 없지. 받아주지 않는다면 그게 내 운명인 것이지.'

힘든 세상을 겪으며 단련되었기에 내릴 수 있는 결론이다.

한적한 복도를 걸어간 드로이젠이 가장 안쪽 방문을 열고 들어갔다.

그곳이 바로 드로이젠의 개인 연구실이었다. 방 안에 들어간 드로이젠이 푹신한 소파에 몸을 묻으며 거만하게 물었다.

“그래, 나에게 보여주고 싶은 것이 무엇이냐?”

의자조차 권하지 않는 그 태도에 샤일라가 질끈 입술을 깨물었다. 그래도 한때 마법을 배웠던 학생이 아니던가?

우물쭈물하는 샤일라를 바라보는 드로이젠의 눈빛이 점차 싸늘해졌다. 그 야멸찬 냉대가 계속되자 샤일라가 마음을 단단히 먹었다.

‘그래. 내 모든 것을 보여드리는 거야. 그리고 처분을 맡기는 수밖에……’

차분히 마음을 가라앉힌 샤일라가 캐스팅을 시작했다. 그녀가 펼칠 수 있는 가장 서클이 높은 마법인 아이스 미사일이었다.

캐스팅이 거듭됨에 따라 대기 중의 마나가 서서히 분리되었다. 드로이젠이 무표정한 얼굴로 그 모습을 쳐다보고 있었다.

쓰쓰쓰쓰—

대기 중에서 추출된 냉기계열의 마나가 한데 뭉쳐 돌아가기 시작했다.

마나들은 허공에서 순차적으로 재배열에 들어갔다. 그 순간 드로이젠의 눈매가 꿈틀거렸다.

‘마법을 시연하려는군. 배열의 형태를 보니 아이스 미사일 같은데 애석하게도 성공하기 힘들겠어. 고작 저 정도의 마나로 아이스 미사일을 발현할 수 없으니……’

그러나 그는 상당히 놀라고 있었다. 퇴학을 당할 당시 샤일라는 고작해야 2서클의 엑스퍼트 정도였다.

　역사상 유래가 없는 마법서클의 퇴보로 인해 길드 전체가 발칵 뒤집힌 적도 있었다. 그랬던 그녀가 4서클의 마법인 아이스 미사일의 캐스팅을 시도하는 것만으로도 충분히 놀라운 일이었다.

　'혹시 마법을 더 배우고 싶어서 찾아온 것일까?'

　이런저런 생각을 하던 드로이젠의 눈이 갑자기 커졌다. 그의 상식으로는 고작 저 정도의 마나배열로 아이스 미사일을 발현시킬 수 없다.

　그런데 믿어지지 않는 일이 그의 앞에서 펼쳐지고 있었다.

⚜

　재배열되던 마나가 더 이상 힘을 받지 못하고 흩어지려던 찰나, 샤일라의 단전에서 정제된 음기가 쭉 뿜어져 나왔다.

　샤일라의 진기는 거침없이 마나의 흐름에 파고들었다. 흩어지려던 마나가 그 진기에 이끌려 다시 재배열을 시작했다.

　이어 섬광과 함께 허공에 길쭉한 무언가가 형성되었다. 바로 아이스 미사일이 발현된 것이다.

　파파파팟!

　생성된 아이스 미사일이 빠른 속도로 방 안을 선회하기 시작했다. 제대로 눈에 보이지도 않을 속도였지만 아이스 미사일은 기물을 전혀 건드리지 않고 방 안을 누볐다. 소름끼치는 파공성이 사방으로 퍼져나갔다.

쐐애애액—

그 모습을 샤일라가 뿌듯한 표정으로 쳐다보았다. 자신의 실력을 유감없이 펼쳐보였으니 더 이상 여한이 없다.

그때 억센 손길이 그녀의 어깨를 부여잡았다. 고개를 돌리자 경악에 가득 찬 드로이젠의 얼굴이 들어왔다.

"어, 어떻게 한 것이냐?"

"……."

"분명 그 정도 수준의 마나배열로는 아이스 미사일을 펼칠 수 없다. 도대체 어떻게 해서 성공시킨 것이냐?"

드로이젠은 얼굴이 시뻘겋게 변한 것도 의식하지 못하고 고함을 질렀다. 그 정도로 충격을 받은 것이다.

조금 전에 재배열된 마나 수준으로 아이스 미사일을 펼치는 것은 현실적으로 불가능하다.

드로이젠의 상식으론 그러했다. 그런데 샤일라는 아이스 미사일을 성공시켰다. 그럴 경우 생각할 수 있는 가정은 오직 한 가지뿐이다. 샤일라의 냉기마법에 대한 재능이 상상을 초월한다는 점이다.

드로이젠의 표정은 판이하게 변해 있었다. 어떠한 경우에도 냉정을 잃지 않는다는 평판이 무색하게, 드로이젠은 침까지 튀겨가며 말을 더듬었다.

"마, 말도 되지 않아. 상식적으로 불가능한 일이야. 암, 그렇고말고. 질량보존의 법칙이 엄연히 존재하는 법인데……."

말을 마친 드로이젠이 정색을 하고 샤일라를 쳐다보았다.

"아이스 미사일을 다시 한 번 펼쳐 보거라. 조금 전은 분명 우연이었음이 틀림없다."

놀란 눈으로 드로이젠을 쳐다보던 샤일라가 차분히 마음을 가라앉히고 캐스팅에 들어갔다. 낭랑한 음성이 방 안에 울려 퍼졌다.

"아이스 미사일."

그녀의 주문영창이 끝나기가 무섭게 허공에 아이스 미사일이 형성되었다.

새로이 형성된 아이스 미사일은 아직 사라지지 않은 아이스 미사일과 함께 방 안을 자유로이 누볐다.

드로이젠이 입을 딱 벌린 채 그 모습을 지켜보았다. 그의 쩍 벌린 입가로 침이 주르르 흘러내렸다.

'세, 세상에……. 소환된 아이스 미사일이 사라지기도 전에 새로운 마법을 생성시키다니……. 고작해야 저 정도 마나배열로 말이야.'

그의 얼굴이 순간적으로 경직되었다.

'내 능력으로도 저건 불가능한 일이야.'

그러한 드로이젠의 단정은 놀라운 일이었다. 그는 벌써 오래 전에 7서클의 마스터에 올랐다. 그런 그조차 할 수 없는 일을 샤일라는 해낸 것이다.

물론 드로이젠 교수도 마음만 먹으면 수십 개의 아이스 미사일을 소환해 방 안을 가득 채울 수 있다. 그러나 샤일라가 보여준 마나의 재배열 수준만으로 아이스 미사일을 소환할 순 없다.

거듭 놀라워하던 드로이젠이 서서히 평정을 되찾아갔다. 길드 내에서 가장 냉철한 교수라는 평답게 평정을 되찾는 속도도 빨랐다. 그는 이미 머릿속으로 샤일라를 정의해 놓은 상태였다.

'냉기마법에 대한 샤일라의 재능은 상상을 초월해. 역대 그 누구보다도 뛰어나다고 할 수 있지. 문제는 샤일라가 무슨 이유로 날 찾아와 마법을 시전했는가 하는 것인데?'

드로이젠의 고민은 이어진 샤일라의 말로 인해 깨끗하게 사라졌다.

"제가 교수님을 찾아온 이유는 간단합니다."

샤일라는 시종일관 침착한 태도로 속마음을 털어놓았다.

"교수님도 아시다시피 전 괴질을 앓고 난 뒤 마법적 재능을 모두 잃었습니다. 길드에서 축출되고 나서도 한동안 마법을 펼칠 수 없었지요. 그러나 얼마 전 저는 모종의 일로 마법에 대한 감각을 되찾았습니다. 방금 교수님께 보여드린 아이스 미사일이 그 증거입니다."

그 말을 들은 드로이젠이 고개를 끄덕였다.

“네가 마법적 재능을 되찾았다는 사실을 인정한다. 조금 전 네가 보여준 아이스 미사일은 길드의 그 누구도 흉내를 내지 못할 것이다.”

드로이젠의 평가는 진심이었다. 냉기마법에 엄청난 재능을 가지고 있지 않다면 조금 전의 마나배열 수준으로 아이스 미사일을 시전할 수 없다.

“네가 마법길드를 찾은 이유를 속 시원히 말해다오.”

심호흡을 한 샤일라가 입을 열었다.

“저는 계속해서 마법을 배우고 싶습니다.”

“…….”

“예전과 같은 길드의 후원을 받고 싶습니다. 길드의 전폭적인 지원 아래 열심히 마법을 공부하고 싶습니다.”

드로이젠이 미간을 지긋이 모은 채 샤일라를 쳐다보았다.

“길드에 서운한 감정이 있을 텐데……. 어쨌거나 널 퇴출시킨 것은 사실이니 말이다.”

“서운하지 않다고 하면 거짓말이겠지요. 하지만 생각을 달리 해 보니, 그렇지 않았습니다. 평범한 저에게 엄청난 투자를 하여 마법을 가르쳐 주고, 제가 재능을 잃은 이후에도 무려 8년을 기다려 주었습니다. 저에게 할 만큼 해 준 것이지요.”

말을 마친 샤일라가 정색을 하고 드로이젠을 쳐다보았다.

“교수님도 마법사이시니만큼 마법에 대한 갈증이 어떤 것인지 잘 아실 것입니다. 그동안 저는 마법에 대한 갈증에 엄청나게 시달려 왔습니다. 이제 재능을 되찾았으니 그에 대한 갈증을 채우고 싶습니다."

그 말을 들은 드로이젠 교수의 눈꼬리가 파르르 떨렸다.

'실수를 했군. 이 아이야말로 타고난 마법사야. 재능에서부터 마음가짐까지. 안타깝군. 그때 샤일라를 조금 더 지켜보자고 건의하는 것이었는데……, 어쨌거나 아직도 늦지 않았어. 샤일라가 다시 찾아온 지금이 절호의 기회야.'

드로이젠은 더 이상 생각할 것 없다는 듯 샤일라의 손을 부여잡았다.

"잘 돌아왔다. 샤일라."

"……."

"널 환영한다. 그것이 나와 길드의 입장이다. 물론 널 받아들이는 것은 내가 결정할 사항은 아니다. 하지만 이 사실을 길드 마스터에게 보고한다면 길드에서는 두말없이 너를 다시 후원해 줄 것이다. 그 사실은 내가 보증할 수 있다."

샤일라의 몸이 격동으로 떨렸다. 일이 이렇게 잘 풀릴 줄은 그녀조차 짐작하지 못했다. 드로이젠이 샤일라의 손을 움켜쥔 채 말을 이어나갔다.

"잠시 후 내가 직접 길드 마스터와 통신해 보겠다. 그러니 조금만 기다려 줄 수 있겠느냐?"

샤일라의 눈동자에 서서히 눈물이 차올랐다.

"무, 물론이죠, 언제까지라도 기다리겠어요."

"고맙구나. 샤일라."

"우선 차나 한 잔 하자꾸나. 목이 마를 테니……."

드로이젠은 샤일라를 위해 몸소 차를 타오는 성의를 보였다.

구제불능이라고 생각했던 샤일라가 실상은 마법에 엄청난 애정을 가지고 있다는 사실을 알게 되니 예전에 냉대했던 일들이 무척 후회스러웠다.

게다가 자신의 장기인 냉기마법에 엄청난 재능을 지니고 있지 않은가?

'냉기마법에 특화된 수련생은 드물어. 물론 샤일라 정도의 자질을 지닌 학생은 길드의 역사를 통틀어 봐도 한 명도 없을 거야.'

드로이젠과 샤일라는 소파에 앉아 두런두런 대화를 나누었다. 샤일라는 길드를 떠난 이후 겪었던 일들을 털어놓았다.

그녀가 걸어온 길을 들은 드로이젠 교수의 얼굴이 딱딱하게 굳어갔다.

사기를 당해 여비를 모두 털리고, 더불어 인신매매길드의 마수에 걸려 사창가에 팔려간 것은 아무나 할 수 없는 경험임에 틀림이 없었다. 드로이젠이 어두운 표정으로 고개를 흔들었다.

"네가 그런 일을 당했을 줄이야. 분명 길드가 실수한 것 같구나. 학부에서만 머물러 세상물정 모르던 너를 돈 몇 푼 쥐어

주고 내보내다니……."

"아니에요. 덕분에 세상에 대해 알게 되었잖아요?"

샤일라는 이후의 일들을 계속 설명했다.

사창가에서 곤욕을 겪던 그녀를 맥스가 동료들과 힘을 합쳐 구해내고, 이후 그들과 계속 동행하며 용병생활을 해 온 사연들과, 해적선에서 알게 된 레베카 자작 영애와 계약을 맺고 이곳까지 온 사연들이 흘러나왔다. 모든 이야기를 들은 드로이젠이 고개를 끄덕였다.

"그럼 지금까지 용병생활을 해 왔겠구나. 수련할 시간이 전혀 없었겠어."

"네. 제가 재능을 되찾은 사실을 알게 되자 동료들이 함께 용병단을 설립하자는 제안도 했었어요. 4서클이면 충분히 용병단을 꾸릴 수 있다고 말이에요."

드로이젠이 그럴 듯하다는 듯 고개를 끄덕였다.

"4서클이면 가능하지. 암 가능하지……."

"하지만 전 계속 마법을 공부하고 싶었어요. 그래서 동료들을 설득했고, 그들도 승낙했어요."

드로이젠의 입가에 미소가 떠올랐다.

"좋은 동료들이로구나. 유혹을 물리치고 널 보내기가 쉽지 않았을 텐데……."

드로이젠은 용병단의 생리에 대해 비교적 잘 알고 있었다. 4서클 정도의 마법사라면 충분히 A급 용병 이십 명 분의 몫을

할 수 있는 재원이다. 잘 쓰기에 따라서 그 이상의 위력을 발휘할 수도 있다.

그러나 제대로 된 마법사는 용병단에 가지 않는다. 급히 돈이 필요하거나 아니면 더 이상 마법의 진전이 없다고 판단한 마법사만이 용병단에 몸을 담는다. 왜냐하면 용병단에 들어갈 경우 더 이상 수련을 할 수 없기 때문이다.

드로이젠이 진지한 눈빛으로 샤일라를 쳐다보았다.

"그래, 이제 동료들은 어떻게 한다고 하더냐?"

"용병 일을 계속 해 나간다고 해요. 그들 중에 아직까지 A급 판정을 받은 사람이 없어서 한 군데 정착하지 못하고 떠돌아다닐 수밖에 없는 실정이죠."

"지금 청부받은 임무가 있다고 하던데 그 문제는 해결되었느냐?"

샤일라는 숨김없이 모든 사실을 털어놓았다.

"원래는 마차편을 이용해 루첸버그 교국으로 가려고 했었어요. 그런데 저 때문에 이곳에 온 것이에요. 그들은 저와 헤어진 뒤 공간이동 마법진을 이용해 루첸버그 교국으로 갈 계획이에요."

한참을 생각하던 드로이젠이 눈매를 살짝 일그러뜨렸다.

"쉽지 않을 텐데……. 공간이동 마법진은 철저히 회원제로 운영된단다. 회원이 아닌 사람은 마법진을 이용할 수 없지."

그 말을 들은 샤일라의 얼굴이 어두워졌다.

“그렇다면 도보로 가는 수밖에 없겠군요.”

드로이젠이 자상한 미소를 지으며 샤일라의 어깨를 두드려 주었다.

“너무 상심하지 말거라. 내가 한 번 알아보겠다.”

“그, 그래 주시겠어요?”

“그럼. 너 정도의 인재를 받아들이는 일인데 무얼 아끼겠느냐?”

대수롭지 않다는 투로 말을 마친 드로이젠 교수가 몸을 일으켰다.

“그럼 난 길드 마스터와 통신을 하고 오겠다. 그동안 내 연구실에서 쉬고 있도록 해라.”

그가 손을 뻗어 벽에 난 문을 가리켰다.

“저곳에 실험용 기자재들과 마법서적들이 있다. 너에게 특별히 그것을 이용할 권한을 주마.”

그 말을 들은 샤일라의 얼굴이 환히 밝아졌다. 그동안 제대로 된 기자재와 서적으로 실험한 적이 한 번도 없었기 때문이었다.

“그래도 되나요?”

“물론이지. 그럼 난 다녀오마.”

서둘러 방을 나서는 드로이젠의 등을 샤일라가 물기 젖은 눈으로 쳐다보고 있었다.

그 시각, 공간이동 마법진에 대해 알아본 맥스 일행이 레온과 알리시아가 묵고 있는 여관으로 돌아왔다.

기대어린 눈빛이 그들에게 집중되었다. 그러나 결과는 부정적이었다.

"공간이동 마법진은 철저히 회원제로 운영된다고 합니다. 회원이 아닌 사람은 이용할 수 없다고 하더군요."

"회원제로요?"

"그렇습니다. 신분이 검증된 귀족들이 연회비를 내고 회원으로 등록합니다. 오로지 그들만이 공간이동 마법진을 이용할 수 있지요. 그런데 회원이 되기를 원하는 귀족들이 워낙 많아 회원등록이 하늘의 별따기만큼 어렵다고 합니다."

공간이동 마법진을 이용할 수 없다고 생각하자 레온과 알리시아가 낙심했다.

"아무나 이용할 수 없을 것이라 짐작했지만……."

"어쩔 수 없이 육로를 통해 루첸버그 교국으로 이동해야겠군요."

거의 체념하고 있는데 트레비스가 입을 열었다.

"참, 그리고 놀라운 소식을 들었습니다."

"놀라운 소식이라니요?"

트레비스의 말을 들은 레온과 알리시아는 깜짝 놀랐다. 그것은 전혀 생각지 못한 소식이었기 때문이다.

"지금 로르베인이 발칵 뒤집혀 있습니다. 크로센 제국의 초

인인 리빙스턴 후작이 이곳에 머무르고 있다는 소식 때문에
말입니다."

"그, 그게 사실인가요?"

트레비스가 머뭇거림 없이 고개를 끄덕였다.

"그럼요. 시가지에 소문이 파다하더군요."

"놀랍군. 초인이 어떤 이유로 로르베인을 찾았을까?"

"설마 향락을 즐기러 온 것은 아니겠지? 로르베인에 왔다면
이유가 뻔한데."

두런두런 대화를 나누던 맥스 일행을 보며 레온과 알리시아
가 살짝 시선을 교환했다.

"수고들 하셨어요. 그럼 좀 쉬도록 하세요. 저희는 이만 올
라가 볼게요."

"네, 그럼 쉬십시오."

맥스가 별 생각 없이 고개를 끄덕였다. 도착하자마자 움직
였기 때문에 그들 역시 쉬고 싶은 생각이 간절했다.

✤

방 안에 들어간 레온과 알리시아가 마주앉았다. 알리시아의
이맛살은 잔뜩 찌푸려져 있었다.

"의외로군요. 크로센 제국의 초인이 로르베인을 방문하다
니……."

레온은 상당히 들떠 있는 상태였다. 크로센 제국의 초인과 겨룰 기회라 생각했는지 좀처럼 흥분을 감추지 못했다.

"이건 절호의 기회입니다. 크로센 제국을 떠나온 지금이 아니면 리빙스턴 후작과 대결할 기회가 없습니다."

당장이라도 창을 들고 달려가려는 듯 레온이 몸을 들썩였다. 그런 레온을 알리시아가 급히 만류했다.

"잠시만 기다려 보세요."

"리빙스턴 후작이 다시 크로센 제국으로 돌아가기 전에 대결을……."

알리시아가 차분한 어조로 레온의 말을 끊었다.

"아무래도 이건 함정일 것 같아요."

그 말에 레온이 깜짝 놀랐다.

"함정이라니요?"

"제반 정황이 석연찮아요. 아시다시피 크로센 제국은 기사들을 파견하여 레온 님을 붙잡으려 했어요. 그게 실패로 돌아갔잖아요?"

그녀의 말이 사실이었기에 레온이 고개를 끄덕였다.

"그런 상황에서 크로센 제국의 그랜드 마스터가 외부로 나왔다는 것은 뭔가 이상한 점이 있어요. 그 어떤 왕국에서도 보유한 초인을 밖으로 내돌리는 법은 없어요."

레온은 잠자코 알리시아의 말을 경청했다.

"그런데도 초인이 교역도시인 이곳 로르베인에 왔고 또한 그 소문이 퍼졌다는 것은 뭔가 꿍꿍이가 있다는 것을 뜻해요."

말을 마친 알리시아가 눈을 빛내며 레온을 쳐다보았다.

"십중팔구 레온 님을 잡기 위한 함정일 가능성이 높아요. 다시 말해 레온 님을 유인하려는 거죠."

"설마 그럴 리가 있겠습니까? 리빙스턴 후작이란 자가 단순히 휴가를 왔을 수도 있는데……."

알리시아가 그게 아니라는 듯 머리를 흔들었다.

"그랬다면 조용히 와서 휴가를 즐기고 갔을 거예요. 로르베인에 왔다는 사실 자체를 비밀에 붙였을 테고요."

알리시아가 조목조목 설명했지만 레온은 쉽사리 물러서지 않았다. 리빙스턴 후작과 대결하고 싶은 갈망은 그 정도로 컸다.

"하지만 전 이번 기회를 놓치고 싶지 않습니다. 현실적으로 크로센 제국의 초인과 대결을 벌일 수 있는 기회는 이번밖에 없습니다."

알리시아가 답답하다는 듯 가슴을 쳤다.

"너무 위험해요. 크로센 제국에서는 레온 님의 실력을 어느 정도 짐작하고 있을 거예요. 분면 레온 님의 실력을 감안해 함정을 파 놓았을 가능성이 높아요."

"함정 따위는 두려워하지 않습니다."

결연한 레온의 얼굴을 본 알리시아는 맥이 탁 풀리는 것을

느꼈다. 리빙스턴 후작과 대결을 벌이고자 하는 레온의 마음
은 그 정도로 확고했다.

'크로센 제국에서는 레온 님의 이런 무인적 기질을 이용해
이번 일을 벌인 것이 틀림없어.'

생각해 보니 레온의 심정이 이해가 가기도 했다. 현재 레온
은 크로센 제국의 초인과 대결을 펼칠 수 없는 상황이다. 크로
센 제국은 지금 레온을 잡기 위해 눈이 시뻘개져 있다.

그런 상황에서 제국 영토 내부에 들어가서 초인에게 대결을
신청하는 것은 한 마디로 자살행위나 다름없었다. 무사히 빠
져나올 수 있는 보장이 없는 것이다.

'크로센 제국에서는 분명 병력을 있는 대로 동원해 레온 님
을 체포하려 할 것이야. 자국의 영토이니 만큼 걸릴 것이 아무
것도 없지. 제아무리 초인이라 할지라도 그 많은 병사들의 포
위망을 뚫고 빠져나오는 것은 불가능해.'

그렇게 생각하니 답이 나왔다. 레온이 리빙스턴 후작과 대
결을 벌일 수 있는 기회는 이번밖에 없다.

어쨌거나 로르베인은 자치도시이기 때문에 제국군이 진입
하여 활동할 수 없기 때문이다. 그 사실을 떠올린 알리시아가
길게 한숨을 내쉬었다.

"일단 그 문제는 당면한 과제가 일단락된 후 결정하기로 해
요. 아직까지 거취가 결정되지 않았으니까요."

그들에게는 아직까지 산적한 문제가 남아 있었다. 공간이동

마법진을 이용하는 것이 물거품으로 돌아간 이상, 맥스 일행을 다시 고용해야 할 지를 결정해야 했다.

루첸버그 교국으로 떠나려면 용병들의 안내와 호위가 반드시 필요했다.

"알겠습니다. 하지만 오래는 기다릴 수 없습니다."

"알겠어요."

그러나 문제는 의외로 쉽게 해결되었다.

샤일라는 오후 늦게 여관으로 돌아왔다. 그런데 그녀의 등장이 너무도 거창했다. 화려하게 치장된 마차 한 대가 여관 앞에 섰다.

히히히힝.

별이 아로새겨진 문양은 마차가 마법길드 소속임을 일러주었다. 마차를 담당하던 점원들의 눈이 휘둥그레졌다.

"마법길드 소속의 마차가 여긴 어쩐 일로?"

무심코 입구를 본 맥스가 깜짝 놀랐다.

"아니, 샤일라?"

마차에서 내린 사람은 샤일라였다. 그런데 그녀의 차림새가 판이하게 변해 있었다.

그녀는 끝이 뾰쪽한 모자에 별이 아로새겨진 고풍스러운 로브를 걸치고 있었다. 오직 마법길드에 소속된 사람들만이 입을 수 있는 복장이었다.

당황한 얼굴의 맥스를 보자 샤일라가 밝게 미소 지었다.

⚜

"맥스 대장, 나 다녀왔어요."

"그 마차는 뭐야? 그 요란한 복장은 또 뭐고?"

그 말을 들은 샤일라가 손으로 살짝 입을 가리고 웃었다.

"마법길드에서 제공한 마차예요. 일단 자세한 얘기는 들어가서 해요."

말을 마친 샤일라가 고개를 돌렸다.

"잠시만 기다려 주세요. 동료들에게 사정을 설명해야 하니까요."

마차를 몰고 온 중년 마부가 깍듯이 고개를 숙였다.

"언제까지라도 기다리겠습니다. 편하게 볼일 보고 오십시오."

샤일라가 살짝 목례를 한 뒤 여관 안으로 들어왔다. 맥스 일행이 얼떨떨한 기색으로 그녀의 뒤를 따랐다.

샤일라가 왔다는 소식을 들은 레온과 알리시아가 샤일라를 맞이했다. 알리시아가 눈을 둥그렇게 뜨고 샤일라를 쳐다보았다.

"특이한 로브로군요. 옷차림을 보니 길드에서 다시 받아줬

나 봐요?"

샤일라가 살짝 미소를 지으며 고개를 끄덕였다.

"네, 다시 저를 후원해 주기로 결정이 내려졌어요. 제가 입고 있는 로브와 모자가 그 증거죠."

"축하해요."

알리시아의 말에 샤일라가 배시시 미소 지었다.

"정말 고마워요."

보고 있던 맥스 일행이 덩달아 한 마디씩 축하를 해 주었다.

"축하해. 샤일라."

"드디어 네 꿈이 이루어졌구나."

"샤일라, 너무 멋있다."

그러나 그들의 표정은 그리 밝지 않았다. 만약 샤일라가 자신들과 함께해 주었다면 틀림없이 용병단 하나를 만들 수 있었을 것이다.

그러나 샤일라가 길드에 들어간 이상 그 꿈은 풍비박산이 나버렸다. 이후 그들은 또다시 대륙을 기약 없이 떠돌아 다녀야 한다. 떠돌이 삼류용병의 신분으로 말이다. 그런 그들에게 샤일라가 귀가 번쩍 트이는 제안을 해 왔다.

"맥스 대장, 트레비스, 쟉센. 혹시 로르베인에 정착하고 싶은 생각은 없어?"

뜻밖의 말에 맥스 일행의 눈이 휘둥그레 떠졌다.

"그, 그게 무슨 말이야?"

“로르베인에 정착하고 싶은 생각이 없냐고요.”

맥스가 쓸쓸한 표정으로 대답했다.

“뭐 마음이야 굴뚝같지. 하지만 실력이 안 되잖아? 로르베인에 고용되려면 최소한 A급 이상으로 판정받아야 하는데.”

“그건 문제될 것이 없어요. 로르베인 시에 고용되는 것이 아니니 말이에요.”

샤일라가 자신만만한 표정으로 말을 이어나갔다.

“마법길드의 지부장이 말씀하셨어요. 원한다면 길드 소속 경비병으로 고용해 주겠다고 말이에요. 보수나 대우가 로르베인 시에 고용된 용병들보다 많으면 많았지 적지는 않을 것이라고 했어요.”

그 말을 들은 맥스 일행의 눈이 부릅떠졌다. 정말 놀라운 소식이었기 때문이었다.

“그, 그게 사실이야?”

“물론이에요.”

고개를 끄덕인 샤일라가 품속에서 서류 세 장을 꺼내 맥스에게 내밀었다.

“여기 추천장이 있어요. 이것을 가지고 가면 두말없이 고용해 줄 거예요.”

맥스 일행이 믿어지지 않는다는 표정으로 추천장을 받았다. 서류를 읽어보는 그들의 입 꼬리가 연신 실룩거렸다.

그 모습을 보며 샤일라가 빙긋이 미소 지었다. 조금 전에 들은 드로이젠 교수의 말이 떠올랐기 때문이었다.

"마법길드는 예전부터 은원을 확실하게 갚는다. 그런 맥락에서 널 사창가에서 구해 주고 지금까지 보호해 준 네 동료들을 가만히 내버려 둘 순 없구나. 더욱이 그들은 길드로 돌아가겠다는 너의 결정까지 존중해 주었다. 그 점을 감안해서 특별히 상부에 보고를 해서 허락을 받았다. 그들이 원할 경우 이곳 로르베인 지부의 경비병으로 고용하겠다는 허락을 말이다."

"하, 하지만 그들의 실력은 A급에 미치지 못해요."

"상관할 것 없다. 길드의 경비는 엄연히 알람마법이 하는 법, 경비병들이 하는 일은 그저 자리를 지키는 것뿐이다. 어중이떠중이를 걸러내기 위해 일정한 자격을 요구하는 것뿐이지. 그러니 부담 가지지 않아도 된다."

퍼뜩 생각을 접어 넣은 샤일라가 맥스를 쳐다보았다.

"맥스 대장. 어떻게 하겠어요?"

"하, 하지만 실력이 되지 않는데……."

"상관없어요. 길드에서는 대장이 날 돌봐준 데 대한 보답을 하고 싶어 해요. 그리고 생각해 봐. 누가 함부로 마법길드에 침입하겠어요. 경계는 알람마법이, 침입자는 전투마법사가 상대하니 경비병들은 그냥 제복만 입고 경계하는 시늉만 내면 된다고 하셨어요."

그렇게까지 말하는데 거부할 순 없는 노릇이다. 맥스 일행이 약속이라도 한 듯 열심히 고개를 끄덕였다.

"하겠어. 하고말고."

"정말 고맙다. 샤일라."

그들의 입장에서는 한 마디로 구미가 당기는 제안일 수밖에 없었다.

일단 그들의 입장에서 떠돌지 않고 한곳에 정착할 수 있다는 것은 정말 큰 메리트였다.

게다가 보수 역시 떠돌이 용병보다 월등히 많다고 했다. 돈이 많기로 유명한 마법길드 소속 경비병이니 의심할 여지가 없었다.

트레비스가 들뜬 표정으로 중얼거렸다.

"내 필생의 소원이 로르베인의 경비병이었어. 낮에 근무하고 밤에 로르베인의 향락을 즐기는 것! 햐, 생각만 해도 짜릿하군."

"내가 로르베인의 경비병이 되면 고향에 계신 부모님이 무척 기뻐하실 거야."

그들이 기뻐하는 모습을 본 샤일라가 활짝 웃었다. 동료들이 잘 되었다고 생각하니 가슴이 뿌듯했다.

"마법길드 지부에 가서 추천장을 내면 그 자리에서 고용될 수 있을 거예요."

맥스가 감개무량한 표정으로 웃었다.

"고마워 샤일라. 이 은혜 잊지 않을게."

"맥스 대장이야말로 고마워요."

샤일라가 이번에는 레온과 알리시아를 쳐다보았다. 특히 레온을 쳐다보는 그녀의 눈빛은 그윽하기 그지없었다.

마법길드에 다시 들어갈 수 있게 한 가장 큰 조력자이니만큼 그럴 수밖에 없다. 그리고 그녀는 레온과 알리시아를 위한 푸짐한 선물을 가지고 온 상태였다.

"공간이동 마법진을 이용하는 일이 여의치 않았죠?"

그 말에 알리시아가 어두운 표정으로 고개를 끄덕였다.

"그러네요. 회원이 아니면 공간이동 마법진을 이용할 수 없다고 하더군요."

하지만 이어지는 샤일라의 말에 알리시아의 눈이 동그래졌다.

"공간이동 마법진은 그곳에만 있는 것이 아니에요."

"그게 무슨 말씀이죠?"

"공간이동 마법진은 엄연히 길드의 마법사들이 만들어 준 것이에요. 원천기술을 마법길드에서 가지고 있다는 뜻이죠. 그런 맥락에서 생각해 보면 간단하지 않아요?"

알리시아의 눈이 살짝 커졌다.

"그렇다면 마법길드에도 공간이동 마법진이 있다는 뜻인가요?"

그 말에 샤일라가 고개를 끄덕였다.

"물론이죠. 규모가 작기는 하지만 각 마법길드 지부에는 공간이동 마법진이 하나씩 설치되어 있어요. 주로 길드 고위 간부들이 긴급 이동수단으로 사용하죠."

말을 마친 샤일라가 레온을 힐끔 쳐다보았다.

"원칙적으로 길드의 마법진을 이용할 수 있는 자격은 오직 길드원들에게만 주어져요. 하지만 예외는 어디에도 있는 법이죠."

샤일라가 품속에서 조그마한 카드 두 장을 꺼냈다. 금속으로 된 카드에는 복잡한 문양이 그려져 있었다.

"길드의 공간이동 마법진을 이용할 수 있는 인식표예요. 단 한 번밖에 사용하지 못하지만 아르카디아 대륙 어디에도 갈 수 있답니다. 마법길드의 지부에 가서 제시하시면 곧바로 공간이동 마법진을 이용할 수 있어요. 물론 이것은……."

샤일라가 살짝 윙크를 했다.

"대외적으로 비밀이에요. 이 사실을 외부로 발설해서는 안 된다는 뜻이죠."

멍하니 서 있던 알리시아가 얼떨떨한 얼굴로 고개를 끄덕였다.

"말씀 잘 알아들었어요. 그런데 어째서 우리에게 이런 호의를……."

샤일라의 시선이 살짝 레온에게 가서 멎었다.

"왜냐하면 러프넥 님께서 제 미래를 송두리째 바꿔 주셨기 때문이죠.”

물론 알리시아가 그녀의 말뜻을 알아들을 수는 없었다. 잠시 뭔가를 생각해 보던 알리시아가 입을 열었다.

“인식표에 기한이 있나요?”

“기한이라니요?”

“왜냐하면 로르베인을 좀 관광할 생각이라서…….”

“아, 유효기간이 열흘이랍니다. 열흘 이내에만 이용하시면 상관없어요.”

알리시아의 얼굴이 환하게 밝아졌다. 그렇다면 느긋하게 계획을 짤 수 있기 때문이었다.

로르베인에 머무르고 있는 리빙스턴 후작과 레온과의 대결을 위한 계획. 샤일라를 보는 알리시아의 얼굴은 한결 부드러워져 있었다.

“고마워요. 진심으로 감사드려요.”

“별 말씀을…….”

옆에서 묵묵히 듣고 있던 맥스가 다가와 입을 열었다.

“이로써 모든 게 다 해결되었군요. 공간이동 마법진을 이용해 가신다면 더 이상 저희들의 호위가 필요 없을 테니까요.”

“그렇군요. 여러분들도 길드 소속 경비병이 될 예정이니 여기에서 작별을 고해야겠군요.”

일이 잘 풀려서 그런지 알리시아의 얼굴은 무척 밝았다. 살짝 고개를 끄덕인 맥스가 조용히 입을 열었다.

“그럼 청부금을 정산해 드리겠습니다. 계약 내용이 바뀌었
으니 의당 그래야지요.”

그 말을 들은 알리시아가 급히 손사래를 쳤다.

“아니 그러지 마세요. 원래 계약했던 금액을 그대로 드리겠
어요. 여러분 덕분에 무료로 공간이동 마법진을 이용할 수 있
게 되었으니 그 정도는 해드려야 할 것 같군요.”

“그, 그래도 되겠습니까?”

알리시아가 활짝 웃으며 대답했다.

“물론이죠.”

⚜

레온과 맥스 일행은 거기에서 작별을 고했다. 가장 먼저 떠
난 사람은 샤일라였다.

물끄러미 레온을 쳐다보던 샤일라가 목례를 했다. 하고 싶
은 말을 마음속으로 조용히 삭이며…….

‘꼭 찾아가겠어요. 부디 평안하세요. 다음에 볼 때는 당신
에게 결코 부끄럽지 않은 여자가 되어 있을 거예요.’

길드에서 제공한 마차에 올라탄 샤일라가 문을 닫았다. 마
차가 느릿하게 도로를 따라 움직이기 시작했다.

그러나 훗날 샤일라가 곤경에 처한 레온에게 얼마나 큰 도
움을 주는지, 그들은 아무도 알지 못했다.

쿠르르르—

샤일라가 탄 마차가 멀어지는 모습을 레온과 맥스 일행이 물끄러미 쳐다보았다.

"학부의 장학생으로 들어간다고 했지? 정말 잘 되었군."

"우리에게 이런 행운을 안겨주다니……. 샤일라가 정말 고맙군."

이어 맥스와 트레비스, 쟉센이 여관을 떠났다. 소개장을 가지고 길드를 찾아가면 곧바로 고용될 수 있기 때문이다.

"저희들도 이만 가보겠습니다."

"부디 좋은 여정되시기 바랍니다."

여관을 나서는 맥스 일행의 얼굴은 밝았다. 떠돌이 용병 생활을 청산하고 한곳에 정착하게 된 것이 여간 기쁘지 않은 모양이었다.

떠나는 그들을 레온과 알리시아가 손을 흔들며 배웅했다.

"다시 둘만 남게 되었군요."

살짝 미소 짓는 알리시아를 보며 레온이 고개를 끄덕였다.

"섭섭하기도 하지만 홀가분하기도 하네요. 이젠 타인의 귀와 시선을 의식할 필요가 없겠어요."

알리시아가 들고 있던 인식표를 손수건에 감싸 품속에 집어넣었다.

"그나저나 샤일라에게 무슨 은혜를 베푸셨기에?"

레온을 보는 샤일라의 눈빛은 결코 심상치 않았다. 예리한 직감을 가진 알리시아는 대번에 그것을 알아챘다. 레온이 일순 대답을 하지 못하고 쩔쩔맸다.

"기, 기회가 되면 말씀드리겠습니다. 내용이 워낙 길어서요."

"곤란하시면 말씀하시지 않으셔도 돼요. 그나저나 공간이동 마법진을 이용할 수 있게 되어 정말 다행이군요."

"저도 그렇게 생각합니다. 그럼 이제 리빙스턴 후작과의 대결을 생각해 봐야 하겠군요."

유별나게 리빙스턴 후작과의 대결에 집착하는 레온을 보며 알리시아가 착잡한 표정을 지었다.

'이게 바로 무사와 책사의 차이일까?'

만약 그녀가 레온의 입장이었다면 대결에 연연하지 않았을 가능성이 컸다. 함정을 파놓고 기다리는 것이 뻔한데, 왜 보이는 수작에 넘어가겠는가?

하지만 레온은 그렇게 생각하지 않았다. 함정이라 할지라도 무작정 부딪치고 보는 무사 특유의 기질을 가지고 있는 것이다.

'그래, 어쩌면 무사의 방법이 통할 지도 몰라.'

아이러니하게도 그때 알리시아가 떠올린 사람은 블러디 스톰이었다. 레온이 환골탈태하기 전의 신분 말이다.

지금 생각하기에도 블러디 스톰은 전형적인 무인이었다. 문제에 직면하면 힘의 논리에 의거해 정면으로 부딪혀 해결하는 것이 그의 방법이다.

그런데 신통하게도 그의 방법은 비교적 잘 먹혔다. 알리시아가 문제에 부딪혀 고민할 때 블러디 스톰은 더없이 단순하고 우직한 방법으로 문제를 정면 돌파하곤 했다.

블러디 스톰을 떠올리자 알리시아의 눈빛이 애잔해졌다.

'그는 어떻게 되었을까? 제국군의 함정에 빠져 죽었을 가능성이 높은데……. 하긴 그에게 내가 못할 짓을 하긴 했지. 아르니아 왕국을 위해 여러 번 이용해 먹었으니 말이야.'

물론 그녀는 눈앞의 레온이 과거 블러디 스톰이었다는 사실을 꿈에도 알아차리지 못했다. 퍼뜩 정신을 차린 알리시아가 레온을 쳐다보았다.

"그래, 레온 님은 어떻게 하실 생각이세요?"

"일단 부딪혀 보고 싶습니다. 놈들이 더 완벽한 함정을 파기 전에 찾아가는 것이 나을 것 같군요."

레온의 결심이 확고하다는 사실을 눈치챈 알리시아가 신중한 표정을 지었다.

"그러시다면 레온 님이 원하시는 대로 하세요. 대신 저택 안으로 들어가지는 마세요."

"네? 그게 무슨 말씀이십니까?"

"외부로 불러내어 대결을 하라는 말이에요. 저들은 틀림없이 저택 안에 함정을 파두었을 거예요. 그러니 리빙스턴 후작을 반드시 외부로 유인하여 대결을 펼치셔야 해요."

계책을 설명하는 알리시아의 표정은 그러나 그리 밝지 않았다. 크로센 제국에서는 틀림없이 철저하게 준비를 해 놓았을 터였다.

겉으로 보기에 레온의 실력은 리빙스턴 후작보다 낮다고 보기 힘들다. 리빙스턴은 레온보다 훨씬 오래 전에 초인의 경지에 올라섰다.

따라서 정당한 대결을 벌인다고 해도 쉽사리 승산을 짐작하기 힘들었다. 그런데 거기에 외부의 힘이 더해진다면…….

"레온 님께서 말씀하셨듯이 크로센 제국에서는 순간적으로 초인의 힘을 낼 수 있는 기사들을 보유하고 있어요. 그들이 가세한다면 상황이 무척 어려워질 수가 있어요."

"초인끼리의 대결에 과연 그들이 가세하겠습니까?"

알리시아가 그게 아니라는 듯 머리를 흔들었다.

"그건 누구도 장담하지 못해요. 크로센 제국에서는 지금 레온 님을 잡기 위해 혈안이 되어 있어요. 트루베니아에 제2, 제3의 블러디 나이트가 나오는 것을 방지하기 위해서이죠."

그 말을 들은 레온도 얼굴이 어두워졌다. 알리시아의 말대로 다크 나이츠들이 가세한다면 싸움이 힘들어질 수밖에 없다. 당장 리빙스턴조차 이길 수 있다고 장담할 수 없는 상황 아닌가?

"부득이 시간을 끌어야 할 것 같군요. 30분만 버티면 놈들이 잠력을 모두 소진하고 쓰러질 테니……."

"그 시간을 버티는 것이 관건이에요. 틀림없이 리빙스턴 후작은 그럴 만한 틈을 주지 않을 거예요."

머리가 복잡해지는 것을 느낀 레온이 고개를 흔들었다.

"일단 한 번 부딪혀 보겠습니다. 위험하다 싶으면 줄행랑을 치면 되니까요."

그러나 그건 그리 간단한 문제가 아니었다. 알리시아가 조심스럽게 자신의 의견을 피력했다.

"그것도 문제가 될 소지가 있어요. 초인을 꺾기 위해 트루베니아에서 건너온 블러디 나이트가 도망을 쳤다라고 크로센 제국에서 대대적으로 소문을 낼 것이 분명하니까요. 그렇게 되면 레온 님의 위명에 심각한 타격이 가해져요."

"도망치는 것도 여의치 않다는 뜻이군요."

알리시아가 심각한 표정으로 고개를 끄덕였다.

"네, 하지만 크로센 제국에 사로잡히는 것보다는 그게 나을 거예요. 그러니 위험하다 싶으면 아무 거리낌 없이 도망치세요."

"그것 역시 고민이로군요."

연신 머리를 흔들던 레온이 몸을 일으켰다.

"지금 다녀오겠습니다. 복잡할 땐 그저 부딪혀 보는 것이 최선이니까요."

"알겠어요. 대신 위험하다 싶으면 도망치는 것을 잊지 마세요. 저는 여기에서 레온 님의 귀환을 기다리겠어요.”

“알겠습니다. 반드시 돌아오겠습니다.”

알리시아가 딱딱하게 굳은 표정으로 여관을 나서는 레온을 배웅했다. 그녀의 얼굴에서는 좀처럼 불안감이 가시지 않았다.

‘부디 무사하셔야 할 텐데…….’

결과가 어떻게 나타날 지는 아무도 몰랐다.

VI
자작가에 나타난
가짜 블러디 나이트

레온은 곧장 리빙스턴 후작이 머물고 있다는 저택으로 향했다. 그곳은 그들이 투숙한 여관에서 상당히 멀리 떨어져 있었다.

"남쪽 끝에 있는 한적한 저택이라고 했지?"

맥스 일행은 리빙스턴이 있는 저택 위치까지 가르쳐 주었다. 이미 소문이 파다하게 나서 조사할 것도 없었다.

그곳으로 가려면 시 외곽에서 영지 두 개를 가로질러야 한다. 레온의 얼굴에 호승심이 짙게 떠올랐다.

"과연 리빙스턴 후작의 실력이 어느 정도일까? 아르카디아를 대표하는 초인들 중에서 상위권에 있으니 분명 만만치는 않겠지만……."

이런저런 생각을 하며 레온이 몸을 날렸다. 사람이 없을 때 경신법을 쓰면 두세 시간 정도면 도착할 수 있을 것 같았다.

관도는 상당히 혼잡했다. 대부분의 사람들이 말이나 마차를 타고 이동하고 있었다. 레온이 허겁지겁 뛰어가는 것을 보자 마부들이 연신 손짓을 했다.

"손님. 급한 일이 있으시면 제 마차를 타시지요."

"별로 비싸지 않습니다. 신속하고 안전하게 목적지까지 모셔다 드립니다."

돈을 받고 손님을 태워주는 영업용 마차였다. 그러나 레온은 대꾸하지 않고 달리기를 거듭했다. 조금 더 가서 황무지에 접어들면 경신법을 펼칠 수 있기 때문이다. 게다가 마차를 타서는 안 될 이유도 있었다.

'마부의 입을 통해 내 행로가 탄로날 수도 있어. 리빙스턴 후작과의 대결은 철저히 비밀리에 진행되어야 해.'

그러나 부러운 점이 없지는 않았다. 흙먼지를 일으키며 달려가는 말을 본 레온이 입 꼬리를 실룩거렸다.

"나도 말을 탈 수 있다면……."

말을 타고 빠르게 달려가는 사람들이 너무도 부러웠다. 오우거이던 시절에는 감히 말을 탈 엄두도 내지 못했다. 대표적인 육식 몬스터인 오우거의 체취를 풍기는 레온 앞에서 평정을 유지할 수 있는 말은 없다. 환골탈태 이후 인간이 되었지만 말을 타는 일은 여전히 요원했다.

레온의 비정상적으로 큰 덩치 때문이었다. 레온의 덩치를 지탱하려면 어지간히 체구가 크거나 힘이 좋은 말이어야 한다. 그런데 그런 말은 매우 비쌌다.

게다가 주변에 승마술을 가르쳐 줄만한 사람도 없었다. 그런 이유 때문에 레온은 아직까지 말을 타지 못했다.

"기회가 되면 승마를 한 번 배워봐야겠군."

사라져가는 말 엉덩이를 힐끔 쳐다본 레온이 재차 몸을 날렸다.

⚜

리빙스턴 후작의 저택으로 가는 길목에는 두 개의 영지가 위치해 있었다. 그중 하나는 외곽으로 돌아갈 수 있었지만 나머지 하나는 그렇지 못했다.

영지 둘레를 험한 산이 둘러싸고 있었기 때문에 레온은 어쩔 수 없이 영지를 관통하는 길을 선택했다. 다른 사람의 시선 때문에 경신법을 펼칠 수 없어서 이동속도는 비교적 느렸다.

그런데 레온은 거기에서 놀랄 만한 사실을 들었다. 영지를 순찰하는 경비병들의 대화를 들은 레온이 걸음을 멈췄다.

거리가 멀었기에 경비병들은 레온의 존재를 의식하지 못하고 두런두런 대화를 나누었다.

"햐! 정말 놀랍군. 로르베인에 두 명이 초인이 등장하다니 말이야."

"그러게 말이다. 리빙스턴 후작에 이어 소문이 자자한 블러디 나이트가 로르베인으로 오다니, 별일이지."

그 말을 들은 레온의 얼굴에 당황함이 떠올랐다.

'어찌 이런 일이? 내 정체가 탄로날 일이 없었을 텐데?'

레온은 나무 그늘에 몸을 숨긴 채 계속 경비병들의 대화를 엿들었다. 평범한 경비병들이 은신해 있는 초인의 기척을 감지할 리는 만무했다.

"정말 대단한 사람이지. 벌써 몇 명의 초인이 그의 손에 꺾였는지 몰라."

"그렇다면 블러디 나이트는 리빙스턴 후작과 대결하기 위해 로르베인을 찾은 걸까?"

구레나룻을 길게 기른 경비병이 동료의 말에 대답했다.

"그럴 가능성이 농후해. 너도 알다시피 그는 아르카디아의 초인과 대결하기 위해 건너왔다고 하잖아?"

"햐! 기대되는군. 도대체 누가 이길까?"

"이번에는 블러디 나이트가 어렵지 않을까 하는 것이 정론이야. 리빙스턴 후작은 아르카디아의 십대 초인들 중에서도 상위권에 랭크되어 있는 강자라고."

대화를 들을수록 레온의 얼굴이 곤혹스러움으로 물들었다.

자신이 로르베인에 왔다는 사실은 아무도 몰라야 정상이다.

그 사실을 아는 사람은 오로지 알리시아와 샤일라밖에 없다. 그 중에서 알리시아는 비밀을 누설할 사람이 아니다.

'그렇다면 샤일라 님이?'

생각해 보던 레온이 머리를 흔들었다. 샤일라 역시 그럴 사람이 아니었다.

연신 고개를 갸웃거리던 레온의 눈이 별안간 커졌다. 경비병들에게서 뜻밖의 말을 들었기 때문이었다.

"어쨌거나 블러디 나이트의 모습이 멋진 것은 사실이야."

"덩치가 정말 당당했지. 검붉은 빛이 도는 갑옷도 멋있었고."

"그런데 그가 하필이면 왜 우리 아카드 영주님을 찾아왔을까? 너도 알다시피 우리 영주님에게는 볼 것이 별로 없잖아? 돈이 많은 것도 아니고 그렇다고 해서 영지가 넓은 것도 아니고……"

갈색 머리의 경비병이 대수롭지 않다는 듯 대답했다.

"뭐 여비가 떨어졌나 보지. 어쨌거나 초인의 위치가 좋긴 하군. 근처의 영지를 찾아가기만 해도 환대를 받으니 말이야. 아카드 영주님도 기둥뿌리가 뽑힐 정도로 정성을 들여 블러디 나이트를 대접하고 있으니 말이야."

"정성은 정성이지. 영지 운영자금을 모조리 털어 블러디 나이트를 대접하고 있으니 말이야. 아무튼 이 사실을 외부로 발설해서는 안 돼. 블러디 나이트가 아카드 영지에 머물고 있다는 사실이 외부로 드러나면 안 된다고 자작님이 누차 당부하셨어.”

“이 외진 영지에 누가 온다고?”

거기까지 들은 레온의 입가에 슬며시 미소가 떠올랐다. 알고 보니 자신의 정체가 누설된 것이 아니었다.

‘누군가가 날 사칭해서 아카드 영지를 방문했나 보군. 세상에는 그런 사람들이 많지.’

이미 레온은 자신을 사칭하는 가짜를 한 번 만나본 적이 있다. 오스티아로 건너오는 길목에서 누군가가 비슷하게 갑옷을 차려입고 자신이 블러디 나이트라고 밝혔다.

하지만 그의 거짓말은 금세 탄로났다. 블러디 나이트와의 대결을 갈망했던 한 마스터가 대결을 요청했기 때문이었다. 겉모습은 따라할 수 있지만 실력은 그렇지 않은 법. 결국 가짜의 정체는 금세 탄로나고 말았다. 그런 일이 아르카디아에서 또다시 벌어지는 것이다.

레온의 입가에 쓴웃음이 걸렸다.

‘하긴 블러디 나이트라고 나선다면 귀족가에서 환대를 할 만하지. 누군지 모르지만 담이 무척 큰 자로군. 이 사실이 크로센 제국 정보부의 귀에 들어간다면 무사하지 못할 텐데……’

머리를 절레절레 흔들며 그곳을 떠나려던 레온이 마음을 고

쳐먹었다.

자신을 사칭하는 자를 한 번 보고 싶었기 때문이었다. 레온은 가짜 블러디 나이트가 머물고 있다는 아카드 자작의 성을 향해 지체 없이 몸을 날렸다.

아카드 자작의 저택은 별 특징 없는 성이었다. 외성을 목책으로 대신하고 내성만 있는 낡은 성이었다.

물론 해자는 존재하지도 않았다. 저택의 모습을 본 레온이 간단히 평을 내렸다.

'별 볼일 없는 시골 귀족이로군.'

그럼에도 불구하고 성의 규모는 제법 컸다. 그 때문인지 경비가 성문 쪽에 집중되어 있었다. 경비병의 수가 적다보니 성벽 위는 텅텅 비어 있는 것이다. 레온의 입가에 미소가 걸렸다.

"그럼 가짜의 얼굴이나 한 번 구경해 볼까?"

레온의 신형이 소리 없이 성벽을 타고 올라갔다. 엉성하게 지어진 성벽이라서 올라가는 것이 식은 오트밀 먹기나 다름없었다.

⚜

내성 안 영주의 집무실에는 여러 사람들이 모여 담소를 나누고 있었다.

　상석에 앉은 이는 저택의 주인인 아카드 자작이었다. 그는 오십대 후반의 이마가 벗어진 뚱뚱한 중년인이었다. 아카드가 연신 손수건을 들어 이마에 맺힌 땀을 훔쳤다.

　"햐. 그렇게 해서 오스티아의 월카스트 경을 물리쳤던 것이군요."

　이어진 것은 굵직한 저음의 음성이었다.

　"그렇소. 비록 나에게 패하기는 했지만 월카스트 경은 진정한 무인이었소."

　음성의 주인은 검붉은 빛의 플레이트 메일을 뒤집어 쓴 건장한 덩치였다. 실내임에도 불구하고 투구를 깊숙이 눌러써서 얼굴이 전혀 드러나지 않았다.

　그런데 놀랍게도 갑옷의 외형이 레온이 마신갑을 착용했을 때와 너무도 흡사했다. 전체적인 형태와 빛깔이 거의 동일하다는 뜻이다.

　그의 옆에는 사내 둘이 착 달라붙어 있었다. 하나는 견습기사 차림새를 한 청년이었고 나머지는 시종 차림새를 한 중년인이었다. 그 모습을 아카드 자작 일가가 경이로운 눈빛으로 쳐다보았다.

　아카드가 다시 이마의 땀을 훔치며 입을 열었다.

　"어쨌거나 저희 자작가를 방문해 주셔서 감사합니다, 블러디 나이트. 평생의 영광으로 생각하겠습니다."

플레이트 메일의 사내, 가짜 블러디 나이트가 고개를 끄덕이며 겸양의 말을 했다.

"별 말씀을 다 하십니다. 아카드 자작가에 대한 소문은 일찍부터 들어왔습니다."

"그럼 이제 부근에 머무르고 있다는 리빙스턴 후작을 찾아가 대결을 벌이시겠군요."

자작의 말에 견습기사와 시종이 움찔했다. 그러나 블러디 나이트는 전혀 동요하지 않고 말을 이어나갔다.

"아마도 그래야겠지요. 강자와 대결하는 것은 내 필생의 소망이니 말이오. 하지만……."

잠시 말을 끊은 블러디 나이트가 고개를 들어 아카드 자작을 쳐다보았다.

"대결까지는 조금 시간을 두어야 할 것 같소. 월카스트와의 대결에서 소진된 마나가 아직 회복이 되지 않았으니 말이오."

"그, 그건 벌써 오래전의 일 아닙니까?"

블러디 나이트가 손을 흔들어 아카드의 말을 막았다.

"초인끼리의 대결을 우습게보지 마시오. 일반 기사들의 대결과는 차원이 다르니까 말이오. 본인은 최소한 보름 이상 정양하며 마나를 가다듬은 다음 리빙스턴 후작과 대결을 벌일 것이오."

아카드가 흥분된 표정으로 그 말을 받았다.

"그때까지 제가 모시겠습니다. 숙식에 대해서는 일체 걱정하지 마십시오.”

“고맙소. 아카드 자작님의 은혜는 결코 잊지 않겠소. 그럼 당분간 신세를 지도록 하리다.”

그 말을 들은 아카드가 고개를 돌렸다. 거기에는 이십대 중반 정도 되어 보이는 처녀가 화려한 옷을 입고 앉아 있었다. 아카드의 막내딸인 메이니아였다.

주근깨가 옥의 티였지만 그럭저럭 수려한 외모를 지니고 있었다. 그녀를 보며 아카드가 눈을 찡긋했다. 그에 화답하듯 메이니아가 걱정 말라는 듯 살며시 미소를 지었다.

“평소에 애모해 온 블러디 나이트 님을 뵈니 정말 기쁘군요.”

“과찬이시오. 메이니아 자작 영애님의 미모는 정말로 뛰어나시오.”

말을 하던 블러디 나이트가 움찔했다. 메이니아가 돌연 발을 뻗어 무릎을 간지럽게 건드렸기 때문이었다.

갑옷을 입고 있었지만 맨발의 감촉이 똑똑히 전해졌다. 둘의 시선이 마주치자 메이니아가 배시시 웃었다.

“오늘 밤 찾아가도 되겠는지요? 긴히 나누고 싶은 대화가 있어요.”

노골적인 유혹이었지만 블러디 나이트는 넘어가지 않았다.

“죄송하지만 본인은 밤에 마나연공을 해야 한다오. 그럴 수 없는 점을 애석하게 생각하오.”

“어머, 안타까워라.”

얼굴을 찡그리는 메이니아를 두고 블러디 나이트가 몸을 일으켰다.

“그럼 본인은 이만 가 봐야겠소. 마나연공을 할 시간이라······.”

그를 따라 견습기사와 시종이 몸을 일으켰다. 아카드가 어쩔 수 없다는 듯 방을 나서는 블러디 나이트를 배웅했다.

“마나연공을 하신다는데 어쩔 수 없지요. 여봐라.”

아카드가 고함을 지르자 대기하고 있던 시녀가 다가왔다.

“블러디 나이트 님을 침소까지 안내해 드리도록 해라.”

“알겠습니다.”

블러디 나이트 일행은 시녀의 안내를 받아 침소로 향했다. 그 모습을 보고 있던 아카드가 문이 닫히자 조바심 어린 표정을 지었다.

“과연 블러디 나이트를 유혹할 수 있겠느냐?”

그 말에 메이니아가 미간을 잔뜩 모았다.

“모르겠어요. 그는 저에게 관심이 전혀 없는 것 같아요.”

“그럴 리가 있겠느냐? 이미 그는 어제도 시녀와 잠자리를 같이 했단다.”

“그런데 왜 저는 거부하는 거죠? 천한 시녀 따위와는 동침하면서 말이에요.”

골을 내는 메이니아를 아카드가 좋은 말로 타일렀다.

"어떻게 해서든 그를 유혹해야 한다. 너와 우리 가문의 미래를 위해서 말이다. 그는 어느 왕국에 가도 능히 백작 이상의 작위를 받을 수 있는 재원이다. 블러디 나이트도 아마 그 점을 염두에 두고 널 경계하는 것 같구나."

"하지만 그는 식민지인 트루베니아 출신이잖아요?"

아카드가 그게 아니라는 듯 머리를 흔들었다.

"출신이 무슨 상관이냐? 지닌 실력이 중요하지."

"그래도 내키지 않아요. 노골적으로 유혹해도 넘어오지 않는데 어떻게 해요? 나도 자존심이 있다고요."

머리를 절레절레 흔드는 메이니아를 보며 아카드가 한숨을 내쉬었다. 자기 딸이지만 너무도 어리석었다.

'멍청한 것, 수단 방법을 가리지 않고 블러디 나이트를 붙잡으려 해도 모자랄 판국인데……'

블러디 나이트라면 한 마디로 최고의 신랑감이나 다름없었다. 그의 마음을 얻기만 한다면 부와 명예를 한 손에 거머쥘 수 있는 것이다. 그 사실을 깨닫지 못하는 딸을 아카드가 안타까운 눈빛으로 쳐다보았다.

그 시각, 블러디 나이트의 숙소에서도 대화가 오가고 있었다. 블러디 나이트는 문을 단단히 걸어 잠근 다음에야 투구를 벗었다.

투구 속에서 드러난 얼굴은 사십대 중반 정도 되어 보이는 단단한 인상의 중년인이었다. 이리저리 아로새겨진 상처가 중년인이 지금껏 살아온 삶이 평탄치 않음을 보여주었다.

"휴. 정말 살 것 같군. 하루 종일 투구를 쓰고 있었더니……."

아닌 게 아니라 중년인의 얼굴에는 투구에 눌린 자국이 역력했다. 부드러운 천과 가죽을 덧대어도 자국이 남는 것은 어쩔 수 없었다. 옆에 서 있던 견습기사가 조심스럽게 입을 열었다.

"그런데 퀘이언 님."

"왜 그러느냐?"

퀘이언이라 불린 사내가 의아한 듯 물었다. 견습기사가 떠듬떠듬 말을 늘어놓았다.

"블러디 나이트를 사칭하는 것이 위험하지 않겠습니까? 만에 하나 정체가 탄로 난다면……."

퀘이언이 걱정 말라는 듯 손을 흔들었다.

"염려하지 마라. 모름지기 대단한 사람을 사칭할 경우에 탄로나는 일이 없는 법이다. 사람들이 지레 겁을 먹고 의심을 하지 않기 마련이지."

"하지만 자작 가문 휘하의 기사들이 호승심으로 대련을 요청한다면……."

견습기사의 염려는 당연했다. 그가 모시는 기사 퀘이언은 고작해야 소드 엑스퍼트 하급 정도의 수준이다. 덩치는 블러

디 나이트에 못지않게 당당하지만 검술실력은 훨씬 떨어진다
고 할 수 있다.

그러나 한 가지만큼은 독보적이었다. 그것은 바로 두둑한
배짱이었다. 퀘이언이 자신만만한 표정을 지었다.

"그것 때문에 아카드 영지를 선택하지 않았느냐? 이런 시골
자작의 휘하에는 소드 마스터가 없다. 적어도 마스터 급 정도
가 되어야 언감생심 블러디 나이트에게 대련을 요청할 수 있
지."

퀘이언의 입가에 간교한 미소가 떠올랐다.

"흐흐흐. 자작의 딸년이 어떻게든 나와 동침하려고 수작을
부리더군. 하지만 어림없는 일이지. 꼬리가 잡힐 일을 내가 왜
하겠어?"

"그러시다면 시녀들과 동침을 하지 마셨어야죠."

거듭되는 견습기사의 참견에 퀘이언의 눈썹이 급격히 휘말
려 올라갔다.

"네깟 녀석이 주제넘게 주군의 일을 간섭하는 게냐? 견습기
사로 받아준 은혜도 모르고……."

견습기사가 찔끔하며 입을 닫았다. 그러나 마음속에는 불만
이 가득했다.

'젠장, 견습기사로 받았으면 검술을 가르쳐 주던가 해야
지.'

의례히 일어나는 일이라 생각했는지 시종은 조용히 침묵을

지켰다.

"아무튼 걱정할 것은 없다. 아카드 영지에서 며칠 더 머물다가 떠날 때 여비나 두둑이 챙기면 그만이야. 지금껏 여러 번 경험해 보지 않았나? 어떻게든 블러디 나이트에게 연줄을 대어보려는 쓸개 빠진 하급 귀족들은 내 환심을 사기 위해 재물을 아끼지 않지. 우린 그 틈을 노려 한몫 챙기면 그만이야."

조용히 침묵을 지키던 시종이 마침내 입을 열었다.

"하지만 꼬리가 길면 밟히는 법입니다. 만에 하나 블러디 나이트를 만난 적이 있는 사람과 조우한다면……."

"걱정하지 마라. 내가 차려입은 갑옷은 블러디 나이트의 것과 한 치의 오차도 없이 동일하다."

퀘이언은 여전히 자신만만했다. 그는 블러디 나이트와 아르카디아 초인들과의 대결을 하나도 빠짐없이 지켜본 경험이 있다.

그가 블러디 나이트를 처음 만난 것은 렌달 국가연방에서였다. 3등석에서 바로 옆을 지나치는 블러디 나이트의 갑옷 모양을 눈여겨보았던 퀘이언은 오스티아에서도 블러디 나이트를 또다시 목격했다.

그렇게 해서 블러디 나이트의 모습을 눈에 익힌 퀘이언은 오랜 숙고 끝에 그를 사칭할 것을 결심한다.

그는 안면이 있는 대장장이에게 비싼 값을 치르고 지금 입고 있는 갑옷을 맞추었다. 블러디 나이트의 모습을 면밀히 스케치해 두었기 때문에 문제될 것은 없었다. 술주정뱅이이긴 하지만 상당히 실력이 있는 대장장이는 퀘이언의 마음에 쏙 드는 갑옷을 만들어 주었다.

퀘이언의 사기행각은 그 이후 시작되었다. 평소에는 갑옷을 마차에 싣고 다니다가 시골뜨기 영주의 영지 근처에서 갑옷을 갈아입고 블러디 나이트 행세를 하는 것이다.

시골 영주들은 블러디 나이트가 방문해 준 것만으로도 감격해서 열과 성의를 다해 접대했다. 아카드 자작처럼 딸과 연결시키려는 시도를 한 귀족들도 한둘이 아니었다.

"하지만 그럴 수야 없지. 꼬리 잡힐 짓은 하지 말아야 하니까."

정체가 드러나는 것을 방지하기 위해 시녀와 동침할 때에도 투구를 벗지 않았던 퀘이언이었다.

"그렇다면 여기서 딱 일주일만 더 묵도록 하자. 그런 다음 이곳을 뜨는 거야."

"조심하셔야 합니다. 이곳에서 멀지 않은 곳에 크로센 제국의 초인 리빙스턴 후작이 있습니다."

그 말을 들은 퀘이언의 얼굴이 팍 일그러졌다.

"빌어먹을……. 하필이면 그 작자가 로르베인에 방문할 게 뭐야."

만에 하나 소문이 퍼진다면 리빙스턴 후작이 찾아올 수도 있다. 초인끼리의 호승심을 생각하면 충분히 가능한 일이었다.

애초에 그들은 그 사실을 전혀 모른 채 로르베인으로 왔다. 여기에서 소문을 들은 것이다. 퀘이언이 안타깝다는 듯 입맛을 다셨다.

"어쩔 수 없지. 그렇다면 예정보다 조금 일찍 떠나는 수밖에……"

이미 퀘이언은 이후의 일정을 모두 짜 놓은 상태였다.

"아카드 자작은 틀림없이 여비를 두둑이 쥐어줄 것이다. 그것으로 로르베인의 향락을 마음껏 누리는 거지."

그러나 견습기사와 시종은 그리 기쁜 기색을 보이지 않았다. 그들이 모시는 기사 퀘이언은 극도로 이기적인 인물이다.

그가 향락을 즐기는 동안 자신들은 숙소에서 갑옷이나 손질해야 할 것이 뻔했기에 전혀 기뻐하지 않는 것이다.

"아무튼 그때 일은 그때 생각하기로 하자."

귀찮다는 듯 머리를 흔든 퀘이언이 벽에 걸린 설렁줄을 향해 걸어갔다. 시녀를 불러 회포를 풀 작정이었다.

"밤공기가 싸늘하군. 이럴 땐 몸을 데워줄 여자가 있어야 하는 법이지."

그 모습을 눈동자 한 쌍이 낱낱이 지켜보고 있었다. 바로 창문 밖이었지만 누구도 그의 존재를 눈치채지 못했다. 물론 눈동자의 주인은 레온이었다.

영주의 집무실에 이어 이곳까지 숨어들어 와 대화를 엿들은 것이다. 그가 암암리에 코웃음을 쳤다.

'재미있는 놈이로군. 간이 크기도 하고.'

사실 퀘이언의 사기행각은 자살행위나 다름없었다.

크로센 제국에서 눈에 불을 켜고 찾아다니는 상황에서 자신을 사칭하다니……. 만에 하나 제국 첩보부에 걸린다면 틀림없이 결말이 좋지 않을 터였다.

'솔직히 말해 기분이 좋지 않군. 날 사칭해 대접 받으면서 여비를 뜯어내다니…….'

마음 같아서는 불러서 단단히 혼내주고 싶었다. 그러나 그렇게 되면 자신의 행적이 드러나 버린다.

퀘이언이란 자를 죽이지 않고서는 비밀을 지킬 수 없기 때문에 레온의 눈가에 체념의 빛이 떠올랐다.

'단순히 날 사칭했다는 이유로 죽일 수는 없으니…….'

머리를 절레절레 흔들며 그곳을 떠나려던 레온의 몸이 흠칫했다. 뭔가 좋은 생각이 떠올랐는지 그의 입가에 미소가 걸렸다.

'어쩌면 가능할 수도 있겠어.'

레온이 다시 고개를 돌려 퀘이언을 쳐다보았다. 그는 호출을 받고 들어온 시녀를 안아들고 침대로 향하고 있었다.

"이, 이러시지 마세요."

시녀가 거부의 몸짓을 하는 것 같았지만 막무가내였다. 그를 쳐다보던 레온의 눈빛이 차분히 가라앉았다. 나지막한 음성이 입술을 비집고 흘러나왔다.

"어쩔 수 없이 널 좀 이용해야겠다. 날 사칭해 이득을 취했으니 죄책감을 느끼지 않아도 되겠지? 리빙스턴 후작과의 대결을 성사시키기 위해서는 너의 존재가 절실히 필요하다."

머릿속으로 생각을 정리한 레온이 조용히 그곳을 떠나갔다. 그의 발길이 향하는 곳은 리빙스턴이 머물고 있다는 저택이었다.

⚜

리빙스턴 후작이 머물고 있는 저택은 아카드 자작의 영지에서 삼십 분 가량 떨어져 있었다. 경신법을 발휘해 단숨에 도착한 레온이 저택을 면밀히 살폈다.

저택의 규모는 엄청나게 컸다. 조금 전에 본 아카드 자작의 성과 비슷한 규모였다.

"상당히 큰 저택이로군."

저택의 정문 앞에는 사람들이 삼삼오오 모여 돌아다니고 있었다. 부근을 돌아다니다 운 좋게 리빙스턴 후작을 만나기를 바라는 사람들 같았다.

그 모습을 힐끔 쳐다본 레온이 저택 뒤로 돌아갔다. 사람들의 눈에 뜨이는 것은 그도 바라지 않는 일이다.

다행히 저택의 뒤편은 한산했다. 3미터 높이의 담장이 쳐져 있었는데 어느 정도 실력을 지닌 기사라면 손쉽게 넘어갈 수 있는 높이였다.

"그럼 시작해 볼까?"

길게 심호흡을 한 레온이 걸치고 있던 가죽갑옷 상의를 벗었다. 내력을 집중하자 마신갑이 급속도로 증식하기 시작했다.

촤르르르.

질서정연한 소리와 함께 마신갑이 레온의 몸을 칭칭 휘감았다. 완벽히 블러디 나이트로 화신한 레온이 등 뒤에 비끄러맨 창을 꺼내 쥐었다.

"정말 오랜만에 창을 쥐어보는군."

창에서 느껴지는 익숙한 감촉을 한동안 음미한 레온이 살짝 몸을 날렸다. 육중한 그의 몸이 새처럼 훌쩍 날아가 담장 위에 올라섰다.

"이제 리빙스턴 후작을 불러낼 차례인가?"

물론 레온은 리빙스턴 후작을 불러낼 확실한 방법을 터득하고 있다. 초인은 초인끼리 통하는 법. 레온이 전신의 기를 활짝 개방했다.

단전에서 뿜어져 나오는 웅혼한 기가 사방으로 뿜어져나갔다. 그것은 한 마디로 노도와 같은 기세였다.

콰르르르.

저택 내부에는 두 사람이 앉아 대화를 나누고 있었다. 그중 상석에 앉아 있는 이가 리빙스턴 후작이었다.

그는 깡마른 체구의 머리가 하얗게 센 노인이었다. 그러나 얼굴에는 잔주름 하나 없었고 가느다란 눈에서 흘러나오는 눈빛은 중인들이 오금을 저려야 할 정도로 날카로웠다. 그의 앞에는 탄탄한 체구의 장년 기사가 앉아 있었다.

"드류모어 경은 지금쯤 왕궁에 들어갔겠지?"

"아마 그럴 것입니다. 공간이동을 통해 내일 정오쯤 다시 이리로 올 것입니다."

장년 기사의 태도는 더없이 절제되어 있었다. 혹독한 훈련을 통해 단련되지 않고서야 그런 모습을 보일 수 없다.

그도 그럴 것이 그의 숨겨진 신분은 다크 나이츠의 분대장이었다. 휘하에 아홉 명의 다크 나이츠를 거느리고 있는 지휘관. 그런 그를 리빙스턴이 날카로운 눈빛으로 쳐다보았다.

"그래, 제릭슨. 블러디 나이트가 대략 언제쯤 이곳을 찾아올 것 같나?"

제릭슨이라 불린 기사가 머뭇거림 없이 대답했다.

"대략 두 달 정도 지나면 리빙스턴 후작님이 로르베인에 머물고 있다는 사실이 대륙 전역으로 퍼질 것입니다. 그렇게 되면 블러디 나이트의 귀에도 들어갈 것입니다. 그가 이곳까지 오는 시간을 감안하면 최소 삼사 개월 뒤에야 가능할 것 같습니다. 이것은 드류모어 후작님이 추정하신 예상 날짜입니다."

"드류모어 후작의 추정이라면 정확하겠지."

그를 보는 리빙스턴 후작의 눈빛이 살짝 부드러워졌다.

"자네도 무척 기대를 하고 있겠군."

"……."

"블러디 나이트가 익힌 마나연공법은 자네들이 익힌 것과 근원이 같은 것이라고 들었네. 만약 블러디 나이트의 비밀을 파헤치는데 성공한다면 자네들 역시 1회성이라는 굴레를 벗어던질 수 있겠군."

그 말에 흥분했는지 제릭슨의 얼굴이 붉게 달아올랐다.

"아직은 모르는 일입니다. 일단은 블러디 나이트를 사로잡는 것이 급선무입니다."

리빙스턴이 걱정하지 말라는 듯 머리를 흔들었다.

"반드시 잡힐 것일세. 이번 일을 위해 동원된 전력이 대관절 얼마인가? 게다가 천문학적인 자금까지 투자하지 않았나?"

"일단은 놈을 저택 안으로 유인하는 것이 관건입니다."

"그 점에 대해서는 걱정하지 말게."

리빙스턴이 조용히 고개를 들어 천정을 올려다보았다.

"그 정도 경지의 무사라면 의당 자신의 실력에 대한 자부심이 강하기 마련이야. 그것을 최대한 자극한다면 블러디 나이트는 어쩔 수 없이 함정에 빠지고 말 것이야."

"드류모어 후작님도 그 점을 염두에 두고 이번 일을 계획했다고 합니다.”

두런두런 대화를 나누다가 어느 순간, 갑자기 리빙스턴의 얼굴이 굳어졌다. 뭔가 이상한 분위기를 느낀 제릭슨이 미간을 지긋이 모았다.

“무슨 일이십니까?”

리빙스턴의 입가에 미소가 떠올랐다.

“허. 이거 예상보다 월등히 빠르군.”

“뭐가 말입니까?”

리빙스턴이 고개를 돌려 제릭슨을 쳐다보았다.

“부하들에게 준비를 시키게. 손님이 찾아왔어.”

제릭슨의 안색이 판이하게 변했다.

“손님이라면…….”

“블러디 나이트일세. 그가 지금 날 부르고 있네.”

“놀랍군요. 그가 이렇게 빨리 찾아오다니…….”

“공교롭게도 로르베인 인근을 지나가고 있었던 모양이야. 아무튼 채비를 갖추게. 놈을 함정으로 유인하는 것은 내가 맡겠네.”

제릭슨이 결연한 표정으로 고개를 끄덕였다.

“알겠습니다.”

리빙스턴은 지체 없이 갑옷을 차려입었다. 대기하고 있던 견습기사가 거들어 줬기에 금세 갑옷을 착용할 수 있었다. 투구를 눌러쓴 리빙스턴이 안면 보호대를 올렸다.

"다크 나이츠들을 후문 쪽으로 집결시켜라. 블러디 나이트
는 그곳에서 날 부르고 있다."

"넷, 알겠습니다."

견습기사가 복명하자 리빙스턴 후작은 머뭇거림 없이 후문
쪽으로 몸을 날렸다.

VII

크로센 제국의 강자
리빙스턴과의 혈투

어둠속에서 사람들이 하나씩 모습을 드러냈다. 그들 중 선두에 선 자를 본 레온의 입가에 미소가 번져갔다.

기세를 개방한 지 채 5분도 되지 않아 반응이 온 것을 보니 초인이 확실했다. 그러나 레온은 멈추지 않고 계속해서 기세를 내뿜었다.

상대는 자신이 있는 위치를 정확히 파악해 달려오고 있다. 리빙스턴 후작으로 짐작되는 자 외에도 기사들 십여 명의 기척이 함께 느껴졌다. 대부분 마스터에 접어든 기사들이었다. 레온의 얼굴에 긴장감이 어렸다.

'만약 저들이 날 습격한 자들과 동일한 기사들이라면 일이

무척 어려워진다.'

레온을 습격했던 기사들은 전신의 잠력을 폭발시켜 순간적으로 초인의 힘을 낼 수 있다. 레온도 그들의 공세를 막아내느라 진땀을 빼야 했다.

그나마 그때는 다섯 명이었다. 만약 저들 전부가 잠력을 폭발시킬 수 있는 기사라면 이만저만 큰일이 아닐 수 없었다. 당장 리빙스턴조차 압도할 수 있다고 장담할 수도 없는 상황이다.

'알리시아 님의 추측이 맞았군. 함정일 가능성이 농후해.'

레온이 생각을 거듭하는 사이 리빙스턴과 열 명의 다크 나이츠가 가까이 다가왔다. 스물 두 개의 눈동자가 레온을 향해 집중되었다.

먼저 입을 연 이는 리빙스턴이었다.

"그대가 블러디 나이트인가?"

"그렇소. 당신이 리빙스턴 후작이오?"

"그렇다."

트루베니아 억양이 섞인 반문에 리빙스턴이 미소를 지었다. 조금 전의 기세는 초인이 아니면 엄두도 내지 못한다.

그 점을 감안하면 블러디 나이트 본인이 틀림없는 것 같았다.

"본국의 기사인 제리코가 너에게 패했다고 들었다. 그는 두 번 다시 검을 들 수 없게 되었더군."

“그래서 복수를 하고 싶다는 거요?”

리빙스턴이 느릿하게 고개를 흔들었다.

“기사에게 패배는 필연적인 것이지. 그 점에 대해서 탓하고 싶은 생각은 없네. 하지만 제국 초인의 수준을 제리코 정도로 생각하면 곤란하다는 점을 알려주고 싶네.”

레온의 투구 안면보호대 사이에서 섬뜩한 빛이 번졌다.

“한 가지 묻겠소.”

“뭔가? 말해 보게.”

“로르베인으로 온 것은 날 유인하기 위해서요?”

정곡을 찌르는 질문에 리빙스턴이 일순 대답하지 못하고 머뭇거렸다. 그러나 산전수전 다 겪은 노기사답게 그의 대답은 노회했다.

“전혀 근거 없는 얘기는 아니다. 왜냐하면 그대에게 아르카디아를 대표하는 진정한 초인의 실력을 알려주고 싶었기 때문이다. 아르카디아 초인들의 실력을 제리코 정도로 재단하면 곤란하지 않겠나? 이곳으로 휴가를 온 이유 중에는 그대를 만나는 것이 포함되어 있었다.”

말을 마친 리빙스턴이 빙그레 미소를 지었다.

“이곳을 찾아온 것은 물론 나와 대결하기 위해서겠지? 그대의 도전을 받아주겠네. 아르카디아 초인의 명예를 걸고 말일세.”

“고맙구려.”

“고마울 게 뭐 있나? 강자와의 대결은 나 역시도 절실히 원하는 것인데 말이야. 잠깐 들어가겠나? 자네와 차를 한잔 하고 싶구먼.”

“…….”

“음성을 보니 무척 젊어 보이는데, 대단하군. 그 나이에 그랜드 마스터의 경지에 오르다니 말이야. 어떻게 수련했는지 좀 들려줄 수 있겠나?”

레온은 아무런 대답 없이 리빙스턴의 얼굴을 빤히 쳐다보았다.

“성 안에 연무장이 마련되어 있네. 차를 한잔 한 뒤 그곳에서 대결을 펼치면 될 거야.”

레온의 말문이 그때서야 열렸다.

“미안하지만 그러고 싶은 생각이 없소.”

“그게 무슨 소린가?”

레온의 어조는 싸늘했다. 이미 크로센 제국에 한 대 얻어맞은 상황이 아니던가?

“나는 크로센 제국의 기사들에게 한 번 습격을 받은 적이 있소. 순간적으로 초인의 힘을 발휘할 수 있는 기사들이더군. 한 번 당하고 나니 크로센 제국의 의도에 대해 의구심을 가지지 않을 수가 없구려.”

리빙스턴이 재미있다는 듯 미소를 지었다.

“그렇다면 내가 함정을 파고 그대를 유인하려 한다고 생각하는가?”

레온이 머뭇거림 없이 고개를 끄덕였다.

“그럴 가능성을 전혀 배제할 수 없지 않소?”

리빙스턴의 얼굴에 실망감이 역력히 번져갔다. 어스름이 깔렸지만 그의 표정을 똑똑히 분간할 수 있었다.

“허. 젊은 드래곤인 줄 알았더니 그렇지 않았군. 내가 사람을 잘못 봤어.”

“…….”

“초인과 대결하기 위해 아르카디아로 건너왔다는 자가 그토록 배짱이 없나? 알고 보니 겁쟁이였군. 그런 정신자세로 어찌 그랜드 마스터의 경지에 올랐는지 모르겠어.”

리빙스턴이 더 이상 볼일이 없다는 듯 손을 흔들었다.

“그대와 대결하고 싶은 마음이 사라졌으니 이만 물러가게. 드래곤 정도는 되는 줄 알았더니 와이번 새끼조차 되지 못하는군.”

그러나 몸을 돌린 리빙스턴의 입가에는 미소가 번져가고 있었다. 드류모어 후작이 조사한 바에 의하면 블러디 나이트는 나이가 무척 젊은 것으로 추정되고 있다.

거기에다 고강한 무술실력까지 갖췄다. 자부심이 하늘을 찌를 것이 틀림없었다.

리빙스턴은 바로 그런 이유 때문에 블러디 나이트의 자존심을 자극했다. 그가 젊은 혈기를 이기지 못하고 욱하는 마음에 따라 들어올 것을 예상한 것이다. 그러나 상황은 리빙스턴의 의도대로 돌아가지 않았다.

"나는 이곳에서 멀지 않은 곳에 머물고 있소."

"……."

"나와의 대결을 원하거든 그곳으로 오시오. 그러면 당신과 대결해 드리겠소."

그 말에 기가 막힌 것은 리빙스턴이었다. 한 마디로 주객이 전도된 것이나 다름없었다.

"이런 미, 미친……."

"내 용건은 모두 끝났소. 따라오든 말든 마음대로 하시오."

말을 마친 레온이 미련 없이 담장 아래로 뛰어내렸다. 리빙스턴의 얼굴은 어느새 쓸개 씹은 표정이 되어 있었다.

회심의 계획이 전혀 먹혀들지 않은 것도 모자라 상대의 수작에 감쪽같이 넘어가 버렸기 때문이다. 현재 상황에서 급한 쪽은 리빙스턴이다.

어떻게든 블러디 나이트를 저택 안으로 유인해 생포해야 하는 것이 크로센 제국의 입장이다. 제릭슨이 당황한 표정을 지었다.

"어, 어떻게 할까요? 놈을 쫓아가는 것이 옳은 판단 같은데……."

얼굴을 잔뜩 일그러뜨린 리빙스턴이 씹어뱉듯 한 마디를 내뱉었다.

"추격한다."

말을 끝내자마자 리빙스턴이 몸을 날렸다. 그의 몸이 소리 없이 담장을 뛰어넘어 어둠 속으로 사라졌다. 그 뒤를 다크 나이츠들이 뒤따랐다.

⚜

리빙스턴 후작의 눈동자는 활활 타오르고 있었다. 블러디 나이트의 말에 엄청난 모욕감을 느낀 것이다.

"대결하고 싶으면 따라오라고? 이놈! 내 오늘의 모욕을 반드시 갚고야 말 것이다."

블러디 나이트는 그리 멀지 않은 곳에서 달려가고 있었다. 충분히 따라잡을 수 있는 거리였다.

리빙스턴의 뒤에는 다크 나이츠들이 바짝 붙어 뒤따르고 있었다. 제릭슨이 낮은 음성으로 부하들에게 명령을 내렸다.

"놈이 멈추는 순간 전원이 달려들어 포위하라. 그런 다음 머뭇거림 없이 잠력을 폭발시킨다."

명령을 내리는 제릭슨의 얼굴은 딱딱하게 굳어 있었다. 이번 임무를 끝으로 더 이상 기사라 불릴 수 없게 되니 그럴 수밖에 없었다. 그것은 부하들 역시 마찬가지였다. 이것은 그들에게 내려지는 최후의 명령이었다.

"리빙스턴 후작님이 최대한 놈을 붙들고 있을 것이다. 모두 훈련받은 대로 놈에게 상처를 입혀 사로잡기로 한다. 드류모어 후작님이 사지 한두 군데 정도는 잘라내도 괜찮다고 말씀하셨으니 손속에 일절 사정을 두지 마라.”

부하들이 낮은 목소리로 복명했다.

“알겠습니다.”

레온이 달려가는 방향을 본 리빙스턴 후작의 얼굴에 당혹감이 떠올랐다.

‘저곳은 웬 자작의 영지가 있는 방향인데? 가만 이름이 아카드라고 했던가? 그렇다면 놈이 아카드 자작의 영지에서 신세를 지고 있었단 말인가?’

그의 입매가 묘하게 일그러졌다.

“등잔 밑이 어둡군. 바로 지척에 두고도 몰랐으니…….”

그때 블러디 나이트가 속도를 내기 시작했다. 그의 신형이 빠른 속도로 대기를 갈랐다. 뒤쫓던 리빙스턴의 눈이 경악으로 물들었다.

“세, 세상에……. 인간이 어떻게 저렇게 빠를 수가 있지?”

뒤따르던 다크 나이츠들도 화들짝 놀라 달리는 속도를 높였다. 그러나 블러디 나이트와의 거리는 계속 벌어지기만 했다.

레온이 달려가는 방향에 성 하나가 모습을 드러냈다. 아카드 자작 일가가 사는 성이었다.

흙먼지를 흩뿌리며 달려오는 모습을 보자 경비병들이 상기된 표정으로 창을 들어올렸다. 그러나 그들의 얼굴 역시 경악으로 물드는 것은 잠시였다.

"브, 블러디 나이트?"

"언제 나가셨지? 아까까지만 해도 성 안에 계셨는데?"

경비병들이 분분히 옆으로 비켜섰다. 그들의 담량으로는 감히 블러디 나이트의 앞길을 막을 수 없다.

그러나 뒤따르던 리빙스턴 후작과 다크 나이츠들까지 통과시킬 수는 없었다. 길을 가로막은 경비병들이 창을 움켜쥐고 고함을 질렀다.

"멈추시오. 이곳은 아카드 자작령……."

리빙스턴이 대꾸할 가치도 없다는 듯 검집을 흔들었다. 거기에서 뿜어진 거대한 경력이 경비병들을 가랑잎처럼 날려버렸다.

"어이쿠!"

"사람 살려!"

비명을 지르며 꼴사납게 나뒹구는 경비병들 사이를 다크 나이츠들이 무서운 속도로 질주했다.

레온의 앞길을 막는 경비병은 아무도 없었다. 그들은 이미 블러디 나이트가 성 안에 머무르고 있다는 사실을 알고 있었다. 그러나 사정은 리빙스턴 후작과 다크 나이츠들 역시 마찬가지였다. 경비병 몇이 당하는 것을 보자 나머지는 겁을 집어먹고 나서지 않은 것이다.

레온이 목표로 잡은 것은 아카드 자작의 내성이었다. 그곳은 가짜 블러디 나이트가 머무는 곳이기도 했다.

문 안으로 들어간 레온이 눈을 빛내며 주위를 살폈다. 다행히 홀에는 아무도 없었다. 그것을 확인한 레온이 옆에 난 창문으로 몸을 날렸다.

콰직.

시뻘겋게 물든 건틀릿이 돌 벽을 파고들었다. 그 상태로 레온은 지붕 위로 기어 올라갔다.

"이 정도면 눈에 띄지 않겠군."

이곳까지 유인했으니 이젠 몸을 숨길 차례였다. 벽난로의 굴뚝 뒤로 몸을 숨긴 레온이 전신의 기를 가라앉혔다. 이제는 리빙스턴 후작의 눈에 뜨이지 않게 숨어 있어야 했다.

리빙스턴 후작의 눈은 활활 타오르고 있었다. 블러디 나이트를 격동시키려다 오히려 그가 넘어가 버렸으니 열이 받을 만했다.

그의 시선은 블러디 나이트가 들어간 내성 문에 꽂혀 있었다. 그의 뒤에는 열 명의 다크 나이츠가 검을 꼬나 쥐고 서 있었다. 아카드 자작가의 경비병들은 멀찍이 떨어져서 식은땀을 흘리고 있었다.

“으으으……..”

무단으로 침입한 자들을 막는 것이 그들의 임무이다. 그러나 동료들이 가랑잎처럼 날아가는 모습을 보았기에 섣불리 달려들 엄두를 내지 못하는 것이다.

그러는 사이 아카드 자작이 밖으로 나왔다. 몇 안 되는 영지의 기사들을 대동한 채.

“이게 웬 소란이냐? 응? 당신들은 누구요?”

리빙스턴을 본 아카드의 눈이 휘둥그레졌다. 플레이트 메일을 빈틈없이 차려입은 기사들이 내성의 문을 막고 있으니 놀랄 수밖에 없었다.

선두에 선 초로의 기사에게서는 심금을 억죄는 기세가 강하게 뿜어져 나왔다. 그러나 영지를 다스리는 영주로서 경비병들 앞에서 약한 모습을 보일 순 없는 노릇이다.

“정체를 밝히시오. 어찌하여 나의 영지에 난입한 것이오.”

리빙스턴이 불타는 듯한 눈빛으로 아카드를 쳐다보았다.

“이곳의 영주시오?”

“그, 그렇소만.”

“인사가 늦었소. 본인은 크로센 제국에서 온 리빙스턴 후작이오. 우선 당신의 영지에 무단 난입한 데 대해서는 사과하겠소.”

그 말에 아카드의 눈이 찢어져라 부릅떠졌다. 크로센 제국을 대표하는 초인 중 하나인 리빙스턴이 자신의 영지를 찾을 줄은 꿈에도 짐작하지 못했다. 그의 허리가 급격히 꺾였다.

"리, 리빙스턴 후작님을 뵙습니다. 이 영지를 다스리는 아카드 자작입니다."

리빙스턴을 대하는 아카드의 태도는 더없이 공손했다. 후작과 자작이라는 작위 차이도 있었지만 무엇보다도 리빙스턴은 아르카디아 최강대국인 크로센 제국의 후작이다.

작은 도시국가의 자작 따위가 감히 범접할 수 있는 존재가 아니었다. 리빙스턴이 쩔쩔매는 아카드를 쳐다보며 입을 열었다.

"블러디 나이트가 이곳에 머무르고 있는 것으로 알고 있소."

그 말에 아카드 자작이 식은땀을 삐질삐질 흘렸다.

"그, 그 사실을 어떻게 아셨습니까?"

리빙스턴의 입가에 회심의 미소가 번져갔다.

"그가 언제부터 이곳에서 머물렀소?"

"그, 그리 오래 되지는 않았습니다. 한 사흘 정도……."

그 말을 들은 리빙스턴이 더 이상 물을 것이 없다는 듯 고개를 돌렸다.

"나는 블러디 나이트에게 볼 일이 있소. 설마 그것을 방해하시지 않으리라 믿소."

"무, 물론이지요."

아카드가 식은땀을 비 오듯 흘리며 고개를 끄덕였다. 크로센 제국의 후작이며 초인인 리빙스턴의 용무를 방해한다는 것은 꿈도 꾸지 못할 일이었다. 리빙스턴이 내성을 노려보며 고함을 질렀다.

"블러디 나이트! 나와라. 네가 원하는 대로 이곳까지 와 주지 않았느냐?"

잠시 후 내성 안에서 부스럭거리는 인기척이 들렸다.

이어 검붉은 갑주를 걸친 장대한 체구의 기사 하나가 모습을 드러냈다. 등에 긴 장창을 한 자루 비끄러맨 채로…….

리빙스턴을 본 그가 엉거주춤하게 그 자리에 멈춰 섰다. 그 모습을 경비병들이 눈을 크게 뜨고 쳐다보았다.

'드디어 대결이 시작되는군. 양 대륙을 대표하는 초인들의…….'

'리빙스턴 후작과 블러디 나이트, 도대체 누가 더 강자일까?'

내성 밖으로 나온 블러디 나이트를 보자 리빙스턴의 눈에서 불똥이 튀었다.

"놈! 날 모욕한 데 대한 대가를 치러야 할 것이다."

블러디 나이트의 모습을 확인하자 다크 나이츠들이 머뭇거림 없이 전신의 잠력을 폭발시켰다.

투구 밖으로 드러난 눈동자가 삽시간에 피가 차오르듯 시뻘겋게 변했다.

쭈우우웅.

그 상태로 다크 나이츠들이 몸을 날렸다. 블러디 나이트의 퇴로를 봉쇄하려는 것이다.

정교한 동작으로 블러디 나이트를 에워싼 다크 나이츠들이 일제히 기세를 내뿜었다. 상대 몸속의 마나 흐름을 속박하는 그랜드 마스터 특유의 비기가 펼쳐진 것이다.

콰콰콰콰.

거기에 압도되었는지 블러디 나이트는 전혀 움직임을 보이지 않았다. 다크 나이츠들을 지휘하는 제릭슨이 머뭇거림 없이 명령을 내렸다.

"공격하라!"

블러디 나이트를 제압하는 것은 전적으로 그들의 몫이다. 리빙스턴은 블러디 나이트가 도주하지 못하도록 붙잡아 두는 역할을 맡고 있다.

크로센 제국을 대표하는 초인인 리빙스턴이 행여나 다치는 것을 방지하기 위해 만들어낸 역할분배였다.

쐐애애액.

열 자루의 장검이 블러디 나이트에게 짓쳐들었다. 피할 수 있는 모든 방위를 차단한 채……. 거기에 압도되었는지 블러디 나이트는 꼼짝도 하지 못했다.

푸숫―!

섬뜩한 음향과 함께 허공에 핏줄기가 쭉 뿜어졌다. 검붉은 갑옷에 휩싸인 팔 하나가 맥없이 바닥에 나뒹굴었다. 단 한 번의 격돌로 블러디 나이트는 만신창이가 되어버렸다.

오른팔은 어깻죽지에서부터 잘려나갔고 양쪽 허벅지는 두 자루의 장검에 관통당한 상태였다. 오러 블레이드가 돋아난 장검들이 몸 곳곳을 제압하고 있었다.

치이이익.

거기에서 일어나는 열기로 인해 갑주의 표면이 녹아들었다.

내내 긴장하고 있던 제릭슨의 얼굴이 밝아졌다.

"성공이야."

명령받은 대로 블러디 나이트를 제압하는 데 성공한 것이다. 그러나 다크 나이츠들의 얼굴에는 당혹한 빛이 감돌고 있었다. 블러디 나이트가 너무나도 무력하게 제압당했기 때문이었다.

'이건 뭐 소문과 전혀 다른 걸?'

'이렇게 무방비로 당하다니……'

그러나 그들은 얼른 얼굴빛을 고쳤다. 임무완수에서 오는 기쁨이 더 컸기 때문이었다.

"놈을 포박하라. 저택까지 압송한다."

"알겠습니다."

명령을 받은 다크 나이츠들이 검을 거뒀다. 양 허벅지를 관통한 장검이 뽑히자 블러디 나이트가 신음을 흘리며 몸을 웅크렸다. 다크 나이츠들이 거친 손길로 블러디 나이트를 포박하려고 했다.

그때 침통한 음성이 흘러나왔다.

"그만."

다름 아닌 리빙스턴의 음성이었다. 그 말에 고개를 돌린 다크 나이츠들은 리빙스턴의 얼굴에 어린 황당함을 목격해야 했다. 어처구니없다는 표정을 짓고 있던 리빙스턴이 블러디 나이트에게로 다가왔다.

"투구를 벗겨라."

명령이 떨어지자 다크 나이츠 한 명이 단검으로 투구를 고정시킨 가죽끈을 끊었다.

사십대 중반의 고통으로 일그러진 얼굴이 모습을 드러냈다. 바로 퀘이언이었다. 블러디 나이트를 사칭해 아카드 영지에서 대접받았던 가짜.

"네놈은 누구냐?"

리빙스턴의 질문이 퍼부어졌지만 퀘이언은 입을 열지 않았다. 고통 때문인지 얼굴이 하얗게 질려 있었다. 그 모습에 제릭슨이 눈을 부라렸다.

"질문에 대답하라. 블러디 나이트."

리빙스턴 후작이 손을 들어 제릭슨을 제지했다.

"그는 블러디 나이트가 아니다."

그 청천벽력과도 같은 말에 다크 나이츠들의 눈이 경악으로 부릅떠졌다. 기껏 잡은 이가 블러디 나이트가 아니라니……. 한 기사가 믿을 수 없다는 듯 중얼거렸다.

"틀림없습니다. 갑옷의 형태도 동일하고……."

"그렇지 않다. 그자는 고작해야 소드 엑스퍼트 초급에 불과하다. 오러조차 변변찮게 발현시킬 수 없는 수준이지."

다크 나이츠들의 얼굴에 황당함이 떠올랐다.

"그렇다면 서, 설마……."

그때 퀘이언이 비통한 어조로 부르짖었다.

"요, 용서하십시오. 저, 저는 블러디 나이트가 아닙니다. 그, 그를 사칭한 것입니다."

이번에는 아카드 자작과 경비병들이 놀랄 차례였다. 기둥뿌리가 뽑힐 정도로 성대하게 대접한 블러디 나이트가 진짜가 아니라니…….

퀘이언이 떨리는 어조로 사정을 설명했다.

"저, 저는 펜드릴 왕국의 기사인 퀘, 퀘이언입니다. 우연히 블러디 나이트를 목격하고 갑옷을 본떠 만들어 그를 사칭한……."

퀘이언의 사기행각이 드러나자 다크 나이츠들의 얼굴에는 허탈함이 어렸다.

그리고 아카드의 얼굴에는 분노의 감정이 떠올랐다. 정성을 다해 대접했던 자가 진짜가 아니라 블러디 나이트 행세를 한 자였으니…….

리빙스턴이 눈을 부릅뜨고 주위를 둘러보았다.

"수색하라. 블러디 나이트는 분명 저택 안으로 들어갔으니 멀지 않은 곳에 있을 것이다.”

명령을 받은 다크 나이츠들이 즉각 몸을 날렸다. 그들의 얼굴에는 다급함이 서려 있었다.

이미 전신의 잠력을 폭발시킨 상태, 30분이 지나면 그들은 아무것도 하지 못하는 폐인이 되어버린다. 블러디 나이트는 바로 이것을 예상하고 자신들을 이곳으로 유인한 것이 틀림없었다.

“크으으…….”

퀘이언의 얼굴은 고통으로 잔뜩 일그러져 있었다. 오른팔이 잘려나가고 전신이 꼬치 꿰듯 장검에 관통 당했으니 통증이 오죽할까?

그가 겁먹은 표정으로 자신을 향해 다가오는 리빙스턴을 쳐다보았다.

“요, 용서해 주십…….”

그러나 말이 끝나기도 전에 눈부신 섬광이 그를 휩쓸었다. 겁먹은 표정을 지은 퀘이언의 목에 붉은 실선이 그어졌다. 이어 핏줄기가 세차게 뿜어져 나왔다.

촤아아악.

그의 머리통이 바닥에 나뒹굴었고, 목이 잘린 몸통이 맥없이 널브러졌다. 리빙스턴의 눈에서는 분노의 광망이 솟구치고 있었다.

“네놈 하나 때문에 계획이 어긋나 버렸다. 하필이면 이때 블러디 나이트를 사칭하다니……."

아카드와 영지의 경비병들이 부들부들 떨며 그 모습을 지켜
보았다.

다크 나이츠들은 눈에 불을 켜고 수색을 거듭했지만 블러디
나이트는 나타나지 않았다. 필사적으로 주위를 뒤졌지만 흔적
조차 찾아내지 못했다.

그러는 사이 파국의 시간이 다가왔다. 가장 먼저 잠력을 폭
발시킨 제릭슨이 몸을 부르르 떨었다. 기력을 모조리 소진해
버린 것이다.

털썩.

갑옷의 무게를 주체하지 못한 제릭슨이 그 자리에 맥없이
주저앉았다. 이어 다크 나이츠들이 순차적으로 바닥에 쓰러졌
다. 잠력이 모두 소진되어 페인이 되어버린 것이다.

한 번 잠력을 폭발시킬 경우 싸우든 그렇지 않든 진력이 소
진되기 마련이다. 열 명의 기사가 눈 깜짝할 사이에 무력화 되
어버린 것이다.

⚜

블러디 나이트가 나타난 것은 바로 그때였다.

"예상이 적중했군."

지붕 위에서 들려온 묵직한 음성에 모두의 고개가 들려졌
다. 그들은 볼 수 있었다.

내성의 지붕에 당당히 버티고 서 있는 검붉은 갑옷의 기사
한 명을…….

"오오, 저자가 진짜 블러디 나이트인가?"

아카드 자작이 눈을 크게 뜨고 쳐다보았다. 그것은 경비병
들도 마찬가지였다. 일단 겉모습에서 블러디 나이트는 가짜와
그리 차이가 나지 않았다.

하지만 그들은 확실하게 판별할 수 있었다. 진짜 블러디 나
이트에게서는 마치 사나운 폭풍이 휘몰아치는 듯한 기세가 느
껴졌다.

레온은 그들의 시선을 당당히 받으며 지붕에 버티고 서 있
었다.

'크로센 제국에서 아주 작심을 했군.'

레온은 얼굴을 잔뜩 찡그린 상태였다. 설마 했는데 데리고
온 기사 열 명이 모두 순간적으로 초인의 힘을 낼 수 있는 자
들이라곤 상상도 하지 못했다.

만약 정면으로 맞닥뜨렸을 경우 몸을 쉽게 빼기 어려웠을
터였다.

결과를 상상해 보던 레온이 가늘게 몸을 떨었다.

'무척 어려운 싸움이 되었겠군. 무려 초인 열한 명을 상대
로 싸워야 했을 테니…….'

그러나 우연히 자신을 사칭한 퀘이언을 발견하게 되어 무사히 위기를 넘길 수 있었다. 물론 죽은 퀘이언에게는 다소 미안하기는 했지만 말이다.

레온의 시선이 목과 몸통이 분리되어 널브러진 퀘이언의 시체에 가 닿았다.

"그렇다고 죽일 것까지는 없지 않소?"

참을 수 없이 화가 치민 리빙스턴 후작이 바드득 이를 갈았다.

"이런 간교한 놈! 이따위 술책을 부리다니……."

적반하장이라는 듯 레온이 코웃음을 쳤다.

"흥! 누가 간교한지 모르겠군. 정당하게 대결을 벌이지 않고 부하들을 대동하다니 말이오. 그것도 순간적으로 초인의 힘을 낼 수 있는 기사들로 말이오."

신랄한 비판이 거듭 이어졌다.

"난 순수하게 당신과 정정당당한 대결을 벌이고 싶었소. 그러나 제국 쪽에서 먼저 수작을 부리니 어찌 하겠소? 이렇게라도 해야지."

뭐라 반박할 말이 없어진 리빙스턴이 입을 닫았다. 크로센 제국에서 다크 나이츠를 보유하고 있다는 비밀은 어떠한 경우에도 숨겨야 할 특급대외비였다.

그런 사실을 여러 사람들이 보는 앞에서 들먹이니 입장이 난처할 수밖에 없다.

참다못한 리빙스턴이 버럭 고함을 질렀다.

"더 왈가왈부할 것 없다. 네놈이 원하는 대로 대결을 해 주겠다."

그 말을 들은 레온이 머뭇거림 없이 지붕에서 뛰어내렸다. 보고 있던 아카드 자작과 경비병들이 깜짝 놀라 고함을 질렀다.

"위, 위험하오."

내성의 지붕은 무척 높았다. 떨어질 경우 대번에 목이 부러질 높이였다.

그런 곳을 무거운 갑옷을 입고 뛰어내리다니⋯⋯. 그러나 블러디 나이트는 그들의 염려가 무색하게 사뿐히 바닥에 착지했다. 그리고 놀란 눈으로 쳐다보는 사람들 사이를 지나 리빙스턴에게 다가갔다.

"바라던 바요. 당신과 정정당당한 대결을 벌이고 싶소."

느긋한 레온의 모습을 본 리빙스턴이 검을 뽑아들었다. 장검에서 눈부신 오러 블레이드가 세차게 뿜어지기 시작했다.

콰콰콰콰.

그러나 그의 옆에 다크 나이츠들은 없었다. 잠력을 모조리 소진한 채 기절해 있었기 때문이었다.

아카드의 경비병들이 달려들어 널브러진 다크 나이츠들을 안전한 곳으로 옮겼다.

좌중에는 서서히 긴장감이 퍼져나가기 시작했다. 각기 아르카디아와 트루베니아를 대표하는 초인들의 대결을 시작하려고 하니 그럴 수밖에 없었다.

몇 되지 않는 아카드 자작의 기사들은 숨도 제대로 쉬지 못하고 대결이 벌어질 순간을 기다렸다.

리빙스턴 후작은 처음부터 맹공을 펼쳤다. 다크 나이츠들이 아무런 역할도 하지 못하고 폐인이 되어버린 것과 레온에 대한 모욕감으로 인해 화가 머리끝까지 치밀어 오른 것이다.

레온은 여기에서 상위권 초인과 하위권 초인 간의 실력 격차가 크다는 사실을 여실히 절감할 수 있었다.

쾅, 쾅, 쾅, 쾅—!

엄청난 충격파가 사방으로 뻗어나갔다. 검의 경로에 걸리는 모든 것을 베어 버리는 오러 블레이드가 서로 맞부딪힌 결과였다. 산산이 부서진 오러의 파편이 마구 흩날렸다.

힘의 결정체인 오러가 맞부딪힐 때마다 아카드 자작의 기사들이 몸을 움찔거리며 뒤로 물러나야 했다. 경비병들은 처음부터 멀찌감치 떨어져 있었다.

레온의 안색은 딱딱하게 굳어 있었다. 막연히 강할 것이라 짐작하고는 있었지만 이건 상상 밖이었다.

파파팟!

한 번 부딪힐 때마다 창날에 서린 오러가 눈에 띄게 줄어들었다. 리빙스턴의 오러 블레이드가 월등히 강하다는 뜻이다.

오러가 미처 복원되기도 전에 제2격, 3격이 잇달아 퍼부어졌다. 레온은 그야말로 사력을 다해 공격을 막아내야 했다.

레온의 눈가에 파르르 경련이 일어났다.

'역시 제리코, 윌카스트와는 비교도 할 수 없을 정도로 강하군. 상위 서열은 다들 이렇게 강한가?'

리빙스턴의 실력은 그 정도로 뛰어났다. 검에 깃든 오러의 위력이나 스피드, 정교함까지 모든 면에서 레온을 압도하고 있었다. 그로 인해 레온은 반격은 엄두도 내지 못한 채 필사적으로 수비에 몰두해야 했다.

"놈! 뜨거운 맛을 보여주고 말겠다."

리빙스턴의 눈동자는 활활 타오르고 있었다. 막강한 위력을 내포한 오러 블레이드가 쉴 새 없이 장검에서 솟구쳤다.

그의 장기는 마치 폭풍처럼 휘몰아치는 연쇄공격이다. 정교하고 매서운 공격들이 꼬리에 꼬리를 물고 퍼부어졌다.

촹, 촤촤촹.

레온은 필사적으로 창을 휘두르며 공격을 막아냈다. 그러나 리빙스턴의 연쇄참격은 레온의 능력으로도 완벽히 막아내는 것은 역부족이었다.

레온은 신법을 극성으로 운용해야 했다. 신법의 힘을 빌려서야 겨우겨우 회피해 낼 수 있는 것이다. 접전을 거듭하며 레온이 몸을 가늘게 떨었다.

'리빙스턴 후작 혼자만으로도 이렇게 벅찬데 순간적으로 초

인의 힘을 낼 수 있는 기사들이 가세했다면…….'

십중팔구 얼마 버티지 못하고 사로잡혔을 것이 틀림없었다. 자신의 행세를 하던 가짜 때문에 기사들을 무력화시킨 것이 레온으로서는 천만 다행이었다.

그러나 레온을 일방적으로 몰아붙이던 리빙스턴 역시 곤혹스럽기는 마찬가지였다.

'분명 실력은 내가 월등히 윗줄인데…….'

그는 현재 모든 면에서 레온을 월등히 압도하고 있었다. 오러의 위력에서부터 검의 성취까지 모든 면에서 말이다. 그런데도 불구하고 결정타를 먹이지 못하고 있었다.

상대가 펼치는 기이한 스텝 때문이었다. 블러디 나이트의 움직임은 극히 효율적이었다. 특히 공격방위의 사각을 간파해 회피하는 기술은 리빙스턴도 감탄을 금치 못할 수준이었다. 게다가 상대의 생소한 창술은 리빙스턴의 의표를 찌르고 있었다.

'제리코로부터 개괄적인 설명을 듣긴 했지만 이건 상상 밖이로군. 이런 창술이 트루베니아에 존재했었나?'

그러나 초인들의 치열한 혈투에 감상이 끼어들 여유가 없다. 상념을 접어버린 리빙스턴이 계속해서 레온을 몰아붙였다.

콰콰쾅―!

오러와 오러가 부딪힐 때마다 블러디 나이트의 장창에 서린 기운이 눈에 띄게 희미해졌다. 다시 말해 오러의 위력에서 형편없이 압도당하고 있는 것이다.

푸캉!

한 차례 격돌이 끝난 레온의 얼굴은 딱딱하게 굳어 있었다. 이대로 가다간 진다는 것을 직감한 것이다.

'지금까지 싸워본 상대 중 가장 강하군. 미쳌 님과도 막상막하일 것 같아.'

이미 레온은 미쳌과 한 번 겨뤄본 적이 있다. 그러나 그때는 친선대결이었기에 오러를 사용하지 않았다. 하지만 지금은 상황이 다르다.

큰 상처를 입히고서라도 사로잡아야겠다는 생각에 리빙스턴이 계속해서 치명타를 가해 오는 상황이었다. 필사적으로 신법을 펼쳐 피해내고는 있지만 거기에는 한계가 있었다.

리빙스턴 같은 초인의 눈썰미가 신법의 비밀을 파악하지 못할 리가 없다. 회피하는 패턴이 한 번이라도 읽힐 경우 그때는 끝장이었다.

'부득이 역혈대법을 써야겠군. 가장 결정적인 순간에……'

만약 레온이 아닌 다른 기사였다면 벌써 파탄을 드러냈을 가능성이 컸다. 하지만 레온은 지금껏 무수한 강자와 싸워본 경험이 있다.

그들 대다수는 레온보다 월등히 뛰어난 실력을 지닌 강자였다. 그들과의 대결에서 살아남았기에 지금의 레온이 존재한

다. 때문에 레온은 조바심을 내지 않고 차분히 방어에만 열중
했다.

　두 초인의 접전을 지켜보던 아카드 자작과 그의 기사들은
입을 딱 벌렸다.

　벌어진 입에서 침이 주르르 흘러내렸지만 그들은 누구 하나
그 사실을 인지하지 못했다.

　"정말 대단하군. 저게 바로 초인의 대결인가?"

　"마치 인간이 아닌 존재들의 대결을 보는 것 같아."

　그들은 두 초인의 몸놀림을 제대로 식별조차 하지 못했다.
뭔가 희끗희끗한 것이 스쳐 지나가는가 싶더니 허공에 마구
불똥이 튀겼다.

　강한 섬광이 뿜어져 나왔기 때문에 그들은 다급히 손으로
눈을 가려야 했다. 어느덧 장내에는 아카드 자작의 식솔들이
모두 나와 대결을 관전하고 있었다.

　자작의 막내딸인 메이니아가 붉게 상기된 얼굴로 대결을 쳐
다보았다.

　"저분이 진짜 블러디 나이트란 말이죠?"

　"그렇단다. 능력을 보니 정말 인간인지 의심스러울 정도
야."

　"어제의 가짜와는 차원이 틀리군요. 풍기는 분위기 자체가
달라요."

메이니아의 눈빛은 어느덧 몽롱해지고 있었다. 강한 남자에게 끌리는 것은 뭇 여성들의 본능이다.

"정말 멋져요. 크로센 제국의 초인인 리빙스턴 후작님과 정정당당하게 맞서 싸울 수 있다니……."

그러나 당사자인 레온은 죽을 맛이었다. 비록 그가 리빙스턴 후작보다 한 단계 더 나아간 경지에 이르러 있지만 월등히 높은 오러의 격차를 극복할 수 없었다. 리빙스턴 후작은 이미 오래 전에 초인의 경지에 올라섰다.

오러의 회복속도가 빠르긴 했지만 위력에서 워낙 밀리니 레온이 고전할 수밖에 없는 것이다. 그럼에도 불구하고 레온은 포기하지 않았다. 연신 눈을 빛내며 리빙스턴의 빈틈을 탐색하는 것이다.

무려 30분 가까이 공방이 이어졌지만 리빙스턴은 숨결 하나 거칠어지지 않았다. 그가 보유한 마나가 얼마나 웅혼한지 보여주는 반증이었다.

리빙스턴의 특기는 끊임없이 이어지는 연쇄참격. 죽음을 넘나든 실전경험과 신법의 도움으로 인해 레온은 겨우겨우 회피해 나갔다.

그러나 이대로 나간다면 패배는 불 보듯 빤한 일이었다. 우선 공력이 급속도로 소진되고 있었다.

오러의 위력 자체에서 밀리다 보니 리빙스턴보다 월등히 많은 공력을 퍼부어야 했던 것이다.

리빙스턴은 여간해선 허점을 보여주지 않았다. 크로센 제국에는 그보다 강한 초인이 존재했고 그와의 대련을 통해 끊임없이 검술을 가다듬었기 때문이다.

그러나 레온은 포기하지 않고 허점을 찾아나갔다. 그러는 사이에도 계속해서 공방이 오고갔다.

쾅, 콰콰 쾅—!

아카드 자작의 앞마당은 완전히 폐허가 되어 있었다. 강력한 힘의 결정체들에 의해 대지가 푹푹 패고 으깨어졌다.

오러의 파편에 맞은 내성 벽에는 구멍이 숭숭 뚫려 있었다. 뿌옇게 일어나는 흙먼지로 인해 관전하고 있던 아카드 자작의 식솔들은 대결을 제대로 식별하지 못했다.

번쩍 번쩍.

흙먼지 사이로 간간히 피어나는 섬광만으로 대결이 아직까지 이루어지고 있음을 겨우 알 수 있을 정도였다.

그로부터 십여 분, 돌연 레온의 눈이 빛났다. 리빙스턴 후작의 버릇 하나를 간파한 것이다. 연쇄참격이 이어진 후 리빙스턴의 오른쪽 겨드랑이가 살짝 열린다.

생사를 넘나들며 오랜 실전경험을 치러온 레온이 아니면 알아챌 수 없는 허점이었다. 리빙스턴이 자신의 빈틈을 의식하고 있는지는 모르지만 레온이 노릴 틈은 오직 그것뿐이었다.

'이것을 노려야 한다. 성공하지 못한다면 패배할 수밖에 없다.'

리빙스턴은 이미 승리를 직감하고 있었다. 숨결 하나 거칠어지지 않은 자신에 비해 블러디 나이트의 움직임은 상당히 둔화되어 있었다.

창격도 처음처럼 매섭지 않았고 몸놀림도 굼떴다. 그러나 그는 블러디 나이트의 실력에 상당히 감탄하고 있었다.

'정말 대단하군. 제리코보다 월등히 강해. 트루베니아에서 저 정도 실력의 창수가 나오다니…….'

그러나 블러디 나이트는 반드시 사로잡아 데리고 가야 할 적이었다. 때문에 리빙스턴은 블러디 나이트의 팔이나 다리 하나를 잘라낼 마음을 굳혔다.

'저놈은 몹시 위험해. 불안 요소는 미연에 방지하는 것이 낫지. 대신 저놈의 창술은 상당히 쓸 만하군. 빼낸 뒤 본국의 창수들에게 가르쳐야겠어. 기사들에게 가르칠 수는 없지만 말이야.'

리빙스턴 역시 창이란 무기에 대해 선입견을 가지고 있었다. 징집병이나 사용하는 기초병기로 말이다.

창 촤촤촹—!

리빙스턴의 연쇄창격이 또다시 시작되었다. 그 기미를 알아차린 레온이 입술을 질끈 깨물었다.

연쇄창격을 모두 막거나 피하려면 공력 대부분이 소진된다.

그렇게 될 경우 빈틈을 노려 반격할 수가 없게 된다.

'부득이 몇 대는 몸으로 때워야겠군.'

연쇄참격이 끝나는 순간 반격을 가하기 위해서 레온은 독하게 마음을 먹었다. 그런 레온에게 리빙스턴의 공격이 퍼부어졌다.

콰콰콰콰—

이를 악문 레온이 극성으로 신법을 펼쳤다. 그러나 리빙스턴의 연쇄참격은 신법만으로는 온전히 피해낼 수 없었다.

이미 리빙스턴은 그간의 접전을 통해 신법의 비밀을 어느 정도 파악한 상태였다.

"그까짓 잔 수는 이제 통하지 않는다."

리빙스턴의 우렁찬 고함소리와 함께 눈부신 섬광이 대기를 가득 메웠다.

보고 있던 아카드 자작의 식솔들이 눈을 질끈 감았다. 이어 섬뜩한 음향이 사방으로 울려 퍼졌다.

서걱.

레온의 어깨보호대가 갈라지는 소리였다. 드래곤 본으로 된 갑옷도 초인의 오러 블레이드에는 무력했다.

갈라진 틈으로 선혈이 쭉 뿜어져 나왔다. 연쇄적으로 이어지는 공격이 레온의 전신을 마구 난자해 들어갔다.

콰콰콰콰—

레온은 거의 본능적으로 움직이고 있었다. 치명상을 입을 수 있는 상대의 공격은 최소한의 힘으로 막아냈다. 그리고 움직임에 지장이 없을 만한 공격은 그냥 몸으로 받았다.

오랜 실전경험과 전투에 대한 감각이 없으면 흉내조차 못 낼 일이었다.

그럼에도 불구하고 레온의 모습은 처참했다. 오러 블레이드가 훑고 간 옆구리에 붉은 혈선이 죽죽 그어졌다. 그 사이로 선혈이 스멀거리며 배어나왔다. 이어 일 검이 허벅지를 관통하고 지나갔다.

콰직!

평범한 기사였다면 고통으로 인해 조금이라도 움찔했을 터였다. 그런 빈틈을 리빙스턴이 놓칠 리가 없다. 그러나 레온은 미동도 하지 않고 창을 휘둘러 공격을 받아냈다.

이미 고통이라면 이력이 난 레온이었다. 눈 깜짝할 사이에 혈인이 되어버린 레온. 그 모습을 본 리빙스턴의 눈이 희열에 물들었다.

"놈! 지금까지 버틴 것이 가상하긴 하지만 이젠 어림없다!"

연쇄참격을 모두 펼쳐낸 리빙스턴이 사선으로 검을 휘둘렀다.

선혈을 낭자하게 뿌리며 뒤로 주춤주춤 물러서는 블러디 나이트의 오른팔을 잘라내기 위해서였다.

그 순간 레온의 눈이 빛났다.

'허점이 드러났다!'

생각은 길었지만 행동은 순식간이었다. 돌연 레온의 눈이 시뻘겋게 물들었다. 역혈대법을 통해 잠력을 폭발시킨 것이다.

쿠쿠쿠쿠—

기혈이 역류하며 막강한 기세가 레온의 몸에서 쭉 뿜어져 나왔다. 검을 휘두르던 리빙스턴이 혼비백산했다.

"뭐, 뭐야?"

레온이 창을 휘둘러 리빙스턴의 검을 받아쳤다. 그 순간 눈부신 오러가 창날을 통해 쭉 뿜어져 나왔다.

콰콰콰콰—

이어진 것은 엄청난 폭발이었다. 힘의 결정체가 서려 있는 병기가 부딪치기가 무섭게 사방으로 충격파가 터져 나갔다. 리빙스턴의 자세가 순간적으로 무너질 정도로 엄청난 충격이 전해졌다.

"놈. 힘을 숨기고 있었나? 헉!"

리빙스턴의 눈이 경악으로 부릅떠졌다. 상대의 창이 자신의 옆구리를 향해 교묘히 파고들었기 때문이었다.

급히 검을 휘둘러 경로를 차단했다. 하지만 창에 서린 힘은 리빙스턴조차 감당하기 힘든 수준이다.

촤촹!

검이 맥없이 퉁겨졌다. 오러 블레이드를 잔뜩 머금은 창날이 마치 영활한 뱀처럼 혀를 날름거리며 리빙스턴의 겨드랑이로 파고들었다.

뻔히 쳐다보면서도 막을 수 없는 일격이었다. 충격으로 인해 리빙스턴이 입술을 앙다물었다. 이미 그는 막을 수 없다는 것을 직감하고 있었다.

'이런 빌어먹을 경우가……'

그의 생각이 끝남과 동시에 섬뜩한 통증이 전신을 강타했다.

콰지직.

충만하게 오러 블레이드를 머금은 창날이 매섭게 파고들어 와 겨드랑이를 관통해 버렸다. 어깨보호대를 뚫고 치솟아 오른 창날이 피를 머금어 유독 섬뜩하게 빛났다.

철컹.

빛을 잃은 장검이 툭, 바닥에 떨어져 내렸다. 리빙스턴의 안색은 백지장처럼 창백했다. 창에 깃든 암경이 후작의 내부를 파고들어 온통 뒤흔들어 놓았기 때문이었다.

이번 일 격으로 인해 후작의 어깨뼈는 완전히 가루가 되어 버렸다. 두터운 창날이 겨드랑이를 파고들어가 어깨를 뚫고나 왔으니 팔이 떨어져나가지 않은 것이 그나마 천운이었다.

'성공이야.'

투구 사이로 드러난 레온의 눈이 희열로 물들었다. 리빙스턴을 무력화시키는 데 마침내 성공한 것이다.

허점을 간파하자마자 역혈대법을 펼친 것이 주효했다. 그러지 않았다면 리빙스턴의 공격을 막아낼 수 없었을 터였다.

암울하게 물든 리빙스턴의 눈을 들여다보며 레온이 창을 뺐다.

"크으으……."

어깨를 움켜쥔 리빙스턴이 맥없이 바닥에 주저앉았다. 안면 보호대 사이로 드러난 그의 얼굴은 허탈하기 그지없었다.

그러나 그 역시 인간의 한계를 넘어선 초인, 평정을 되찾는 것은 순식간이었다.

"정말 대단하군. 나도 알아내지 못한 허점을 찾아내어 결정타를 먹이다니……."

"……."

"아무래도 그대는 실전경험을 무척 많이 치러본 것 같군. 그렇지 않고서야 그 찰나의 순간에 허점을 찾아낼 수 없었을 테니……."

레온이 침중한 어조로 대답했다.

"우연의 일치였소. 운이 매우 좋았던 것이라 생각하시오."

"운도 실력의 하나야. 어쨌거나 자네가 이겼네."

"당신은 정말 강했소. 내 도박이 먹혀들지 않았다면 패한 것은 나였을 것이오."

레온을 올려다보는 리빙스턴 후작의 얼굴에서 점점 핏기가 사라져갔다.

어깨를 통해 피가 분수처럼 흘러내리고 있었기 때문이었다.

그러나 리빙스턴은 상처에는 신경도 쓰지 않았다.

"한 가지 물어보겠네."

"말해 보시오."

"조금 전 자네는 순간적으로 강해졌네. 내 오러 검을 튕길 정도로 말일세. 그때 썼던 기술은 역시 잠력을 폭발시키는 것 이겠지? 내가 데리고 온 다크 나이츠와 같은 계열의 기술 말 일세."

리빙스턴의 얼굴을 물끄러미 쳐다보던 레온이 묵묵히 고개 를 끄덕였다.

"그렇소. 부작용이 없는 원류이지."

"그, 그렇군. 대답해 줘서 고맙네."

그 말을 끝으로 리빙스턴의 몸이 휘청거렸다. 맥없이 바닥 에 나뒹군 리빙스턴은 그대로 의식을 잃었다.

막대한 출혈에 이어 겨드랑이를 통해 파고든 막대한 경력이 내부를 온통 뒤흔들어 놓았기 때문이었다. 그러나 레온 역시 정상은 아니었다.

최악의 몸 상태에서 전개한 역혈대법으로 인해 경맥이 완전 히 뒤집혀 있었다. 기혈이 부글부글 끓어오르는 것을 감지한 레온이 미간을 찡그렸다.

'일단 운공을 해야겠어. 그러지 않는다면 주화입마에 빠지 고 말 거야.'

원래대로라면 안전한 곳으로 이동해서 운기조식에 들어야

한다. 운기 도중 누가 건드린다면 그 즉시 주화입마에 들 수밖에 없다.

그러나 레온에겐 선택의 여지가 없었다. 기혈이 들끓어 올라 한 걸음도 움직일 수 없는 형편이었다.

털썩.

그 자리에 주저앉은 레온이 즉시 운기조식에 들어갔다.

장내는 조용했다. 누구 하나 입을 열 엄두를 내지 못했다. 두 초인의 대결이 그 정도로 장관이었기 때문이었다. 그런데 구경꾼들의 수가 부쩍 늘어 있었다.

아카드 자작의 식솔들뿐만 아니라 여러 부류의 사람들이 모여 대결을 관전하고 있었다.

리빙스턴이 머무는 저택 근처에서 배회하다 섬광과 폭음을 듣고 달려온 사람들이었다.

"세, 세상에……."

뜻밖의 장관을 목격한 사람들의 입은 떡 벌어져 있었다. 초인인 리빙스턴의 얼굴을 보러 왔다가 아르카디아와 트루베니아를 대표하는 두 초인의 대결을 보게 되었으니 한 마디로 엄청난 행운이라고 봐야 했다.

마치 발에 못이 박힌 듯 그 자리에 얼어붙어 있던 사람들 중 몇몇이 움직이기 시작했다.

말로만 들어왔던 블러디 나이트에게 말이라도 한 마디 붙여

보려는 의도에서였다.

그들이 조심스럽게 주변을 살피며 바닥에 앉아 있는 레온을 향해 다가가기 시작했다. 자신들이 무슨 짓을 하려는 지도 모르고 말이다.

✦

아카드 자작의 눈은 아직도 풀려 있었다. 초인간의 대결은 그 정도로 큰 충격을 그에게 안겨주었다.

두 명의 초인이 보여준 박진감 넘치는 혈투가 아직까지 여운이 남아 뇌리 속을 감돌고 있었다. 사실 아카드가 본 것은 별로 없었다.

기세로 인해 솟구쳐 오른 흙먼지 때문이었다. 한 치 앞도 분간할 수 없는 장막 안에서 오러가 번쩍번쩍 난무했고 귀청이 터질 듯한 폭음이 터져나왔다. 그리고 순식간에 승부가 결정지어졌다.

구경꾼들은 그 사실을 먼지가 걷히고 나서야 알 수 있었다. 그 때문에 아카드는 접전의 내막을 잘 몰랐다. 레온이 시종일관 밀리다가 허점을 노린 것이 주효하여 승리했다는 사실을 말이다.

“저, 정말 대단하군. 어떻게 인간의 몸으로 저럴 수가……”

그가 가늘게 숨을 내쉬며 고개를 돌렸다. 패배한 리빙스턴 후작은 바닥에 널브러져 있었고 마나연공을 하는지 블러디 나이트는 그 자리에 주저앉아 있었다.

그의 시선에 블러디 나이트를 향해 접근하는 구경꾼들이 들어왔다.

그 순간 아카드는 정신을 번쩍 차렸다.

"저런."

비록 무인은 아니지만 마나연공 중인 기사를 건드려서는 안 된다는 사실만은 잘 알고 있었다. 아카드가 휘하의 기사들을 둘러보며 버럭 고함을 질렀다.

"저들을 막아라. 블러디 나이트는 지금 마나연공을 하고 있다. 결코 그의 몸을 건드려서는 안 돼."

구경꾼들이 아카드의 고함소리를 듣고 움찔했다. 그 사이 영지의 기사들이 달려가서 레온의 전후좌우를 에워쌌다.

그들은 검을 단단히 움켜쥔 채 구경꾼들을 향해 눈을 부라렸다.

"더 이상 접근할 경우 베겠소!"

레온을 쳐다보는 기사들의 눈동자에는 깊은 존경의 빛이 담겨 있었다. 함께 무인의 길을 걸어가는 입장에서 한참 앞서간 자에 대한 경의 때문이었다.

그 모습을 본 아카드가 정신을 잃고 쓰러져 있는 리빙스턴 후작을 쳐다보며 다시 명령을 내렸다.

"후작님을 치료하라."

꿰뚫린 어깨에서 아직까지 피가 꾸역꾸역 흘러나오고 있었다. 기사들이 달려들어 리빙스턴을 응급처치 했다. 상처를 꾹 눌러 지혈을 한 뒤 소지하고 다니던 붕대로 동여맸다.

히히히힝.

기사 한 명은 신관을 불러오기 위해 로르베인 시내로 말을 달렸다. 그 사실을 아는지 모르는지 레온은 눈을 질끈 감은 채 운기행공에 몰두해 있었다.

그로선 무리하게 시전한 역혈대법으로 인해 들끓고 있는 기혈을 진정시키는 것이 가장 중요했다.

레온은 한참 만에 눈을 떴다. 그의 시야에 들어온 것은 자신을 빈틈없이 에워싸고 있는 기사들의 등판이었다. 기사들은 자신에게 등을 돌린 채 주위를 경계하고 있었다.

그 너머로 수많은 구경꾼들의 모습이 눈에 들어왔다. 하나같이 얼이 빠져 있는 듯한 얼굴이었다. 상황을 보니 기사들은 구경꾼들로부터 자신을 보호하고 있었던 것 같았다.

'아카드 자작의 지시인가? 고맙군. 만에 하나 누군가가 나를 건드렸다면…….'

레온은 아카드 자작에게 무한한 고마움을 느꼈다. 운기행공 중에 방해를 받는 것은 무인에겐 치명적인 일이다. 그 즉시 주화입마에 들어 폐인이 되어버릴 수도 있다.

그 사실을 떠올린 레온이 느릿하게 몸을 일으켰다. 그 모습을 본 구경꾼들이 왁자지껄하게 떠들었다.

"블러디 나이트가 깨어났다."

몸을 일으킨 레온이 살짝 목을 꺾었다.

우두둑.

그 상태로 레온은 몸 상태를 점검해 보았는데 그리 좋지 않았다. 상처는 지혈되었지만 갈라진 갑옷 사이로 피가 까맣게 말라붙어 있었다.

장검에 관통당한 허벅지에서는 에이는 듯한 통증이 전해졌다. 아무래도 뼈가 상한 모양이었다.

레온의 입가에 씁쓸한 미소가 맺혔다.

'환골탈태 이후 처음으로 상처를 입는군.'

그러나 레온의 입장에서는 이 정도 상처로 끝난 것이 천운이었다. 리빙스턴 후작은 그 정도로 강한 상대였다. 결정적인 순간 허점을 노린 것이 통하지 않았다면 패하는 쪽은 레온이었을 것이다.

안면보호대 사이로 드러난 레온의 눈빛이 차분히 가라앉았다.

'그래도 이번 대결에서 많은 것을 깨달았어. 리빙스턴 후작과 다시 한 번 대결한다면 조금 전처럼 압도적으로 밀리진 않을 거야.'

레온은 지금껏 생사를 넘나드는 혈전을 통해 깨달음을 얻어 왔다. 이번 대결에서도 얻은 것이 적지 않았다.

머리를 흔들어 상념을 날려버린 레온이 고개를 돌렸다. 자신을 쳐다보는 기사들의 눈빛에는 하염없는 존경이 담겨 있었다.

레온이 정중히 고개를 숙여 목례를 했다.

"날 지켜주어서 고맙소. 그대들이 아니었으면 큰일을 당할 뻔했소."

초인의 인사를 받은 기사들은 하나같이 쩔쩔맸다.

"의, 의당 해야 할 일을 했을 뿐입니다."

"저희들은 단지 영주님의 명령을 실행했을 뿐입니다."

살짝 고개를 끄덕인 레온이 시선을 돌렸다. 거기에는 비대한 체구의 중년인이 수건으로 이마의 땀을 훔치며 다가오고 있었다. 아카드 자작이었다.

"처음 뵙겠소이다. 블러디 나이트."

레온이 묵묵히 예를 취했다.

"아카드 자작님, 감사드립니다. 영주님 덕분에 위험한 고비를 넘겼습니다."

"허허, 본인이 뭐 한 게 있다고. 아무튼 정말 대단하시오. 크로센 제국의 리빙스턴 후작을 꺾으시다니 말이오."

그 말을 들은 레온이 힐끔 고개를 돌렸다. 의식을 잃은 리빙스턴은 아카드 영지의 기사들이 달라붙어 돌보고 있었다.

"리빙스턴 후작의 상태는 괜찮습니까?"

"그리 염려하지 않아도 될 것 같소. 피를 많이 흘리긴 했지만 생명에는 지장이 없다고 하오.”

말을 마친 아카드의 얼굴이 어두워졌다.

“그런데 리빙스턴 후작님은 어깨뼈가 완전히 으스러져 두 번 다시 검을 들 수 없다고 하오. 너무 과하게 손을 쓴 것은 아닌지……”

말꼬리를 흐리는 아카드를 보며 레온이 침울한 표정을 지었다.

그는 지금 자신에게 손속이 너무 과하지 않았냐고 질책하고 있었다. 무인이 검을 들 수 없게 되었다는 말은 생명을 잃는 것보다도 더한 일이었다.

“어쩔 수 없었습니다. 그의 실력이 너무 강했기에……”

“필경 크로센 제국에서 가만히 있지 않을 것이오.”

그 말에 레온이 정색을 했다.

“어차피 크로센 제국에서는 절 잡기 위해 혈안이 되어 있습니다. 리빙스턴 후작 외에도 열 명의 기사들을 더 파견해 절 잡으려 했으니까요.”

그 말에 아카드가 눈을 크게 떴다.

“그, 그게 무슨 말씀이시오? 크로센 제국에서 도대체 무슨 이유로?”

“이유는 저도 알지 못합니다. 무슨 연유인지 모르지만 제국에서는 이미 기사들을 한 번 파견하여 절 잡으려 한 적이 있습니다. 이것이 두 번째이지요.”

“그렇다면 리빙스턴 후작이 로르베인에 온 것은?”

“바로 절 잡는 것이 목적이지요.”

말을 마친 레온이 손가락을 뻗어 리빙스턴 옆에 누워 있는 기사들을 가리켰다.

“저들은 순간적으로 초인의 힘을 낼 수 있는 기사들입니다. 크로센 제국에서 어떤 방법으로 키워냈는지는 모르지만 일시적으로 초인과 버금가는 위력을 구사할 수 있습니다. 저들 열 명에다 리빙스턴 후작이라면 절 사로잡는데 충분하지요. 그렇게 생각하지 않으십니까?”

레온이 다크 나이츠에 대한 사실을 폭로한 것은 다분히 의도적이었다. 다크 나이츠에 대한 사항은 크로센 제국에겐 특급대외비였다.

지금까지 다크 나이츠에 대한 비밀이 외부로 거의 드러나 있지 않았다. 그것을 널리 퍼뜨려 크로센 제국에서 공개적으로 자신에게 손을 쓰지 못하게 만들려는 것이 레온의 의도였다.

예상대로 아카드는 큰 충격을 받았다.

“세, 세상에……. 순간적으로 초인의 힘을 낼 수 있는 기사들이라니?”

“하지만 사실입니다. 오스티아에서 저는 저런 기사들 다섯의 공격을 받았습니다. 직접 겪어본 결과 저들의 실력은 초인에게 결코 뒤지지 않았습니다. 저도 감히 반격할 엄두를 내지 못하고 피해 다니기만 했으니까요. 한 가지 다행인 점은 지속 시간이 그리 길지 않다는 점입니다. 30분 정도 시간이 지나니 힘을 모두 소진하고 쓰러지더군요."

레온의 말에 일리가 있다는 듯 아카드가 고개를 끄덕였다. 이미 그 사실은 그도 조금 전에 목격한 바 있다. 기세등등하게 가짜 블러디 나이트를 제압한 기사들이 조금 시간이 지나자 모든 힘을 소진하고 허물어졌다.

그 광경을 두 눈으로 똑똑히 보지 않았던가? 아카드의 눈빛이 예리하게 빛났다.

'이건 대박이야. 크로센 제국에서 그런 기사들을 보유하고 있다는 사실을 집정관에게 보고해야 해.'

만약 이 사실이 밝혀진다면 크로센 제국이 상당히 곤란해질 것이 틀림없었다.

다른 왕국에서 분명 대비책을 세울 것이기 때문이다. 그 모습을 본 레온이 고개를 흔들었다.

"그럼 저는 이만 가보겠습니다."

그 말에 아카드가 화들짝 놀랐다.

"내 영지에서 좀 쉬어가시오. 그런 몸으로 어찌?"

"……."

"내 아무것도 아끼지 않고 잘 대접해 드리리다."

레온이 조용히 머리를 흔들었다.

"마음은 굴뚝같지만 애석하게도 그럴 수 없어 유감입니다.

조금 전에도 말씀드렸듯 전 크로센 제국에 쫓기는 몸입니다.”

“음…….”

아카드가 침음성을 내뱉었다. 그런 상황이라면 블러디 나이트를 붙잡고 있는 것은 말이 되지 않았다.

당장 리빙스턴이 깨어난다면 분위기가 묘해질 것이 틀림없었다. 레온이 살짝 고개를 돌려 리빙스턴을 쳐다보았다.

“리빙스턴 후작을 잘 돌봐주십시오.”

“물론이지. 의당 그렇게 해야 하지 않겠소?”

레온이 묵묵히 창을 들어 예를 취했다.

“오늘 아카드 자작님께서 베풀어 주신 은혜는 잊지 않겠습니다. 나중에 기회가 되면 찾아뵙겠습니다.”

“꼭 찾아오시오. 목 빠지게 기다리도록 하겠소.”

“그럼 이만.”

말을 마친 레온이 몸을 날렸다. 그의 몸이 쏜살같이 대기를 갈랐다. 보고 있던 구경꾼들이 화들짝 놀랐다.

“블러디 나이트 잠시만 기다리시오.”

“손이라도 한 번 잡아봅시다.”

그러나 레온은 일언반구 대답도 하지 않고 신법을 펼쳤다. 그의 몸이 추수를 마친 밀밭을 화살처럼 가로질렀다. 그 현란한 모습에 구경꾼들이 입을 딱 벌렸다.

“어찌 인간이 저렇게 빠를 수가?”

“확실히 초인은 다르군.”

멍하니 레온이 사라지는 모습을 지켜보던 아카드가 기사들에게 호령을 했다.

"리빙스턴 후작과 기사들을 내실로 모셔라. 신관이 도착하는 대로 치료를 할 수 있도록 각별히 조심해야 한다."

"알겠습니다."

고개 숙여 복명한 기사들이 서둘러 리빙스턴에게 달라붙었다.

황무지를 달리는 레온의 얼굴에는 다행이라는 빛이 역력했다.

"아카드 자작이 딴 마음을 먹지 않아서 정말 다행이야."

만에 하나 아카드 자작이 기사들을 시켜 자신을 제압했다면 정말로 큰일이었다.

주화입마는 피해 갈 수 없었고, 이후 자신의 신병이 크로센 제국의 손에 넘어갔을 터였다. 그럴 경우 아카드는 틀림없이 크로센 제국으로부터 엄청난 보상금을 받았을 터였다.

그러나 아카드의 생각이 거기까지 미치지 못해 레온은 위기를 넘길 수 있었다.

신법을 펼쳐 달리다 보니 단전이 끊어질 듯 아파왔다. 엄청나게 혹사당한 나머지 위험신호를 보내는 것이다. 그러나 레온은 달리는 것을 멈추지 않았다.

"한시라도 빨리 알리시아 님이 있는 곳으로 가서 쉬어야

해.”

그는 조바심을 억누르며 열심히 몸을 날렸다.

⚜

알리시아는 초조함을 감추지 못하고 방 안을 서성거렸다. 레온이 염려되었기 때문이었다.

'잘 되어야 할 텐데……. 레온 님의 실력을 믿긴 하지만.'

레온은 의심할 여지가 없는 초인이다. 그러나 크로센 제국은 그런 레온의 능력을 정확히 평가하고 있다.

그런 만큼 빠져나올 수 없는 함정을 파놓았을 가능성이 농후했다.

걱정이 되지 않을 수가 없는 상황이다. 그녀의 얼굴에 서린 수심은 좀처럼 걷히지 않았다.

“만약 레온 님이 돌아오지 않는다면…….”

생각해 보던 알리시아가 몸을 파르르 떨었다. 만에 하나 레온이 리빙스턴 후작에게 패해 사로잡혔다면 이후의 일은 자명했다. 크로센 제국으로 압송되어 두 번 다시 빠져나오지 못할 것이 틀림없었다.

물론 알리시아야 상관없었다. 레온이 돌아오지 않으면 애초에 계획했던 대로 크로센 제국으로 떠나면 그만이었다.

해적들에게서 빼앗은 여비는 모두 그녀가 관리하고 있다.

그러니 곤란할 게 아무것도 없었다. 그럼에도 불구하고 알리시아는 레온을 걱정하고 있었다.

알 수 없는 게 여자의 마음이라지 않던가. 그녀가 처연한 눈빛으로 동이 터 오는 창 밖을 쳐다보았다.

"오실 시간이 넘었는데?"

그때 창가에서 인기척이 났다.

"오셨군."

얼굴이 환히 밝아진 알리시아가 창가로 다가갔다. 창문을 열자 익숙한 얼굴이 시야에 들어왔다. 레온이 창가에 대롱대롱 매달려 있었다.

"돌아오셨군요."

"아, 알리시아 님."

힘겹게 한 마디를 내뱉은 레온이 몸을 날려 방 안으로 들어왔다.

순간 알리시아의 눈이 두려움으로 부릅떠졌다. 레온의 드러난 몸이 온통 피로 범벅이 되어 있었던 것이다.

"세, 세상에……."

방 안에 들어온 레온은 머뭇거림 없이 가부좌를 틀고 앉았다.

"저, 절 좀 지켜주십시오. 마나연공을 해야 할 것 같습니다."

"아, 알겠어요."

레온은 즉시 운기행공에 들어갔다. 그 모습을 알리시아가 염려어린 표정으로 쳐다보았다.

"아, 참. 이러고 있을 때가 아니지."

퍼뜩 정신을 차린 알리시아가 수건을 집어 들어 꽃병에 담긴 물을 부었다.

그런 다음 젖은 수건으로 피가 묻은 창틀을 깨끗이 닦았다. 그것을 아는지 모르는지 레온은 무아지경에 빠져 들어가고 있었다.

VIII

얼음의 왕국 루첸버그

뜻밖의 사건에 로르베인이 다시 한 번 발칵 뒤집혔다.

아르카디아를 위진시키고 있는 블러디 나이트가 나타나서 휴가 중인 리빙스턴 후작과 겨뤄 승리를 거뒀다는 사실에 로르베인 전체가 떠들썩했다. 이것은 로르베인이 생겨난 이래 가장 큰 사건이었다.

"세, 세상에 상위급 초인인 리빙스턴 후작이 패하다니……."

"그렇다면 블러디 나이트의 실력이 족히 상위급 이상이라는 뜻인데?"

그러나 로르베인의 수뇌부들 사이에 퍼져나가는 동요는 더 컸다. 아카드 자작이 직접 궁으로 들어가서 집정관에게 사건을 보고했기 때문이었다.

다크 나이츠의 비밀을 들은 집정관의 눈이 찢어질 듯 부릅떠졌다.

"세, 세상에! 일시적으로 초인의 힘을 낼 수 있는 기사들이 있다니…….''

자리에서 벌떡 일어난 집정관이 관료들을 쳐다보았다.

"이 사실을 각국에 널리 알려야 하오. 크로센 제국에서 그런 비밀병기를 키우고 있었다니…….''

비록 크로센 제국이 아르카디아 대륙의 종주국인 것은 사실이다. 하지만 그들의 의도에 대해 전혀 경계하지 않을 수는 없다.

때문에 로르베인의 집정관은 이 사실을 각국에 널리 퍼뜨리기로 마음먹었다. 모르고 당하는 것과 알면서 대비하는 것은 차원이 다른 문제였다.

집정관은 마법길드의 통신망을 통해 그 사실을 여러 강대국의 정보부에 알렸다. 크로센 제국에서 그토록 감추고자 했던 다크 나이츠에 대한 비밀은 그렇게 해서 아르카디아 전역으로 알려지게 된다.

리빙스턴 후작이 머물던 저택. 그곳은 적막감이 감돌고 있었다. 적지 않은 사람들이 모여 있었지만 누구 하나 입을 열어 말할 엄두를 내지 못했다. 드류모어 후작의 얼굴에는 허탈함이 가득했다.

"일이 그렇게 꼬여 버리다니……."

머리 좋기로 소문난 그가 심사숙고하여 짜낸 계획이었다. 저택을 함정으로 개조하는데 들어간 자금만 해도 천문학적이다.

거기에다 초인인 리빙스턴과 비밀병기인 다크 나이츠가 열 명이나 투입되었다. 그러고서도 목적을 이루지 못했으니 당연히 허탈할 수밖에 없다.

그러나 그것은 그리 큰 문제가 아니었다. 더 큰 문제는 크로센 제국에서 보유하고 있던 다크 나이츠에 대한 비밀이 널리 퍼져버렸다는 점이다.

드류모어는 바로 그 때문에 난감해하고 있었다. 돌연 모든 사실을 폭로한 블러디 나이트에 대한 분노가 치밀어 올랐다.

"빌어먹을……. 내 블러디 나이트 이놈을 그냥?"

그러나 어쩔 수 없는 노릇이다. 먼저 함정을 파고 다크 나이츠들을 동원해 붙잡으려 한 쪽은 엄연히 크로센 제국이다.

지은 죄가 있으니 블러디 나이트가 무슨 짓을 하던 묵묵히 감내할 수밖에 없는 상황이다.

드류모어의 시선이 한쪽으로 돌려졌다. 그곳에는 폐인이 되어 마나를 깡그리 상실한 다크 나이츠들이 초췌한 얼굴로 앉아 있었다.

그들의 얼굴에는 허탈함이 가득했다. 그 모습을 본 드류모어가 한숨을 길게 내쉬었다.

"하필이면 거기에 블러디 나이트를 사칭한 가짜가 있었다니, 어처구니가 없군. 한 번이라도 확인해 보고 행동에 들어갈 일이지."

제릭슨이 면목 없다는 듯 고개를 떨어트렸다.

"마음이 급했습니다. 설마 가짜라고는 꿈에도 상상하지 못했지요. 저희들은 그저……."

"알고 있다. 블러디 나이트의 퇴로를 막는 것이 더 급했겠지."

물론 다크 나이츠의 입장에서도 어쩔 수 없는 선택이었을 것이다. 씁쓸히 미소를 짓던 드류모어가 이번에는 리빙스턴 후작을 쳐다보았다.

불과 하루가 지났을 뿐인데 리빙스턴의 머리는 완전히 백발이 되어 있었다.

그 만큼 마음고생이 심했다는 뜻이다. 임무를 완수하지 못한 것도 모자라 국가의 중대 비밀을 폭로한 격이 되어버렸으니 그 마음이 오죽할까. 그러나 더 큰 문제는 그가 더 이상 오른팔로 검을 잡을 수 없게 되었다는 점이다.

리빙스턴의 오른쪽 어깨는 붕대가 칭칭 동여매어져 있었는데, 팔이 힘없이 늘어져 있었다.

블러디 나이트의 일격은 리빙스턴의 오른쪽 어깨뼈를 완전히 가루로 만들어 버렸다. 일급 신관들이 달려들어 신성력을 퍼부었지만 망가진 어깨를 되살리지 못했다.

지금껏 쌓아온 마나는 사라지지 않았지만 그것을 쓸 수 있는 수단이 사라져 버린 것이다.

물론 왼팔로 검술을 익힌다면 다시 초인의 반열에 오를 수도 있다.

그러나 그러기까지 얼마나 많은 세월이 걸릴 것인가? 당장 크로센 제국에는 왼손으로 익히는 검술이 한정되어 있다.

그 참담한 모습을 물끄러미 쳐다보던 드류모어가 얼굴을 찡그렸다.

"정말 놀랍군요. 블러디 나이트의 실력이 그 정도로 강했다니……."

리빙스턴이 블러디 나이트에게 패할 것이라곤 꿈에도 짐작하지 못한 드류모어였다.

그런데 예상을 뒤엎고 승리한 쪽은 블러디 나이트였다. 비록 상처투성이가 되었다고는 하지만 그래도 이긴 것은 이긴 것이다.

망연자실해하는 드류모어의 귓전으로 침통한 리빙스턴의 음성이 파고들었다.

"블러디 나이트는 그리 강하지 않았소."

"……."

"패장에게 할 말이 있을 리가 없겠지만, 이 말 만큼은 해야겠소.”

리빙스턴이 드류모어를 똑바로 쳐다보며 말을 이어나갔다.

“본인은 시종일관 우세하게 블러디 나이트를 밀어붙였소. 마지막 순간 놈의 수작에 말려들어가지 않았다면 승리하는 쪽은 나였을 것이오.”

“놈이 대관절 무슨 수작을 부렸습니까?”

리빙스턴의 시선이 머문 곳은 다크 나이츠들이 앉아 있는 곳이었다.

“마지막 순간 그는 잠력을 폭발시켰소. 다크 나이츠들처럼 말이오.”

그 말을 들은 드류모어의 눈이 커졌다.

“그, 그게 사실입니까?”

“그렇소. 놈은 본인이 방심한 틈을 타 잠력을 폭발시켰소. 본인은 설마 블러디 나이트가 그렇게 순간적으로 강해질 줄 몰랐소. 게다가 놈은 실전경험이 매우 풍부하오. 나도 간파하지 못한 허점을 찾아내어 찔러왔으니 말이오.”

드류모어의 얼굴이 침중해졌다. 그게 사실이라면 이건 보통 문제가 아니었다.

“승부가 결정지어진 뒤 놈은 나에게 말했소. 자신이 익힌 것은 아무런 부작용이 없는 원류의 기술이라고 말이오.”

그 말을 들은 드류모어의 눈이 빛났다.

“반드시, 반드시 놈을 포획해야겠군요. 그래야만 다크 나이츠들을 1회성이 아닌 제국의 진정한 전력으로 만들 수 있으니까요.”

“하지만 어렵지 않겠소? 놈의 폭로로 인해 이미 다크 나이츠에 대한 사실이 각국으로 퍼져나간 상태요. 이미 수습할 단계는 지난 것 같소만.”

리빙스턴을 힐끔 쳐다본 드류모어가 무미건조하게 말을 이어나갔다.

“이젠 공개적으로 나설 수 없지요. 부득이 음지에서 계략을 꾸미는 수밖에…….”

입술을 살짝 깨문 드류모어의 눈이 날카롭게 빛났다.

“일단은 이곳에서 철수하도록 하겠습니다. 리빙스턴 후작님께서 더 이상 로르베인에 머물러야 할 이유가 없으니까요.”

말을 마친 드류모어가 뒤에 시립해 있던 정보부 요원들을 쳐다보았다.

“철수준비를 하라. 저택에 설치된 함정을 모조리 파기하는 것을 잊지 말고……. 건물 전체를 소각하는 것이 증거 인멸에 용이할 것이다.”

그 말에 정보부 요원들이 흠칫했다. 저택에는 방대한 자금이 투여된 함정이 설치되어 있다.

그 작업을 한 것이 바로 그들이었는데, 그것을 모조리 파기하라고 하니 놀랄 수밖에 없다.

그러나 그들은 머뭇거림 없이 복명했다. 드류모어의 명령은 그들에겐 절대명제나 다름없었다.

"알겠습니다."

부산하게 철수준비를 하는 그들을 드류모어는 무표정한 눈으로 쳐다보았다.

그가 무슨 생각을 하는지는 오직 본인밖에 모르고 있을 터였다.

⚜

로르베인에서 벌어진 초인간의 대결, 그 결과에 대한 소문은 금세 아르카디아 전역으로 퍼져나갔다.

〈크로센 제국의 리빙스턴 후작이 트루베니아에서 건너온 블러디 나이트에게 패했다!〉

크로센 제국 서열 3위의 초인 리빙스턴 후작. 크로센 제국에서 서열 3위라면 아르카디아 전체를 통틀어 서열 3위인 것이나 다름없다.

그런 리빙스턴이 블러디 나이트의 손에 꺾였다는 사실은 아르카디아에 엄청난 파장을 불러 일으켰다.

이제 제리코와 윌카스트의 패배는 더 이상 세인들의 입에서 오르내리지 않았다. 서열 3위의 리빙스턴을 꺾었으니 이제 그

자리를 블러디 나이트가 꿰어 차게 된 것이다.

그렇게 되자 기가 산 것은 오스티아 왕국이었다. 블러디 나이트에게 자국의 초인 윌카스트가 패해 의기소침해 있던 오스티아의 관료들이 큰소리를 내기 시작했다.

〈블러디 나이트의 실력을 보아라. 서열 3위인 리빙스턴 후작마저 그의 손에 꺾이지 않았느냐? 그런 강자에게 본국의 초인 윌카스트가 패한 것은 필연이나 마찬가지다!〉

이런 오스티아의 설명에 모두 일리가 있다는 듯 고개를 끄덕였다. 리빙스턴을 꺾은 강자에게 패한 것은 결코 부끄러운 일이 아니다.

게다가 윌카스트는 블러디 나이트로부터 진정한 무인이라는 극찬까지 받지 않았는가?

그렇게 되자 난감해진 쪽은 초인들을 보유한 왕국들이었다. 만에 하나 블러디 나이트가 나타나서 자국의 초인에게 도전해 올 경우 대처방법이 막막했다.

대부분의 국가에서는 블러디 나이트의 대결요청을 묵살할 생각을 갖고 있었다. 이겨도 본전이지만 질 경우 국가 이미지에 엄청난 타격을 받기 때문이다.

그런 상황이니만큼 구태여 블러디 나이트의 도전을 받아들일 필요가 없다.

그 와중에 블러디 나이트가 리빙스턴을 꺾은 사건이 벌어진 것이다.

초인들을 보유한 국가들의 처지가 난감해진 것은 바로 그 때문이었다. 리빙스턴까지 꺾은 강자의 도전이니 만큼 없는 일로 묵살하기도 어려웠다.

게다가 블러디 나이트에게 패하는 것을 더 이상 치욕이라 볼 수 없었다. 현실적으로 크로센 제국을 제외한 다른 왕국의 초인들은 대부분 리빙스턴보다 실력이 떨어지는 아래 서열이다. 그런 만큼 블러디 나이트에게 패하더라도 하등 부끄러울 것이 없다.

〈블러디 나이트에게 패하더라도 치욕이 아니다. 만에 하나 이길 경우, 본국의 초인이 리빙스턴 후작보다 실력이 월등하다는 사실을 만천하에 알릴 수 있다!〉

바로 이런 사실 때문에 초인들을 보유한 왕국에서는 정책을 바꿨다. 블러디 나이트의 도전을 적극적으로 받아들이기로 말이다.

져봐야 본전이지만 이길 경우 국가의 명예를 비약적으로 높일 수 있다. 물론 그런 사실은 각 왕국 내부의 결정이었고 외부로는 일절 알려지지 않았다.

그런데 한 국가만은 거기에서 예외였다. 북부에 위치한 루첸버그 교국, 그 교황청에서 긴급 대책회의가 열리고 있었다.

루첸버그 교국을 이끌어가는 각급 신료들이 모여 중대한 현안을 논의하고 있었다. 교황에서부터 대주교까지 참가한 회의였다. 그런데 그들의 표정은 그리 밝지 않았다.

마치 중대한 고민거리를 안고 있는 것 같았다. 교황 아키우스 3세가 진물이 주르르 흐르는 눈을 들어 중신들을 쳐다보았다.

"어떻게 할 것인지 결정이 났소?"

그 말에 대답한 사람은 대주교 뷰크리스였다. 사십대 후반이라는 나이에 어울리지 않게 깨끗한 얼굴을 지닌 뷰크리스가 조심스럽게 교황의 질문에 대답했다.

"애초에 계획했던 대로 블러디 나이트의 도전을 거부하는 것이 가장 바람직할 것 같습니다."

그러나 거기에 반발이 없지 않았다. 반론을 제기한 사람은 주교 헤이안이었다.

젊은 소장파 신관들의 우두머리 격인 헤이안이 고개를 흔들며 반박했다.

"그럴 수 없습니다. 지금의 상황은 결정을 내렸을 때와는 판이하게 바뀌었습니다."

헤이안이 유창한 논리로 당금의 상황을 설명해 나갔다.

"현재 블러디 나이트의 명성은 하늘 높은 줄 모르고 치솟고 있습니다. 로르베인에서 크로센 제국의 리빙스턴 후작을 꺾은 것이 계기가 되었지요. 그의 실력은 아르카디아 10대 초인들 중 상위급으로 재평가 받고 있습니다. 그런 상황에서 그의 도전을 받아들이지 않는다면 본국의 명예가 형편없이 실추될 것입니다.”

그러나 뷰크리스 역시 쉽사리 물러나지 않았다.

“그렇다고 해서 싸울 수는 없소이다. 그 이유는 헤이안 주교도 잘 알고 있지 않소?”

말을 마친 뷰크리스가 힐끔 시선을 돌려 한쪽을 쳐다보았다. 그곳에는 머리와 콧수염이 희끗희끗한 중년 기사 한 명이 눈을 지그시 감고 있었다.

몸에 걸친 고풍스러운 풀 플레이트 메일이 더없이 어울려 보이는 모습. 그가 바로 루첸버그 교국을 대표하는 그랜드 마스터 테오도르 공작이었다. 아르카디아 10대 초인의 반열에 이름을 올려 놓고 있는 극강의 무인.

뷰크리스의 시선이 쏟아졌지만 테오도르 공작은 아무런 말 없이 눈만 감고 있었다.

“10년 전 테오도르 공작 전하께서 초인대전에 승리해 그랜드 마스터의 자격을 취득할 당시 우리 교단은 엄청난 손실을 입어야 했습니다. 아직까지도 그때의 손실이 복구되지 않았습니다. 그런데 그런 무의미한 일로 또다시 손실을 입을 순 없습니다.”

"무의미한 손실이 아니오. 그들의 희생 덕택에 우리 루첸버그 교국은 확실한 성지로 자리매김할 수 있었소. 그때의 신관들은 지금도 당시의 일을 후회하지 않소. 루첸버그 교국의, 더 나아가 베르하젤 교단의 끝없는 번영을 위해 자발적으로 자원한 자들이고 교의 명예를 위해 헌신한 것을 한없이 자랑스럽게 생각하오."

"그때의 일은 그때의 일이고, 지금은 다르오. 블러디 나이트의 도전을 거부한다고 해서 명예가 깎일 일은 없소."

"허 참, 답답하시구려. 이미 강자로 확실하게 인정받은 블러디 나이트의 도전을 회피한다면 주변국들의 시선이 어떻겠소? 당장 테오도르 공작 전하의 능력을 의심부터 할 것이오."

뷰크리스와 헤이안의 설전은 끝없이 이어졌다. 도무지 결론이 도출될 기미를 보이지 않았다. 답답해진 아키우스 3세가 테오도르를 쳐다보았다.

"테오도르 공작. 그대의 의견은 어떠한가?"

그 말에 테오도르가 눈을 떴다. 티 하나 없이 맑은 눈동자에는 확고한 신념의 빛이 서려 있었다.

"소신은 오로지 신의 뜻에 따를 따름입니다. 오로지 교황께서 명하시는 대로 행하겠습니다."

말을 마친 테오도르가 허리에 찬 워 해머의 손잡이를 불끈 움켜쥐었다.

"싸우라고 하시면 싸울 것입니다. 도전을 피하라 하시면 그렇게 할 것입니다. 제가 바라는 것은 오로지 하나. 교단의 명예뿐입니다. 다른 것은 하등 중요하지 않습니다. 설사 그것이 무인의 명예라고 해도 말입니다.”

답답한, 어찌 보면 고루해 보이는 고지식한 태도에 교황이 미간을 지그시 모았다.

‘도대체 이 일을 어찌 해야 한단 말인가?’

교황이 조용히 눈을 감고 상념에 잠겨 들어갔다. 일의 발단은 테오도르 공작을 아르카디아의 10대 초인으로 만들기 위해 무리하게 일을 추진하면서 시작되었다.

성기사는 일반 기사들과는 힘을 얻는 과정 자체가 다르다. 기사들이 혹독한 자기 자신과의 싸움을 통해 마나를 다스리는 능력을 얻게 되는 반면, 성기사는 신의 힘을 몸에 받아들여 그것을 외부로 표출한다. 그러므로 발휘할 수 있는 능력에서 많은 차이를 보일 수밖에 없다.

기사들은 공격에 특화되어 있는 존재이다. 기사들의 장검에서 발산하는 오러나 오러 블레이드는 닿는 모든 것을 순식간에 파괴해 버리는 무시무시한 권능이다.

반면 성기사는 공격보다는 방어에 특출난 재능을 보인다. 굳은 신념으로 무장한 성기사들의 방어는 한 마디로 난공불락의 철벽이나 다름없다.

성기사들이 사용하는 무기는 날이 없는 메이스나 워 해머이다. 예기를 발하는 날카로운 병기로는 신성력을 발산하기 힘들기 때문이다.

신성력이 극도로 농축된 메이스나 워 해머를 휘두르는 성기사는 베르하젤 교단의 영광을 대표하는 상징이나 다름없다.

한 마디로 평해서 기사는 날카로운 검, 성기사는 극히 튼튼한 방패에 비유할 수 있다.

그럼에도 불구하고 기사와 성기사와의 대결은 여간해서는 일어나지 않는다. 굳은 신념과 신앙으로 무장한 성기사들은 신의 뜻을 지키는 것 외에는 아무것에도 관심을 갖지 않기 때문이다.

그러나 과거에는 성기사와 기사들의 대결이 빈번하게 일어났다고 한다. 때는 바야흐로 베르하젤 교단의 힘이 극에 이르렀을 때이다. 교단은 변질되었고 고위 신관들은 부패했다.

그들은 평소 마음에 들지 않는 귀족들을 이단으로 매도했다. 그리고 이단심문관과 성기사들을 보내 재산을 빼앗으려 했다.

물론 그렇다고 해서 귀족들이 두 손 놓고 방관할 리는 만무한 법. 귀족들을 섬기는 기사와 교단의 성기사 간의 대결이 빈번하게 벌어졌다. 결과는 성기사의 압승이었다.

성기사는 굳은 신앙심을 매개로 신의 힘을 차용해서 쓰는 존재이다. 따라서 갓 검을 잡은 젊은 성기사도 놀라운 힘을 발휘할 수 있다.

수년 이상 검을 갈고 닦은 기사와 대등하게 맞서 싸울 수 있으니 말이다.

그러나 고급으로 넘어가면 사정이 달라진다. 오러 블레이드를 발산할 수 있는 마스터 급 이상의 기사에게 성기사는 유독 약할 수밖에 없다. 왜냐하면 그것은 성기사가 지닌 태생적 한계 때문이다.

신의 힘을 차용하는 것, 그것은 성기사의 몸에 엄청난 부담으로 작용한다. 인간의 몸으로는 강대한 신력을 수용하기 힘들기 때문이다.

신력을 버티지 못한 성기사의 몸은 급속도로 늙어간다. 신력을 빌려 쓰는 데 대한 대표적인 부작용이라 할 수 있다.

성기사는 보통 삼십대 초반에 은퇴하기 마련이다. 신체가 노쇠해져서 더 이상 신력을 감당할 수 없기 때문이다. 성기사가 소드 마스터에게 유독 약한 면모를 보이는 것은 바로 그 때문이다.

서른이 되지 않은 성기사는 아무리 수련을 해도 마스터의 수련량을 감당할 수는 없는 법이다.

소드 마스터란 헤아릴 수 없을 만큼 검을 휘둘러 자신만의 검로를 찾아낸 검사들이다. 때문에 성기사가 제아무리 신의 힘을 차용해 강해졌다고는 해도 기본적인 검술실력 자체를 극복할 수는 없다.

그로 인해 성기사의 한계가 정립되었다. 초반에는 성기사가 월등히 강한 면모를 보이지만 시간이 지날수록 그 격차가 좁혀지고, 마스터가 된 이후에는 기사가 압도적인 우위를 보인다.

그 차이점을 없애기 위해 역대 베르하젤 교단에서 부단히 노력을 기울였지만 애석하게도 헛수고였다. 인간의 몸으로는 강대한 신력을 버텨내기 힘들기 때문이다. 거기에서 유일하게 예외적인 존재가 바로 테오도르였다.

교황 아키우스 3세가 눈을 가늘게 뜨고 테오도르를 쳐다보았다. 그는 조금 전과 다름없이 눈을 지그시 감고 있을 뿐이었다.

테오도르는 신력을 몸에 담은 채 육신의 한계를 뛰어넘은 유일한 인물이다. 현재 나이가 50이 넘었지만 노화가 거의 진행되지 않았다.

육신이 강대한 신력을 능히 버텨낼 수 있는 것이다. 그렇게 되자 베르하젤 교단은 희망을 품었다.

"되었어. 테오도르 공작이라면 능히 초인의 반열에 이를 수 있어."

초인 한 명을 보유하는 것은 몰락해가는 베르하젤 교단에게 엄청난 힘이 되는 일이다. 그 때문에 교단 전체가 테오도르 공작에게 기대를 품을 수밖에 없었다.

그러나 그 기대는 애초부터 헛된 꿈이었다. 왜냐하면 성기사는 원천적으로 초인이 될 수 없기 때문이다.

　인간의 한계를 넘어서 마나를 자유자재로 다스리는 경지가 그랜드 마스터이다.

　몸에 받아들인 신력을 바탕으로 힘을 발휘하는 성기사에겐 한계가 따를 수밖에 없다.

　테오도르가 초인이 되지 못하는 가장 큰 이유는 지구력이었다. 몸에 저장된 신력이 소모되는 시간이 초인에 비해 현저하게 짧았다. 물론 발휘할 수 있는 위력 자체는 초인에게 그다지 뒤지지 않는다.

　그러나 초인처럼 오랜 시간동안 동일한 위력을 발휘할 순 없다. 그 사실을 알게 된 베르하젤 교단은 좌절했다.

〈정녕 교단에서 초인을 보유하는 것은 요원하단 말인가!〉

　거의 포기할 즈음 한 신관이 해결책을 제시했다. 그것은 바로 신력의 집중이었다. 신관들은 몸속의 생명력을 신력으로 바꿔 타인에게 전이시킬 수 있다.

　오직 신앙심이 독실한 신관들만이 할 수 있는 기술이다. 거기에는 타의에 의한 강요가 끼어들 틈이 없다. 진심으로 자기 자신을 헌신할 각오를 품어야만 전개할 수 있는 기술이기 때문이다.

　"되었어. 이 기술을 사용한다면 초인을 배출해낼 수 있어."

　그 사실을 알게 된 베르하젤 교단은 다시금 희망을 품었다.

신관을 통해 테오도르에게 신력을 무제한으로 제공할 수 있기 때문이다.

그렇게 한다면 테오도르 공작은 능히 초인을 상대로 싸울 수 있다. 그러나 처음 그 사실을 알게 된 테오도르는 완강히 거부했다.

"그럴 수는 없습니다. 신관들의 희생을 바탕으로 초인의 자격을 취득하는 것은 무의미합니다."

그러나 그런 테오도르를 설득한 것은 신관들이었다. 독실한 신앙심을 가진 신관들이 거듭 찾아가서 테오도르를 간곡한 말로 회유했다. 물론 그것은 자기 자신의 희생이 전제된 것이었다.

"현재 베르하젤 교단은 몰락의 길을 밟고 있습니다. 위기를 타파하기 위해서는 교단에서 초인을 배출하는 길뿐입니다."

"교단의 명예를 위해서라면 마땅히 제 자신을 헌신할 수 있습니다."

그 거듭되는 설득에 테오도르의 생각은 점점 바뀌어갔다. 초인이 되는 것이 일신의 영달이 아니라 교단의 명예를 위함이란 사실을 깨달은 것이다.

"알겠습니다. 그렇다면 해 보겠습니다."

단단히 마음먹은 테오도르가 마침내 초인선발대전에 출전했다. 그 사실은 아르카디아 전체를 떠들썩하게 만들었다.

사상 초유로 성기사가 초인선발대전에 출전하는 일이 벌어진 것이다. 이변은 거기에서 끝나지 않았다.

테오도르는 초인선발대전에서 당당히 우승을 거머쥐는 기염을 토했다. 그 결과에 세인들은 무척 놀라워했다.

그러나 그 대가로 입은 교단의 손실은 너무도 컸다. 무려 스무 명이 넘는 신관이 생명력을 모두 소진하고 식물인간이 되어버린 것이다.

몸속의 모든 생명력을 신력으로 바꿔 테오도르에게 전이한 결과였다.

뜻밖의 결과에 교단은 망연자실했다. 신력을 모두 소모한 신관이 식물인간이 되리라는 것까지는 예측하지 못했다. 그러나 거기에서 멈출 수 없는 상황이었다.

교단의 명예를 위해 신관들이 속속 찾아왔다. 그들은 식물인간이 된다는 사실을 알고서도 서슴없이 자원하고 나섰다.

"이 한 몸 헌신해 베르하젤 님의 명예를 드높인다면 여한이 없습니다."

"지금의 생은 중요하지 않습니다. 내세에 베르하젤의 전당에서 영원히 주신을 모실 수 있으니까요."

결국 테오도르는 초인대전에 출전해야 했다. 식물인간이 된 신관들에게 보답하는 길은 오로지 초인이 되는 것뿐이었다.

테오도르는 마침내 지명한 초인과 경기장에서 맞닥뜨리게 되었다. 그는 신관들이 전이해 주는 신력을 바탕으로 처음부터 튼튼하게 방어를 펼쳤다.

초인의 매서운 공격이 연거푸 가해졌지만 그는 모조리 막아 냈다. 대기하고 있던 신관들이 계속해서 신력을 공급해 줬기에 힘은 충분했다.

애초에 수백 대 일의 싸움이다. 그러므로 초인이 이길 가능성은 없었다.

결국 힘을 모두 소진한 초인이 맥없이 허물어졌고 테오도르는 마침내 승리를 거머쥐었다. 초인의 반열에 당당히 이름을 올릴 수 있게 되었던 것이다.

그러나 그 대가로 베르하젤 교단은 숱한 희생을 감수해야 했다. 무려 이백 명에 달하는 신관들이 생명력을 모두 소진하고 식물인간이 되어버렸다.

테오도르가 초인의 자격을 취득할 수 있었던 것은 그들의 헌신적인 희생 때문이었다.

우여곡절 끝에 베르하젤 교단은 초인을 탄생시킬 수 있었다. 그로 인해 교단의 위세는 예전과 비교할 수 없을 정도로 막강해졌다.

아르카디아에 단 열 명만이 존재하는 초인을 교단에서 배출해낸 것은 그 정도로 큰 사건이었다. 그러나 거기에 이런 내막이 숨겨져 있다는 것은 다른 왕국들은 모르는 극비였다.

오로지 교단의 신관들 외에는…….

"흐음……."

초인의 탄생비화를 떠올려 보던 아키우스 3세가 가늘게 한숨을 내쉬었다. 그런 사정을 간직하고 있는데 뜻밖의 일이 터져버린 것이다.

그것은 다름 아닌 블러디 나이트의 등장 때문이었다. 장내에서는 계속해서 설전이 오가고 있었다.

"우리는 이미 베르하젤의 영광을 위해 이 한 몸을 바칠 각오가 되어 있소."

결연한 표정을 지은 헤이안의 발언이었다. 이미 그는 자신의 생명력을 신력으로 바꿔 테오도르에게 전이할 것이라고 공언한 바 있다. 그를 따르는 수십 명의 신관들이 뜻을 함께했다. 그들이 바라는 것은 오직 하나, 베르하젤 교단의 영광뿐이다.

"설사 테오도르 공작께서 패한다고 해도 상관없소. 어차피 그는 리빙스턴 후작을 꺾은 강자요. 우리가 바라는 것은 공작 전하께서 블러디 나이트에 맞서 당당히 버티는 모습을 보여주시는 것이오. 그것이면 교단의 명예가 깎이지 않을 것이오."

뷰크리스가 안타깝다는 듯 가슴을 쳤다.

"허, 답답하오. 경과 경을 따르는 신관들이 식물인간이 되는 것을 감안해야지요?"

그러나 헤이안의 결심은 확고했다.

"이미 우린 가진 모든 것을 베르하젤께 봉헌할 것이라 공언했소. 이제 그 결심을 지킬 때요."

만약 헤이안이 다른 신관들을 희생시키면서 일을 진행하려 했다면 뷰크리스도 가만히 있지 않았을 것이다.

그러나 그는 자기 자신이 식물인간이 되는 것을 감수하면서까지 계획을 추진했다. 그러니 무턱대고 반박할 수 없는 입장이다.

뷰크리스 대주교가 안타까운 듯 혀를 찼다.

"허, 헤이안 주교의 신앙심이 독실하다는 사실은 알고 있소. 하지만 이렇게까지 해야겠소?"

"교단의 명예를 지키는 것입니다. 제가 무얼 마다하겠습니까?"

머리를 절레절레 흔든 뷰크리스가 교황 아키우스 3세를 쳐다보았다.

"저로서는 도저히 판단할 수가 없는 문제군요. 교황 합하께서 결정을 내려주시기 바랍니다."

그 말에 교황이 진물이 흐르는 노안을 들어 헤이안을 쳐다보았다. 헤이안의 확고한 눈빛을 본 교황이 고개를 끄덕였다.

"알겠소. 그렇다면 헤이안 경의 뜻대로 하겠소."

그 말에 헤이안 주교의 얼굴이 환히 밝아졌다. 그를 따르는 젊은 신관들의 얼굴 역시 마찬가지였다.

"현명하신 선택이옵니다."

교황이 결정을 내린 만큼 뷰크리스 대주교도 더 이상 관여할 수 없었다.

"알겠습니다. 그러면 블러디 나이트의 도전을 받아들이도록 하겠습니다. 교황청의 정문을 지키는 근위병들에게 단단히 당부해 놓도록 하겠습니다."

"블러디 나이트에게 결례를 저질러서는 아니 되오. 비록 그가 식민지 출신이기는 하지만 이미 능력을 만천하에 입증한 초인이오."

"명심하겠습니다."

교황청에서 벌어진 회의는 그렇게 결론이 났다.

⚜

루첸버그 교국은 아르카디아의 최북단에 위치해 있다. 대표적인 북부 왕국인 카토 왕국에서도 한참 올라가야 하는 험지. 일 년 내내 만년설이 존재하고 얼음이 전혀 녹지 않는 극한의 오지라고 할 수 있다.

야생동물조차 심심찮게 얼어 죽는 극한의 땅인 이곳에 인간들은 도시를 건설했다. 인간들의 끈질긴 생존력을 보여 주는 단면인 것이다.

극한지에 건설된 만큼 루첸버그 교국의 수도 토르센은 여타의 도시들과는 확실히 차별화된 모습을 보여주었다. 시가지에 늘어선 건물 대부분이 야트막한 단층이었다.

눈을 씻고 보아도 2층 이상의 가옥을 찾아볼 수가 없었다.

층수를 높일 경우 추위를 막아내는 것이 곤란하기 때문이다. 그 때문에 토르센의 가옥들은 지하로 파고들어가는 형태를 보였다.

지하로 2층, 3층을 파서 방을 만든 것이다. 바로 극한의 한기를 막아내기 위한 생존전략이었다.

차이점은 그것뿐만이 아니었다. 다른 지역의 주택들은 빗물을 흘려보내기 위해 지붕이 경사지게 설계되어 있다. 그래야 빗물이 집 안으로 새어들지 않는다.

그러나 토르센의 주택들은 그렇지 않았다. 대부분 평평한 지붕이었고 위에 만년설이 두텁게 쌓여 있었다. 언뜻 보기에는 내부가 추울 것 같지만, 실제로는 그렇지 않았다.

두텁게 쌓인 눈이 보온재 역할을 하기 때문에 내부는 무척이나 아늑했다. 인간들이 극한의 험지에서 터득해 낸 생활의 지혜였다.

토르센에서 찾아볼 수 있는 대표적인 고층건물로는 교황청을 꼽을 수 있었다. 혹시라도 일어날 전쟁을 대비해서 교황청 외부에는 성벽이 둘러싸고 있었다.

그런데 성벽은 돌로 쌓아 만든 것이 아니었다. 성벽의 재질은 다름 아닌 얼음이었다. 나무와 석재로 골조를 짜고 그 위에 물을 부어 만든 얼음성벽. 워낙 추운 곳이라 얼음의 강도는 돌에 버금갔다.

게다가 표면이 매우 미끄럽고 차갑기 때문에 일견해도 공략

하기가 만만치 않아 보였다. 교황 아키우스 3세가 거주하는 교황청은 바로 성벽 안에 있었다.

교황청을 제외하고 토르센에 존재하는 고층건물은 마법길드 지부의 건물이다. 마법사들의 집단인 마법길드에는 마법을 이용해 추위를 몰아낼 수 있는 기술이 있다.

그 때문에 마법길드의 지부는 고층으로 설계되어 있었다. 그러므로 시가지 대부분이 단층건물인 토르센에서 유난히 돋보이는 것은 교황청과 마법길드였다.

토르센의 시가지는 무척이나 한산했다. 돌아다니는 사람이 거의 보이지 않았다. 입김이 얼어붙어 수염에 매달릴 정도였으니 주민들은 여간해서는 나들이를 하지 않았다.

간혹 가다 보이는 행인들은 모피로 빈틈없이 무장하고 있었다. 털가죽으로 뒤집어쓴 모습이 마치 설인을 연상케 했다. 그런데 그곳에 매우 이질적인 차림새의 여행자가 모습을 드러냈다.

덜컥.

굳게 닫혀 있던 마법길드 지부의 문이 열렸다. 그곳으로 일남일녀가 모습을 드러냈다.

제법 두터워 보이는 외투를 걸치고 있었지만 다른 행인들에 비하면 매우 빈약한 모습. 둘 중 여인이 추위를 느꼈는지 몸을 움츠렸다.

"헉! 저, 정말 춥군요."

옆에 서 있던 덩치 큰 사내가 맞장구를 쳤다.

"그렇군요. 춥다, 춥다 소리는 많이 들었지만 이렇게 추울 줄은 몰랐습니다."

그들은 다름 아닌 레온과 알리시아였다. 로르베인에서 리빙스턴을 꺾고 난 뒤 몸을 추슬러 곧바로 루첸버그 교국으로 공간이동을 한 것이다.

샤일라에게 받은 인식표를 건네주자 마법길드 사람들은 두말없이 그들을 공간이동 마법진으로 안내해 주었다.

신분 따윈 묻지도 않았다. 그렇게 해서 둘은 눈 깜짝할 사이에 루첸버그 교국으로 이동할 수 있었다.

공간이동을 하는 기분은 매우 묘했다. 공간이동 마법진이 작동하는 순간 그들은 속이 막 울렁거리는 기분을 느꼈다. 이어 전신이 마치 늪 속으로 빠져 들어가는 듯한 압력을 느껴야 했다.

번쩍.

눈부신 섬광이 그들의 전신을 감쌌다. 감았던 눈을 뜨자 전혀 낯선 풍경이 펼쳐졌다.

그들은 눈 깜짝할 사이에 루첸버그 교국의 마법길드 지부로 공간이동을 한 것이다.

이미 전갈을 받았는지 지부의 마법사들은 그들을 보고도 놀라지 않았다. 대신 그들은 레온과 알리시아에게 한 마디 충고를 해 주었다.

"그 차림으로 나갈 경우 십중팔구 얼어 죽고 말 것이오. 그러니 사람을 시켜 옷을 사오게 한 뒤 입고 나가시오."

그러나 레온과 알리시아는 그 충고를 묵살했다. 옷 정도는 나가서 사도 충분하다고 생각한 것이다. 하지만 그것은 오산이었다.

마법으로 보온하던 지부를 나서자마자 살을 에는 추위가 그들을 강타했다.

가지고 있던 옷 중 가장 두터운 외투를 걸쳤음에도 불구하고 한기가 사정없이 몸속으로 파고들어왔다. 알리시아의 얼굴은 시퍼렇게 질려 있었다.

"으으으, 정말 춥군요."

입김이 얼어붙어 코끝에 매달려 있었지만 그녀는 그것조차 인지하지 못했다.

레온의 얼굴 역시 창백하기는 마찬가지였다. 리빙스턴과의 대결에서 입은 부상이 아직까지 남아 있는 것이다. 그나마 레온은 나은 상태였다.

내공으로써 한기를 몰아낼 수 있으니 말이다. 북부의 추위가 아무리 매서워도 한서불침의 경지에 오른 레온을 어찌할 수는 없다. 그러나 알리시아는 예외였다.

급기야 그녀는 더 이상 걷지 못하고 그 자리에 웅크리고 앉았다. 얼마나 추웠는지 아래턱이 덜덜덜 떨렸다.

"너, 너무 추워서 못 걷겠어요."

지나가던 행인들이 그들을 보고 동정 어린 눈빛을 보냈다.

"외지에서 온 여행자인가보군."

"세상에! 저런 차림새로 거리를 나오다니, 죽고 싶어 환장했군."

행인들의 피부는 거의 노출되어 있지 않았다. 털가죽 모자 사이로 눈만 빠끔 나와 있을 뿐이었다.

그런 그들의 눈에 외투 하나 달랑 걸친 레온과 알리시아가 한없이 불쌍해 보일 수밖에 없었다.

"난감하군."

바닥에 주저앉은 알리시아를 보던 레온이 미간을 지그시 모았다. 일단은 근처의 의류점으로 가서 털가죽 옷을 사 입어야 할 것 같았다.

그런데 알리시아가 좀처럼 걸음을 옮기지 못하니……. 생각다 못한 레온이 자신의 외투를 벗어서 알리시아에게 덮어씌워 주었다.

"일단 이걸 입으십시오."

"레, 레온 님은?"

얇은 셔츠에 튜닉 차림이 된 레온이 빙긋 웃어주었다.

"전 괜찮습니다."

말은 그렇게 했지만 레온은 내공을 한껏 끌어 모아 몸속의 한기를 몰아내고 있었다.

그렇게 하지 않는다면 그대로 얼어붙어 버릴 터였다. 레온의 모습을 본 행인들은 눈이 튀어나올 정도로 놀랐다.

"헉! 저게 사람인가?"

"죽으려고 환장했군."

털가죽으로 전신을 둘러도 추운데 얇은 셔츠에 튜닉 차림이라니…….

둘은 사람들의 시선을 받으며 급히 걸음을 옮겼다.

모피의류점의 위치는 이미 마법길드 사람들에게 들어 알고 있었다. 레온의 외투를 덮어쓴 덕택에 알리시아는 조금 기력을 회복했다.

그들은 서둘러 마법길드로부터 들은 모피의류점을 향해 달려갔다.

"어서 오십……세, 세상에……."

작달막한 덩치의 노인이 눈을 크게 떴다. 토르센 중심부에서 모피의류점을 하는 그는 지금 한번도 경험해 본 적이 없는 경우를 보고 있었다.

덩치 큰 사내 하나가 얇은 셔츠에 튜닉만을 걸치고 들어오는 것이 아닌가? 당장 얼어 죽어도 모자랄 게 없는 상황이기에 주인이 놀랄 수밖에 없는 것이다.

상식적으로 이해가 가지 않았기에 주인이 손을 뻗어 사내의 팔을 만져보았다. 이 정도 추위에 노출되었다면 피부가 얼어

괴사해야 정상이지만 사내의 팔뚝은 멀쩡했다.

"당신 도대체 인간이오? 언데드요?"

혀를 내두르며 놀라워하는 주인을 레온이 쳐다보았다.

"당연히 인간이지. 옷 좀 사러 왔소."

"그 전에 문을 좀 닫아주시오. 한기가 새어들지 않소?"

레온이 머쓱한 표정을 지으며 문을 닫았다. 반쯤 땅을 파고 지어놓은 반 지하 건물이라 문을 닫자 한기가 다소 수그러들었다.

벽에서 활활 타오르는 벽난로가 열기를 뿜어내고 있었다. 실내에 들어서자 알리시아의 얼굴에 화색이 돌았다. 이곳의 추위는 그녀가 지금껏 단 한 번도 경험해 보지 못한 혹한이었다.

"아르카디아에 이렇게 추운 곳이 있다니……."

주인의 늙수그레한 얼굴에 미소가 떠올랐다.

"어디서 오셨소?"

"타르디니아 왕국이에요. 러프넥 님은 렌달 국가연방 출신이고……."

"따듯한 곳에서 오셨구려. 그러니 추울 수밖에……. 그나마 오늘은 눈보라가 치지 않아서 비교적 덜 추운 날이오."

주인의 말에 레온과 알리시아가 혀를 내둘렀다. 이게 덜 추운 날씨라면 추운 날씨는 얼마나 춥단 말인가?

"저희가 입을 만한 모피 옷이 있을까요?"

주인이 머뭇거림 없이 손을 들어 뒤쪽을 가리켰다. 어두워서 잘 보이지는 않았지만 모피 옷이 종류별로 포개져 차곡차곡 정돈되어 있었다.

"저게 다 모피 옷이오. 뭘 원하시는지 말만 하시오. 곰가죽, 여우가죽, 늑대가죽 등등 이곳에 존재하는 모든 종류 짐승들의 모피 옷이 다 있소."

"어떤 가죽옷이 가장 따뜻하죠?"

알리시아의 질문에 주인이 머뭇거림 없이 대답했다.

"보온력으로만 따지면 단연 아이스 트롤이지요. 다른 털가죽 두 장을 걸친 것보다도 따듯하니 말이오. 하지만 가격이 워낙 비싸서 말이지. 그러니 곰가죽 정도로 맞추면 될 거요. 그나마 그게 두 번째로 보온력이……."

그때 레온과 알리시아의 시선이 마주쳤다. 적어도 돈 문제에 있어서는 아무런 걱정이 없는 그들이 아니던가?

잠시 후 그들은 판이하게 변한 차림새로 모피의류점을 나섰다. 그들이 입고 있는 옷은 통짜 아이스 트롤의 통가죽으로 만든 외투였다.

곰이나 늑대가죽보다 부피가 덜 나갔지만 보온력이 배나 뛰어났다.

그 때문에 다른 행인들처럼 쓸데없이 뚱뚱해 보이지 않았다. 주인이 추운 바깥까지 나와서 허리를 굽실거렸다.

"안녕히 가십시오. 또 찾아주십시오."

레온과 알리시아는 모피의류점의 한 달 매상을 하루 만에 올려 준 손님이었다. 그들은 통짜 아이스 트롤의 털가죽으로 된 무척이나 비싼 외투와 바지를 구입했다.

모자와 장갑도 모조리 아이스 트롤의 것이었다. 곰 가죽보다 열 배 이상 비쌌지만 그들은 두말없이 가격을 지불했다. 그러니 주인의 얼굴에 희색이 만연할 수밖에 없었다.

주인의 배웅을 받으며 둘은 한적한 시가지를 걸었다. 이따금 마주치는 행인들이 부러움 섞인 눈빛을 보내왔다.

"세상에! 아이스 트롤 털가죽이잖아?"

"돈이 무척 많은 사람인가 보군. 아니면 귀족이거나……."

둘이 향한 곳은 토르센에서 주택의 임대나 매매를 담당하는 곳이었다. 이미 그들은 루첸버그 교국에서의 계획을 세세히 짜놓은 상태였다.

"도착하는 대로 테오도르 공작에게 도전할 순 없어요. 그렇게 되면 우리가 공간이동을 통해 루첸버그 교국으로 갔다는 사실이 들통 나요."

알리시아의 말은 사실이었다. 곧바로 테오도르 공작에게 도전할 경우 공간이동을 통해 이동한 행적이 드러날 수밖에 없다.

그렇게 되면 마법길드를 중점으로 다각적인 조사가 이루어질 것이고 자신들의 신원이 탄로날 우려가 있었다.

"그러면 어떻게 해야 합니까?"

"로르베인에서 루첸버그 교국까지 도보로 두 달 가량 걸려요. 그러니 두 달 이상 이곳에서 머물렀다가 도전을 해야 해요."

그 말을 들은 레온이 눈을 빛냈다. 사실 그에겐 리빙스턴 후작과의 대결에서 얻은 경험에 대해 차분히 생각할 시간이 필요했다. 이번 대결에서 레온은 상당히 많은 것을 얻었다.

충분한 명상을 통해 얻은 것을 자신의 것으로 만든다면 상당한 진전을 기대할 수 있다.

그 때문에 레온으로서는 그 제안을 마다할 이유가 없었다.

"알겠습니다. 그렇게 하겠습니다."

둘은 시가지에서 조금 떨어진 곳에 저택을 하나 임대했다. 두 달 이상 머물려면 여관보다는 저택을 임대하는 것이 나았다.

수련을 해야 하는 레온의 사정을 감안해 알리시아는 실내에 연무장이 포함된 저택을 물색했다.

그 결과 과거 기사단 소속의 기사가 사용하던 저택을 하나 세낼 수 있었다. 물론 연무장이 설치된 저택이 흔하진 않았기에 적지 않은 대가를 지불해야 했지만 알리시아는 망설이지 않았다.

그들이 세낸 저택은 토르센의 외곽에 있었다. 야트막한 지붕 위로 첩첩히 눈이 쌓인 모습이 여타의 루첸버그 가옥과 형태가 동일했다. 그러나 저택의 지하에는 상당히 큰 규모의 연무장이 설치되어 있었다.

레온은 그곳에서 수련에 몰두했다. 두 달이라는 시간 동안 리빙스턴과의 대결에서 얻은 경험을 몸으로 체득하려는 것이다. 그리고 알리시아는 도서관을 드나들었다.

베르하젤 교단에서 보유한 방대한 서적들이 루첸버그 교국의 도서관에 보관되어 있었던 것이다.

⚜

두 달의 시간은 금세 지나갔다. 그 기간은 레온과 알리시아에게 매우 값진 시간이었다.

레온은 정말 오랜만에 타인의 눈치를 보지 않고 수련에 몰두할 수 있었다.

리빙스턴 후작이라는 강자와의 대결을 통해 얻은 깨달음을 완전히 몸으로 체득했던 것이다.

그들이 세낸 저택은 수련하기에는 최상의 조건을 지니고 있었다. 사람들의 왕래도 없는데다 한기로 이루어진 순수한 대자연의 기가 풍부했기 때문에 완전히 몰두할 수 있었고 그 대가로 레온은 풍성한 결실을 거두었다.

알리시아 역시 얻은 것이 적지 않았다. 루첸버그 교국의 도서관에는 그동안 베르하젤 교단이 모아온 값 비싸고 희귀한 책들이 가득했다. 그것을 통해 많은 지식을 얻었으니, 알리시아에게도 대단히 알찬 순간들이었다.

"이제 시간이 되었어요."

두 달이 지나자 둘은 테오도르 공작에게 도전할 채비를 갖추었다. 알리시아는 현재 돌아가는 상황을 비교적 정확하게 추정해냈다.

"리빙스턴 후작을 꺾은 것 때문에 상황이 조금 바뀌었을 거예요. 리빙스턴 후작은 자타가 공인하는 상위 서열의 초인, 그를 꺾었기 때문에 레온 님의 위상이 많이 올라갔을 거예요. 초인을 보유한 국가에서 무턱대고 거부하기 곤란하게 된 것이죠?"

"그렇다면 제가 어떻게 하면 되겠습니까?"

알리시아가 눈을 반짝이며 말을 이어나갔다.

"지금까지 해 왔던 대로 당당히 교황청에 가서 테오도르 공작에게 도전을 하세요. 지금 교단이 처한 입장을 감안하면 도전을 거부하기 힘들 거예요."

"그것은 어째서 그렇습니까?"

"사실 리빙스턴 후작을 꺾기 전이었다면 레온 님의 도전을 거부했을 가능성이 높아요. 이겨봐야 별 이득이 없는데다 만에 하나 패하기라도 하면 교단의 명예가 엄청나게 실추될 테니까요. 그러나 리빙스턴 후작과의 대결에서 이기신 덕분에 상황이 달라졌어요. 져도 명예가 실추될 것이 없다는 것이 베르하젤 교단의 바뀐 입장인 셈이죠."

테오도르 공작과 정정당당한 대결을 벌일 수 있다는 사실 때문인지 레온의 얼굴은 밝았다.

"기대되는군요. 지금까지 성기사랑 싸워본 적은 없었는데……."

"교황청에서는 아마 도전을 거부하지 않을 거예요. 만에 하나 이긴다면 교단의 명예가 비약적으로 향상될 테니까요."

잠시 말을 끊은 알리시아가 눈을 빛내며 레온을 쳐다보았다.

"이길 자신은 있으시죠?"

"그것은 장담할 수 없습니다. 성기사랑 한 번도 싸워본 적이 없는데다 무사의 승부는 한 치 앞을 점칠 수 없기 때문입니다. 사소한 실수 하나로 승패가 뒤바뀌는 것이 무사의 승부입니다."

"어쨌거나 전 레온 님을 믿어요."

둘은 즉시 테오도르에게 도전할 채비를 갖췄다. 우선 둘은 아이스 트롤의 털가죽으로 된 모피를 빈틈없이 걸쳤다.

그것을 입고 교황청 근처로 간 다음 마신갑을 차려입을 작정이었다. 옷매무세를 가다듬던 알리시아가 안타까운 표정을 지었다.

"이번에도 레온 님이 싸우는 모습을 보지 못하겠군요. 정말 보고 싶은데……."

"어쩔 수 없지 않습니까? 그럴 경우 알리시아 님의 정체가 탄로나 버리니까요."

"그건 저도 알고 있어요. 하지만……."

알리시아가 조용히 말꼬리를 흐렸다.

지금까지 그녀는 레온이 싸우는 모습을 단 한 번밖에 보지 못했다. 그러나 그 대결은 그녀의 피를 끓게 하기에 모자람이 없었다.

'앞으로도 영영 기회가 없겠지? 안타깝군. 정말 보고 싶은데 말이야.'

머리를 흔들어 상념을 날려버린 알리시아가 몸을 일으켰다.

"그럼 출발할까요?"

⚜

거리는 한적했다. 워낙 춥다보니 나다니는 사람이 거의 없었다. 게다가 오늘은 눈보라까지 휘몰아쳤다.

아이스 트롤 모피의 보온력이 워낙 탁월해서 추위가 파고들지 않았지만 좀처럼 고개를 들 수 없었다.

모자 사이로 파고드는 눈보라 때문에 눈조차 뜰 수 없었다. 그 모습을 본 레온이 앞장을 섰다.

"제 뒤에 서십시오. 그럼 눈보라가 들이치지는 않을 것입니다."

"네, 그럼 신세를 좀 지겠어요."

레온의 뒤에 바짝 붙자 더 이상 눈보라가 들이치지 않았다. 레온의 덩치가 워낙 커서 앞에서 몰아치는 바람을 충분히 막아주었기 때문이었다. 알리시아가 걱정스런 눈빛으로 레온을 올려다보았다.

"레온 님은 괜찮으세요?"

"전 괜찮습니다. 마나를 이용해 눈을 보호하고 있으니까요."

레온은 지금 내공을 운용해 안면을 감싸고 있었다. 그 때문에 눈을 뜨지 못할 정도로 휘몰아치는 눈보라의 영향을 전혀 받지 않았다. 뒤에서 알리시아의 나지막한 음성이 들려왔다.

"그나저나 걱정이군요. 이런 추운 날씨에 금속 갑옷을 입는다면……."

알리시아의 걱정은 당연했다. 금속은 열을 매우 잘 전도하는 물질이다. 한기 또한 마찬가지였다.

숨결조차 얼어붙는 추운 날씨에 금속 갑옷을 입는 것은 말도 되지 않는 일이다. 냉각된 갑옷에 살결이 얼어붙어 버리기 때문이다.

일례로 루첸버그 교국의 경비병이나 성기사들은 금속갑옷을 입지 않는다. 그저 모피옷 아래 가죽 갑옷을 걸쳐 입을 뿐이었다.

병장기의 손잡이에도 두툼하게 가죽을 대서 손이 달라붙지 않게 했다. 그러니 걱정이 되지 않을 수 없다. 그러나 레온은 걱정하지 말라는 듯 머리를 흔들 뿐이었다.

"걱정 마십시오. 호신강기를 끌어올리면 되니까요."

물론 호신강기를 펼친다면 효과적으로 냉기를 막아낼 순 있다. 대신 공력이 소비된다는 것이 문제지만 말이다.

레온은 지금 오직 테오도르와 맞서 싸우는 것만을 걱정하고 있었다.

'난 지금껏 성기사와 한 번도 싸워본 적이 없다. 듣기로 성기사는 방어가 매우 탄탄하다고 하던데……'

둘은 이런 저런 생각을 하며 걸었다. 그러는 사이 마침내 교황청이 모습을 드러냈다. 대부분이 단층건물인 토르센 시내에서 교황청은 단연 돋보이는 자태를 자랑했다.

하늘로 치솟은 얼음성벽은 타지 사람들에게 엄청난 위압감을 표출했다. 성벽을 본 레온이 눈을 크게 떴다.

"얼음으로 성벽을 만들다니, 정말 놀랍군요. 오직 이곳에서만 볼 수 있겠군요."

"돌로 된 성벽보다 오히려 공성이 더 힘들 것 같군요. 미끄러워 올라가기가 힘들 테니까요."

"마법으로 공격을 가해 녹이면 어떨까요?"

"그래도 힘들 거예요. 날씨가 워낙 추워 곧바로 얼어버릴 테니까요."

두런두런 대화를 나누던 둘이 인적이 드문 골목길로 접어들었다. 대로에도 오가는 사람이 거의 없는 판국이다. 골목길은 그야말로 인적을 찾아보기 힘들었다.

감각을 끌어올려 주위를 살펴본 레온이 아무도 없는 것을 확인한 뒤 외투를 벗었다.

가슴에 걸친 마신갑이 외부로 드러났다. 주위를 다시 한 번 살핀 레온이 마신갑에 마나를 집중했다.

좌르르륵.

기분 좋은 소리와 함께 마신갑이 급속도로 증식해 레온의 몸을 에워쌌다. 그 모습을 알리시아가 흥미진진한 눈으로 쳐다보았다.

블러디 나이트로 변모하는 모습은 언제 보아도 색달랐다. 잠시 후 레온은 완전히 블러디 나이트로 변해 당당히 버티고 서 있었다.

철컹.

등에 매여진 장창을 뽑아든 레온이 고개를 돌렸다.

"그럼 알리시아 님은 거처로 돌아가 계십시오. 테오도르 공작을 꺾고 오겠습니다."

"믿겠어요."

고개를 끄덕인 알리시아가 레온이 벗어 놓은 모피옷을 차곡차곡 개어 배낭에 접어넣었다.

그 모습을 힐끔 쳐다본 레온이 걸음을 옮겼다. 그가 걸어가
는 곳에는 교황청이 웅장한 자태를 뽐내고 있었다.

❧

교황청의 정문에는 근위병들이 경계를 서고 있었다. 그러나
그들은 제대로 얼굴도 들지 못했다. 눈보라가 휘몰아쳐서 도
저히 눈을 뜨고 있을 수가 없었다.

이런 악천후에는 한 치 앞도 분간하기 힘들다. 때문에 근위
병들은 오늘 같은 날 경계근무를 서게 된 것을 한탄하며 근무
할 수밖에 없었다. 털가죽으로 전신을 감싼 근위병 한 명이 투
덜거렸다.

"하필이면 오늘 같은 날에 근무가 걸리다니……."

옆에 서 있던 근위병이 말을 받았다.

"어쩔 수 없잖아? 철저히 순번대로 근무를 하니 말이야."

"그래도 운이 없어. 어제는 날이 화창했다고 하던데……,
헉!"

구시렁거리던 근위병의 눈이 화등잔 만하게 커졌다. 눈보라
를 뚫고 붉은 실루엣이 모습을 드러냈기 때문이었다. 근위병
들의 눈은 경악으로 물들었다.

"브, 블러디 나이트?"

눈보라를 뚫고 나타난 이는 검붉은 갑옷을 걸치고 장창을

꼬나쥔 장대한 체구의 기사였다.

워낙 독특했기에 한 번도 보지 못했어도 똑똑히 식별할 수 있었다. 근위병들은 어찌 할 바를 모르고 그 자리에 얼어붙어 버렸다.

레온이 심유한 눈빛으로 근위병들을 쳐다보았다. 눈보라가 워낙 심해 근위병들은 자신이 다가오는 것도 느끼지 못했다.

물론 레온에겐 그들의 경계 태도를 탓하고 싶은 마음은 전혀 없었다. 나지막한 음성이 투구의 안면보호대 사이로 흘러나왔다.

"나는 블러디 나이트다. 귀국의 테오도르 공작에게 도전하고자 찾아왔다. 이 사실을 상부에 전해 주겠나?"

그 말을 들은 근위병이 정신을 차렸다.

"자, 잠시만 기다려 주십시오."

근위병 한 명이 헐레벌떡 달려 들어갔다. 블러디 나이트가 나타났다는 사실을 윗선에 보고하기 위해서였다.

기다림의 시간은 상당히 길었다. 레온은 거의 한 시간 가까이 그곳에 서 있어야 했다. 물론 홀로 남겨진 근위병은 죽을 맛이었다.

아르카디아를 위진시키고 있는 블러디 나이트가 바로 앞에 서 있으니 그럴 수밖에 없었다. 부동자세로 서 있었지만 근위병의 눈은 레온의 전신을 샅샅이 훑고 있었다.

'정말 대단하군. 이 추운 날씨에 금속제 갑옷을 입고 서 있을 수 있다니……. 역시 인간의 한계를 벗어던진 초인답군.'

범인이라면 이것은 꿈도 꾸지 못하는 일이다. 대번에 얼어붙어 버릴 것이 분명했다.

털가죽 옷을 입고도 추운 판국에 금속제 갑옷을 입고 눈보라를 맞으며 서 있으니 근위병이 놀랄 수밖에 없다. 잠시 후 정문이 묵직한 소리를 내며 열렸다.

쿠르르릉.

그리로 조금 전 들어간 근위병이 모습을 드러냈다. 그가 레온에게 손짓을 했다.

"저를 따라오십시오. 안으로 안내해 드리겠습니다."

레온은 아무런 말도 하지 않고 근위병의 뒤를 따랐다.

⚜

교황청 내부는 넓고도 넓었다. 성벽 안에 들어서자 드넓은 마당이 레온을 맞았다. 눈이 가득 쌓인 마당을 가로지르자 엄청나게 큰 규모의 건물이 모습을 드러냈다.

높이는 그리 높지 않았지만 규모가 사뭇 방대했다. 레온이 얼핏 보고 감탄했을 정도의 규모였다.

'정말 큰 건물이로군. 어지간한 시설들이 모두 실내에 들어

있는 모양이지?'

경비병은 레온을 건물 안으로 안내했다. 건물 안에 들어서자 공기가 훈훈해졌다. 벽마다 벽난로가 설치되어 열기를 활활 뿜어내고 있었기 때문이었다.

'휴, 이제 좀 살 만하군.'

레온은 그때서야 한숨을 돌릴 수 있었다. 추위를 몰아내기 위해 소모하는 내공이 만만치 않았기 때문이었다.

"어서 오시오. 블러디 나이트."

수많은 사람들이 레온을 맞이했다. 나타난 이들은 갑주를 산뜻하게 차려입은 기사들이었다. 특이하게도 검이 아닌 묵직한 해머나 메이스를 들고 있었다.

바로 루첸버그 교국의 성기사들인 것이다. 그들의 앞에는 뷰크리스 대주교가 서 있었다. 근위병의 전갈을 받고 블러디 나이트를 영접하기 위해 그가 나타난 것이다.

"블러디 나이트. 그대를 환영하오."

성기사들이 상기된 눈으로 레온을 쳐다보았다. 아르카디아 대륙을 위진시키는 초인을 보자 긴장되는 모양이었다. 레온도 예법에 맞게 답례를 했다.

"반갑습니다. 블러디 나이트입니다."

뷰크리스 대주교가 호기심 어린 눈빛으로 레온을 쳐다보았다.

리빙스턴 후작을 꺾은 강자를 대하니 흥분이 되지 않을 수 없다. 한동안 레온을 살피던 뷰크리스 대주교가 몸을 돌리며 손짓을 했다.

"따라오시오. 테오도르 공작 전하께서는 연무장에서 그대를 기다리고 있소."

"알겠습니다."

레온은 뷰크리스 대주교를 따라 한참을 걸었다. 그 뒤로 성기사들이 절그럭거리는 갑옷소리를 내며 뒤따랐다. 걸어가며 레온은 교황청 내부를 면밀히 살폈다.

혹시라도 일이 잘못되었을 경우 몸을 빼야 하기 때문이다. 그러나 상황은 그리 여의치 않아 보였다.

'상황이 그리 좋지 않군. 창문조차 나 있지 않으니……'

대부분의 방들은 반 지하로 되어 있었다. 추위를 막아내기 위해 그렇게 지어놓은 모양이었다. 방에는 심지어 창문조차 없었다.

다시 말해 누군가가 침입하기도, 또한 빠져나가기도 어려운 모양새였다. 만에 하나 곤란한 일이 닥칠 경우 빠져나가기가 쉽지 않을 것 같았다.

그렇게 한참을 걷자 그들의 앞에 거대한 공간이 모습을 드러냈다. 꽤나 넓은 규모의 연무장이었다. 연무장에는 수많은 사람들이 모여 레온을 기다리고 있었다.

대부분 신관 차림새를 한 사람들이 연무장 벽을 빽빽이 메우고 있었다. 그들의 시선이 일시에 레온에게 집중되었다.

“저자가 블러디 나이트인가?”

“덩치 한 번 정말 당당하군.”

그런데 이상한 점이 있었다. 신관들의 눈동자에 결의의 빛이 서려 있는 것이 아닌가?

마치 죽음을 각오하고 전쟁터에 나가는 병사의 눈빛 같았다. 뜻밖이었기에 레온이 눈을 가늘게 떴다.

'뭔가 분위기가 심상찮군.'

대부분의 신관들이 결연한 눈빛으로 레온을 노려보고 있었다. 물론 몇몇 신관들의 눈엔 불안감이 서린, 혹은 체념의 빛이 일렁이고 있었지만 그 수는 그리 많지 않았다.

'이상하군. 뭔가 이상해.'

고개를 갸웃거리던 레온의 눈에 한 사람이 들어왔다. 연무장 한복판에 워 해머를 들고 당당히 버티고 서 있는 한 사람, 몸에 걸친 고풍스러운 플레이트 메일이 더없이 어울리는 노기사였다. 레온은 대번에 그의 정체를 간파할 수 있었다.

'테오도르 공작이로군.'

레온의 예상을 확인해 주려는 듯 뷰크리스 대주교의 음성이 들려왔다.

“그분이 바로 루첸버그 교국의 초인이신 테오도르 공작 전하이시오.”

두 초인의 시선이 허공에서 마주쳤다. 순간 둘의 눈에 불똥이 튀었다.

서로가 만만치 않은 상대란 것을 만나는 순간 직감한 것이
다. 눈을 가늘게 뜬 테오도르 공작이 입을 열었다.
"만나서 반갑소, 블러디 나이트. 내가 바로 테오도르요."
"블러디 나이트입니다."
형식적인 인사말이 오고 갔지만 둘의 시선은 서로의 눈에서
떨어질 줄 몰랐다. 이어 숨 막히는 듯한 긴장감이 서서히 좌중
을 사로잡기 시작했다.

〈5권에서 계속〉

신디케이트
Syndicate
박성호 판타지 장편소설
FANTASYSTORY & ADVENTURE
『아이리스』, 『이지스』의 작가!
박성호 판타지 장편소설
배신자에겐 반드시 대가를
치르게 하는 게 나의 정의다!
지금부터 시작될 이 이야기는
나의 처절한 복수극이다!
dream
books
드림북스

절대신마
絕對神魔
황규영 신무협 장편소설
ORIENTAL FANTASYSTORY & ADVENTURE
『금룡진천하』, 『참마전기』, 『천왕』의 작가!
황규영 신무협 장편소설
천마교주 정이산의 걸음마다 세상이 들썩인다!
무공은 이미 천하제일, 대적할 자가 없다!
까칠한 교주님의 통쾌한 강호 초출 천하 유람기!
dream
books
드림북스

십지신마록(十地神魔錄) 3부
파멸왕
滅王
우각 신무협 장편소설
ORIENTAL FANTASY & ADVENTURE
십지신마록 3부작, 그 대단원을 장식할 마지막 이야기!
『환영무인』『십전제』의 작가 우각 신무협 장편소설.
적에게 멸망만을 남기는
세상의 파괴자가 현신한다!
"나는 십이사조를 멸할 자, 멸제다!"
그의 포효가 천하를 울린다.
dream books
드림북스

역천의 황제

Rebirth the Great

태제 판타지 장편소설
FANTASYSTORY & ADVENTURE

문피아 판타저 베스트 1위, 골든 베스트 1위!
「리버스 담덕」의 작가 태제의 신작 판타지 장편소설!

신들의 꼭두각시가 되기를 거부한 황제의 마지막 선택
이 미틀란 대륙의 역사를 송두리째 뒤흔든다!

베헬린 대전과 함께 정복황제 샤르엔의 시대는 끝이 났다.
그러나 새로운 철혈군주의 시대는 이제부터 시작이다!

dream books
드림북스